세 번째 경찰관

세 번째 경찰관

THE THIRD POLICEMAN

플랜 오브라이언 지음 · 이정화 옮김

❂ 을유문화사

옮긴이 이정화

경북대학교 영어영문학과를 졸업하고 고려대학교 영어영문학과에서 석사 학위를 취득한 후 미국 University of Florida에서 영문학 박사 학위를 받았다. 현재 조선대학교 영어교육과 교수로 재직하고 있다. 20세기 및 21세기 영국 소설에 관한 다수의 논문이 있으며, 저서로는 『부커상과 영소설의 자취 50년』(공동 편저, 세종도서 선정) 등이 있다.

을유세계문학전집 147

세 번째 경찰관

발행일·2026년 2월 25일 초판 1쇄
지은이·플랜 오브라이언 | 옮긴이·이정화
펴낸이·정상준 | 펴낸곳·(주)을유문화사
창립일·1945년 12월 1일 | 주소·서울시 마포구 서교동 469-48
전화·02-733-8153 | FAX·02-732-9154 | 홈페이지·www.eulyoo.co.kr
ISBN 978-89-324-7602-5 04840 978-89-324-0330-4(세트)

차례

인간 존재란 하나의 환각이며, 그 안에 낮과 밤이라는 부차적인 환각이 포함되어 있다. (밤은 검은 공기가 축적되어 생긴 비위생적인 대기 상태일 뿐이다.) 그러므로 죽음이라는 궁극의 환각이 환영처럼 다가오는 것을 걱정하는 것은 분별 있는 사람에게는 어울리지 않는다.

—드 셀비*

사람의 일은 늘 불확실하니,
닥칠 수 있는 최악의 상황을 생각해 둡시다.

—셰익스피어

제1장

내가 어떻게 해서 필립 매더스 노인의 턱을 삽으로 세게 내리치고 그를 죽이게 됐는지 세상 사람들에게 다 알려지지는 않았다. 그렇지만 그보다는 존 디브니와의 우정에 대해 먼저 이야기하는 게 좋겠다. 매더스 노인을 처음 쓰러뜨린 건 바로 그였기 때문이다. 그는 속이 빈 쇠 막대로 직접 만든 특별한 자전거 펌프로 노인의 목을 세게 내리쳤다. 디브니는 힘은 셌지만, 게으르고 나태했다. 애초에 이 모든 계획은 그가 생각해 낸 것이다. 내게 삽을 가져오라고 한 건 그였다. 그날 이런저런 지시를 내리고 필요한 설명을 해 준 것 또한 그였다.

나는 오래전에 태어났다. 아버지는 건장한 농부였고, 어머니는 술집 주인이었다. 우리는 모두 술집에서 살았는데, 그곳은 든든한 집과는 거리가 멀었다. 술집은 낮에는 대개 닫혀 있었다. 아버지는 농장에서 일하느라 나가 계시고, 어머니는 항상 부엌에 계셨으며, 무슨 이유에서인지 잘 시간이 다 될 때까지도 손님이 없었기 때문이다. 크리스마스 시기나 무슨 특별한 날에는, 잘 시간을 훌쩍 넘어서까지도 손님이 오지 않았다. 내 평생 어머니가 부엌 밖에 있는 것은 보지 못했고, 낮에 손님을 본 적도 없으며, 밤에도 손님이 두세 명 넘게 같이 있는 것은 보지 못했다. 하지만 내가 잠들었던 시간이 있으니까, 늦은 밤 어머니와 손님들에게는 다른 일들이 생겼을 수도 있겠다. 잘 기억나지는 않지만, 아버지는 힘이 세고 말이 별로 없었다. 그래도 토요일이 되면 손님들과 파넬* 이야기를 하면서 아일랜드가 희한한 나라라고 말하곤 했다. 어머니에 대한 기억은 선명하다. 어머니는 늘 불 앞에 웅크리고 있어서 얼굴이 붉게 달아오르고 아파 보였다. 그녀는 평생 차를 끓이고 그 사이사이 옛 노래 소절을 흥얼거리며 보냈다. 나는 어머니에 대해서는 잘 알았지만, 아버지와는 남이나 마찬가지였고 말도 별로 하지 않았다. 이따금 밤에 부엌에서 공부할 때면, 얇은 문 너머 가게에서 아버지가 등불 아래 앉아, 양치기 개 믹에게 몇 시간이고 쉬지 않고 이야기하는 소리가 들려오곤 했다. 들리는 건 언제나 웅얼거리는 목소리였을 뿐 구분된 낱말은 아니었다. 아버지는 모든 개를 뼛속까지 이해하고 인간처럼 대하는 사람이었다. 어머니에게는 고양이가 있었지만, 그것은 밖으로 다니면서 좀체 눈에 띄지 않았고, 어머니도 신경을 쓰지 않았다. 우리는 모두 기묘하게 각자의 방식으로 충분히 행복했다.

그러던 어느 해 크리스마스가 다가왔고, 그해가 가자, 아버지와 어머니도 돌아가셨다. 아버지가 돌아가신 후, 양치기 개

믹은 무척 지치고 슬퍼하며 도통 양치기 일을 하지 않으려고 했다. 이듬해에 개도 죽었다. 당시 나는 어리고 어리석어서, 어째서 이들이 모두 나를 떠났는지, 그들이 어디로 갔는지, 또 왜 그들이 미리 말해 주지 않았는지 제대로 알지 못했다. 어머니가 제일 먼저 갔고, 나는 붉은 얼굴에 검은 양복을 입은 뚱뚱한 남자가 아버지에게 어머니가 어디에 있을지는 의심의 여지가 없다고 말한 것이 기억난다. 남자는 이 슬픈 세상에서 그보다 더 확실한 건 없을 거라고 했다. 하지만 남자는 그게 어딘지는 알려주지 않았고, 나도 어머니가 어디에 있는지 묻지 않았다. 이 모든 일이 굉장히 은밀한 데다가, 수요일에는 어머니가 돌아올 줄 알았기 때문이다. 나중에 아버지가 돌아가셨을 때는 차를 타고 어머니를 데리러 갔겠거니 생각했다. 하지만 다음 주 수요일이 되어도 아무도 돌아오지 않자 나는 슬펐고 낙담했다. 검은 양복을 입은 남자가 다시 왔다. 그는 이틀 밤 동안 집에 머물며 침실에서 계속 손을 씻어 대고 책을 읽었다. 다른 남자도 둘 있었는데, 한 명은 작고 창백한 남자였고, 다른 한 명은 다리에 각반*을 두른 크고 검은 남자였다. 그들은 호주머니에 페니 동전을 잔뜩 갖고 있다가 내가 질문할 때마다 동전을 하나씩 주었다. 각반을 한 키 큰 남자가 다른 남자에게 이런 말을 한 것이 기억난다.

"지지리 복도 없는 불쌍한 놈."

그때 나는 이 말이 무슨 말인지 모르고, 그들이 검은 옷을 입고 침실 세면대를 맴도는 다른 남자 얘기를 하는 줄로만 알았다. 나중에는 모든 걸 분명하게 이해하게 됐지만 말이다.

며칠 후 나는 차에 태워져 낯선 학교로 보내졌다. 그곳은 내가 모르는 사람들로 가득한 기숙학교였는데, 어린 사람들도 있고 조금 더 나이 든 사람들도 있었다. 그곳이 좋은 학교이고 아주 비싼 곳이라는 걸 곧 알게 됐지만, 나는 가진 게 없어서 돈을 한 푼도 내지 않았다. 이 모든 걸 비롯해 많은 것을 나는 시간이 지나서야 분명히 이해하게 되었다.

내 학교생활은 한 가지만 빼면 중요하지 않다. 그것은 바로 여기에서 내가 드 셀비에 대해 처음 알게 됐다는 것이다. 어느 날 나는 늦잠을 잘 수 있는 특권을 얻게 되어, 다음 날 아침 침대에서 읽을 요량으로 과학 선생님의 서재에서 낡고 오래된 책을 무심코 집어 호주머니에 넣었다. 내가 열여섯 살쯤 되던 해 3월 7일이었다. 지금까지도 나는 이날이 내 인생에서 제일 중요한 날이라고 생각하고 내 생일보다 더 잘 기억한다. 그 책은 마지막 두 페이지가 없는 『금빛 시간』 초판이었다. 열아홉 살이 되어 교육이 끝나 갈 무렵, 나는 그 책이 귀중하다는 것과 그걸 가지고 있으면 훔친 게 된다는 걸 알고 있었다. 그래도 나는 한 치의 거리낌도 없이 그걸 내 가방에 넣었고, 다시 그때로 돌아가도 아마 똑같이 할 것이다. 지금부터 들려줄 이야기에서, 내가 처음으로 저지른 심각한 죄가 드 셀비를 위해서였다는 것을 기억해야 한다. 내가 저지른 가장 큰 죄도 그를 위해서였기 때문이다.

나는 오래전부터 세상에서 내 처지가 어떤지 잘 알고 있었다. 가족은 모두 죽었고, 내가 돌아올 때까지 농장에서 살면서 일하고 있는 디브니라는 남자가 있었다. 농장의 한 귀퉁이조차 그의 것은 아니었다. 그는 멀리 떨어진 마을에 있는 변호사 사무실에서 주급을 받고 있었다. 나는 이 변호사들도 디브니도 만난 적이 없었지만, 그들은 모두 나를 위해 일해 주고 있었다. 돌아가시기 전에 아버지는 이 비용을 현찰로 지급해 두었다. 어렸을 때 나는 아버지가 잘 알지도 못하는 아이를 위해 그렇게 하다니 참 마음씨 좋은 사람이구나 싶었다.

나는 학교에서 곧장 집으로 가지 않았다. 시야도 넓힐 겸 드 셀비 전집 가격이 얼마나 될지, 또 조금 덜 중요한 해설서 몇 권을 빌릴 수 있을지 알아보느라, 다른 곳에서 여러 달을 보냈다. 견문을 넓히고 있던 어떤 곳에서 어느 날 밤, 나는 나쁜 사고를 당했다. 왼쪽 다리를 여섯 군데나 부러뜨리고 말았다(아니, 정확히는 다리가 여섯 군데나 부러졌다). 다시 길을 나설 수 있을 만큼 회복했을 때, 나는 나무로 된 한쪽, 그러니까 왼쪽 다리를 갖게 되었다. 나는 수중에 돈이 조금밖에 없다는 것, 내가 고생길이 훤한 농장으로 돌아가고 있다는 것, 또 내 인생이 순탄치 않으리라는 걸 알고 있었다. 그러나 이 무렵, 농사를 피할 수는 없어도 그것이 내 필생의 일이 되지는 않으리라 확신했다. 나는 내 이름이 기억된다면, 드 셀비의 이름과 함께 기억되리라는 걸 알았다.

양손에 여행 가방을 들고 집으로 걸어 들어온 날 저녁이 아주 세세하게 기억난다. 나는 스무 살이었다. 행복한 노란빛으로 물든 여름 저녁이었고 술집 문은 열려 있었다. 계산대 너머에 존 디브니가 있었다. 그는 포크를 들고 낮은 맥주 바 테이블에 몸을 기대고 가지런히 팔짱을 낀 채, 계산대에 펼쳐진 신문을 내려다보는 중이었다. 갈색 머리칼에 다부지면서 꽤 잘생긴 외모였다. 어깨는 노동으로 벌어지고, 팔은 작은 나무 둥치처럼 굵었다. 얼굴은 조용하고 점잖아 보였으며, 눈은 소의 눈처럼 생각에 잠긴 듯 갈색빛이 돌고 참을성이 있어 보였다. 인기척을 느꼈을 때, 그는 읽기를 멈추지 않고 왼손을 뻗어 행주를 집더니 느리게 계산대를 닦았다. 그러고 나서, 계속 신문을 읽으면서, 작은 아코디언을 길게 펼치는 것처럼 두 손을 위아래로 벌리며 말했다.

"스쿠너 드릴까요?"

스쿠너는 손님들이 콜레인 블랙잭 1파인트를 부르는 말이었다. 그것은 세상에서 가장 저렴한 맥주였다. 나는 저녁 식사를 원한다고 하면서, 내 이름과 신분을 밝혔다. 그리고 우리는 가게를 닫고 부엌으로 가서, 밤이 거의 새도록 먹고 이야기하고 위스키를 마셨다.

다음 날은 목요일이었다. 존 디브니는 이제 자기 일은 끝났고, 토요일이면 가족들이 있는 고향으로 갈 준비가 될 것이라고 했다. 그의 일이 끝났다는 말은 사실이 아니었다. 농장은 엉망인 데다 그해 할 일은 대부분 채 시작도 하지 않았기 때문이다. 토요일이 되자, 그는 몇 가지 마무리할 일이 있고, 일요일에는 일할 수 없지만 화요일 저녁에는 그곳을 완벽하게 정돈

된 상태로 넘겨줄 수 있을 것이라고 했다. 월요일에 그는 아픈 돼지가 마음에 걸렸고, 그 일이 그를 붙잡았다. 그 주가 끝날 때, 그는 어느 때보다도 바빴으며, 두 달이 더 지나도 급한 일이 가벼워지거나 줄어드는 것 같지 않았다. 나는 크게 개의치 않았다. 게으르고 불성실한 일꾼이라고 해도, 그는 같이 지내기에는 나무랄 데가 없었고 급여를 요구하지도 않았기 때문이다. 나 자신도 농장 일은 거의 하지 않았다. 나는 원고를 정리하고 드 셀비를 자세히 다시 읽는 데 몰두했다.

1년도 채 지나지 않아서 나는 디브니가 대화할 때 '우리'라는 말을, 그리고 심지어 '우리의'라는 말을 쓰고 있는 것을 알아차렸다. 그는 농장에 개선의 여지가 있다면서 일꾼을 구하자고 했다. 나는 동의하지 않았고 그에게도 그렇게 말했다. 작은 농장에 두 명이면 일꾼은 충분하다면서, 나 자신에게 제일 안된 일이지만 우리가 가난하다는 말도 덧붙였다. 그 후로는 이 모든 건 내 것이라고 그에게 말해 봤자 아무 소용이 없었다. 비록 모든 게 내 소유라고 해도, 그가 나를 소유하고 있다는 생각이 들기 시작했다.

우리 각자에게 4년이라는 시간이 꽤 행복하게 흘러갔다. 우리에게는 좋은 집과 양질의 시골 음식이 풍족하게 있었으나 돈은 별로 없었다. 내 시간은 거의 모두 연구에 쓰였다. 나는 모아 둔 돈으로 두 명의 주요 평론가인 해치조와 바셋*의 전집과 '드 셀비 코덱스' 복사본을 샀다. 나는 또 프랑스어와 독일어를 완벽히 익히는 일에도 착수했는데, 이 언어들로 쓰인 다른 평론가들의 책을 읽기 위해서였다. 디브니는 낮에는 농장에서 설렁설렁 일하고, 밤에는 술집에서 요란하게 떠들면서 술을 팔았다. 한번은 그에게 술집이 어떻게 되어 가는지 물었더니, 매일 적자라고 했다. 나는 이 말을 이해할 수 없었다. 얇은 문을 통해 들리는 목소리로 봐서는 손님이 충분히 많은 것 같았고, 디브니는 옷과 화려한 넥타이핀을 계속 사들였기 때문이다. 그래도 나는 별말을 하지 않았다. 나는 내 연구가 나 자신보다 중요하다는 걸 알고 있었기 때문에, 방해받지 않는 것만으로 만족했다.

어느 초겨울날 디브니가 내게 말했다.

"저 바에 내 돈을 계속 잃을 순 없어. 손님들 사이에, 맥주에 대한 불만이 많아. 그게 아주 안 좋은 맥주긴 해. 손님들과 어울리려면 나도 가끔은 조금씩 마셔야 하는데, 마시고 나면 건강이 안 좋아지는 걸 느끼거든. 이틀간 돌아다니면서 좀 더 나은 맥주가 있는지 알아봐야겠어."

그는 다음 날 아침 자전거를 타고 사라졌고, 사흘이 지날 무렵 먼지투성이에 지친 행색으로 돌아와서는, 일이 잘 풀려서 금요일에 더 나은 맥주 네 통이 올 거라고 했다. 술은 그날 정확히 도착했고, 그날 밤 술집에서 손님들에게 잘 팔렸다. 남쪽 어느 마을에서 제조된 '래슬러'라는 술이었다. 그 술을 3~4파인트 마시면 거의 모두가 취했다. 손님들은 술을 매우 칭찬했고, 술이 몸에 들어가면 노래를 부르고 소리쳤으며, 때로는 아주 나른해져서 바닥이나 바깥 도로에 드러눕기도 했다. 나중에 어떤 이들은 이렇게 있다가 도둑질을 당했다고 불평했고, 다음 날 밤 가게에 와서 돈을 도둑맞고 튼튼한 시곗줄에서 금시계가 사라졌다며 분통을 터뜨렸다. 존 디브니는 이 문제에 대해 손님들에게 많은 말을 하지 않았고, 내게는 입도 벙긋하지 않았다. 그는 카드에 '소매치기 조심'이라고 크게 써서, 선반 뒤쪽 수표에 관한 다른 공지 옆에 걸어 두었다. 그런데도 손님들은 저녁에 '래슬러'를 마시고 나면 일주일이 멀다 하고 불만을 제기했다. 그것은 만족스러운 술이 아니었다.

시간이 지날수록 디브니는 그가 '바'라고 부르는 곳에 대해 점점 더 낙담했다. 그는 적자만 아니면 만족하겠다고 했지만, 그렇게 될지 심히 의문스러워했다. 높은 세금을 부과하는 정부가 이 상황에 일부 책임이 있었다. 그는 어떤 지원이 없으면 손실 부담을 계속 감당할 수 없으리라는 생각이었다. 나는 아버지에게는 이익을 낼 수 있는 모종의 옛 경영 방식이 있었지만, 이제 유지할수록 손해라면 가게 문을 닫는 게 마땅하다고 했다. 디브니는 면허를 넘겨주는 것은 굉장히 심각한 일이라고만 했다.

디브니와 내가 좋은 친구로 이름을 얻기 시작한 것은 내가 서른 살 무렵이었던 이 시기였다. 이전 4년 동안 나는 바깥출입을 거의 하지 않았다. 연구하느라 너무 바빠서 그럴 시간이 없었기 때문이다. 나무다리로 걷는 게 그다지 편하지 않았던 탓도 있다. 그러다 매우 특이한 일이 일어나서 이 모든 걸 바꿔 놓았고, 그 일 이후로는 디브니와 나는 밤이건 낮이건 1분도 서로 떨어져 있는 법이 없었다. 나는 온종일 그와 함께 농장에 있다가, 밤에는 술집 한구석 등불 밑 아버지의 옛 자리에 앉아 '래슬러'가 있는 곳이면 항상 함께 있는 시끌벅적한 소리와 북적거림과 후끈한 소음 속에서 할 수 있는 원고 작업을 이어 갔다. 일요일에 디브니가 이웃집으로 마실 가면, 나는 그와 함께 가서 먼저 오거나 나중에 오는 법 없이 같이 집으로 돌아왔다. 그가 맥주나 씨감자를 주문하거나, '특정인을 만나러' 자전거를 타고 마을에 나갈 때조차도, 나는 내 자전거를 타고 그와 나란히 갔다. 나는 내 침대를 그의 방으로 옮기고, 그가 잠든 후에야 자고 그가 깨기 훨씬 전부터 깨어 있는 수고도 마다하지 않았다. 한번은 방심할 뻔한 적이 있었다. 깜깜한 한밤중에 흠칫 놀라 깼는데, 그가 어둠 속에서 조용히 옷을 입고 있었다. 어디 가냐고 물었더니, 잠이 오지 않아서 산책이나 하려고 했다는 것이다. 나도 마찬가지라고 했고, 우리 둘은 내가 경험한 가장 춥고 축축한 밤에 함께 산책하러 나갔다. 흠뻑 젖어 돌아왔을 때, 나는 이렇게 고약한 날씨에 따로 자는 건 어리석다고 하면서, 그의 침대로 들어가 곁에 누웠다. 그때도, 다른 때에도, 그는 별말을 하지 않았다. 그 후로 나는 항상 그와 함께 잤다. 우리는 다정하게 서로 미소 지었지만, 그건 기묘한 상황이었고, 우리 누구도 이런 상황을 달가워하지 않았다. 머지않아 이웃들은 우리가 얼마나 떨어질 수 없는 사이인지 알게 되었다. 우리는 3년이 다 되도록 늘 함께였고, 사람들은 우리가 아일랜드를 통틀어 제일가는 두 크리스천이라고 했다. 인간의 우정은 아름다운 것이고, 디브니와 내가 세계 역사상 가장 고귀한 본보기라고들 했다. 사람들은 멀어지거나 싸우거나 의견이 충돌하면, 어째서 나와 디브니 같을 수 없느냐는 말을 들었다. 언제건 어디서건 디브니가 나 없이 나타났다면, 모두가 엄청난 충격을 받았을 것이다. 하지만 어떤 두 사람도 나와 디브니만큼 서로를 격렬히 싫어하지는 않았다. 또 어떤 두 사람도 눈앞에서 서로에게 그토록 예의 바르고 다정하지는 않았다.

무엇 때문에 이 기이한 상황이 벌어지게 됐는지 설명하려면 여러 해를 거슬러 올라가야 한다. 디브니가 한 달에 한 번 방문하러 간 '특정인'은 페긴 미어스라는 여자였다. 나는 '드 셀비 색인' 최종본을 완성한 상태였는데, 이 책에는 그 석학과 그가 남긴 업적 전반에 관한 모든 평론가의 관점이 집대성되어 있었다. 그러니 우리 각자가 큰일을 마음에 품고 있었던 셈이다. 어느 날 디브니가 이렇게 말했다.

"네가 쓴 게 대단한 책인 건 분명해."

나는 부인하지 않았다. "유용하고도 몹시 필요한 책이지." 사실 그것은 완전히 새로운 내용을 많이 포함하고 있었고, 드 셀비나 그의 이론에 대해 널리 주장된 의견이 상당 부분 그의 책을 잘못 읽어서 생긴 오해라는 증거를 담고 있었다.

"그게 세상에 네 이름을 알리고 저작권으로 금빛 재산을 가져다줄까?"

"그럴지도."

"그럼 그걸 세상에 내놓는 게 어때?"

나는 저자가 이미 명성이 있는 경우가 아니면, 이런 종류의 책을 '내놓는' 데에는 돈이 필요하다고 알려주었다. 그는 평상시답지 않게, 공감하는 표정으로 한숨을 내쉬었다.

"요즘 돈 벌기가 힘들긴 해." 그가 말했다. "술장사는 망하기 직전이고 땅은 말라 죽어 버렸으니 말이야. 유대인과 프리메이슨의 농간으로 도무지 화학비료를 구할 수가 없다니까."

나는 비료에 관한 말이 사실이 아니라는 걸 알고 있었다. 이전부터 그는 번거로운 일을 하기 싫어서 비료를 구할 수 없는 척했기 때문이다. 그가 잠시 뜸을 들이다가 말했다.

"네 책을 낼 돈을 구할 방도를 찾아봐야겠어. 정말이지 나도 돈이 좀 필요하고 말이야. 늙어서 더는 기다릴 수 없을 때까지 여자를 기다리게 할 수는 없으니까."

나는 그가 부인이 생기면 집으로 데려오겠다는 말인지 알 수 없었다. 만약 그가 그럴 작정이고 내가 막을 수 없다면, 그저 내가 떠날 수밖에 없을 것이다. 반면에, 결혼이 그가 스스로 떠나는 것을 의미한다면 나로서는 무척 기쁜 일이다.

며칠 지나지 않아 그는 돈 문제를 다시 꺼냈다. 그러면서 말했다.

"매더스 노인 어때?"

"어떠냐니 무슨 말이야?"

나는 그 노인을 본 적은 없어도 잘 알고 있었다. 50년이라는 긴 세월을 가축 거래에 종사했고, 이제는 은퇴해 3마일* 떨어진 큰 집에서 살고 있었다. 노인은 여전히 대리인을 통해 사업을 크게 했다. 사람들은 노인이 돈을 맡기러 절뚝거리며 마을에 갈 때마다 3천 파운드가 넘는 큰돈을 갖고 다닌다고 했다. 당시 내가 아무리 사회적 처신에 대해 아는 것이 없었어도, 노인에게 도움을 부탁하는 것은 꿈도 꿀 수 없었다.

"감자 가루 한 포대 값어치는 할 거야." 디브니가 말했다.

"자선을 바라서는 안 된다고 생각해." 내가 대꾸했다.

"나도 같은 생각이야." 그가 말했다. 나는 그가 자존심은 있는 사람이구나 싶었고, 당시에는 이야기가 더 이어지지 않았다. 그러나 그 후로 그는 다른 주제에 관해 이야기하다가도, 아무 상관도 없이 습관적으로 우리에게 돈이 필요하다는 둥, 매더스가 검은 금고에 얼마를 갖고 다닌다는 둥 하는 말을 꺼내곤 했다. 때때로 그는 노인이 '화학비료 카르텔'에 속해 있다거나 사업을 할 때 부정직하다면서 비난을 퍼붓기도 했다. 한번은 그가 '사회 정의'를 들먹이기도 했지만, 그 말을 제대로 이해하지 못한 게 분명해 보였다.

정확히 어떻게 혹은 언제, 디브니가 자선을 바라기는커녕 매더스를 약탈하려고 한다는 게 분명해졌는지는 모르겠다. 또 그가 나중에 강도로 들통날 가능성을 없애려고 죽이기까지 할 셈이라는 걸 깨닫는 데 얼마나 오래 걸렸는지도 잘 기억나지 않는다. 분명한 것은, 6개월 이내에 내가 이 음침한 계획을 우리의 일상적인 대화로 받아들이게 됐다는 것이다. 3개월이 더 지나자 나는 이 제안에 동의하게 되었고, 3개월이 더 지났을 때 나는 불안이 잦아들었다고 디브니에게 공공연히 인정하게 되었다. 디브니가 나를 자기편으로 끌어들이기 위해 쓴 속임수와 계략을 일일이 열거할 수는 없다. 다만 그가 내 '드 셸비색인'의 일부를 읽었고(아니면 읽은 척했거나), 이후 단순히개인적인 변덕 때문에 이 '색인'을 세상에 내놓지 않은 사람이짊어질 중대한 책임에 관해 나와 이야기를 나눴다는 것만 말해 두겠다.

매더스 노인은 혼자 살았다. 우리가 어느 저녁, 그의 집 근처인적 없는 길목 어디쯤에서, 소형 금고를 든 그를 만날 건지는디브니가 알고 있었다. 그 일이 일어난 것은 한겨울 밤이었다.우리가 당면한 일을 상의하면서 저녁을 먹을 때, 해는 이미 지고 있었다. 디브니는 토끼 사냥 나온 사람들처럼 보이도록 삽자루를 자전거 크로스바에 묶어 가져가야 한다고 했다. 그는타이어에서 공기가 빠질 경우를 대비해 자신의 쇠 펌프도 가지고 갈 생각이었다.

살인에 대해서는 할 얘기가 별로 없다. 낮아진 하늘이 공모라도 한 듯 우리가 기다리고 있던 젖은 길 주위로 음산한 안개를 수의처럼 입고 가라앉았다. 사방이 온통 매우 적막해서, 나무에서 물방울 떨어지는 소리밖에 귀에 들리지 않았다. 자전거는 숨겨져 있었다. 나는 삽자루에 몸을 기대고 비참하게 서있었고, 디브니는 쇠 펌프를 팔 밑에 끼고 파이프 담배를 만족스럽게 피웠다. 누군가 가까이 있다는 것을 미처 깨닫기도 전에, 노인은 이미 우리 앞에 와 있었다. 어둑어둑해서 잘 보이지는 않았지만, 귀부터 발목까지 그를 덮은 큼지막한 검은 외투

위로 지치고 핏기 없는 얼굴이 어렴풋이 보였다. 디브니가 곧장 다가가서 길 뒤쪽을 가리키며 말했다.

"저기 길 위에 있는 꾸러미가 당신 건가요?"

노인은 고개를 돌려 보다가, 디브니의 펌프로 목뒤를 가격당하자 완전히 쓰러졌고, 목뼈가 부러진 것 같았다. 진흙에 온몸을 뻗으며 넘어졌지만 소리를 지르지는 않았다. 대신 대화하듯이 나지막이 뭔가 웅얼거리는 소리가 들렸다. '셀러리(celery)는 안 좋아해요' 아니면 '식기실(scullery)에 안경을 두고 왔어요' 같은 말이었다. 그러더니 아주 고요하게 누워 있었다. 나는 여전히 삽에 기댄 채 멍하니 그 장면을 지켜보았다. 디브니가 쓰러진 사람을 마구 뒤지다가 일어섰다. 그의 손에 검은 금고가 있었다. 그는 그것을 공중에서 흔들며 내게 소리쳤다.

"이봐, 정신 차려! 삽으로 끝장내 버려!"

나는 기계적으로 앞으로 나아갔고, 온 힘을 다해 어깨 위로 삽자루를 휘둘러 돌출된 턱에 삽날을 내리쳤다. 노인의 두개골이 빈 달걀 껍데기처럼 바삭거리며 바스러지는 것이 느껴졌고, 소리까지 들리는 것만 같았다. 그 후로 내가 얼마나 때렸는지는 모르겠지만, 지칠 때까지 멈추지 않았다.

삽을 내던진 나는 디브니를 찾아 주위를 둘러보았다. 어디에서도 보이지 않았다. 나지막이 이름을 불렀으나 대답하지 않았다. 길을 조금 걸어 올라가 다시 불러 보았다. 나는 도랑 둔덕 위로 뛰어 올라가 짙어지는 땅거미 속을 훑어보았다. 최대한 큰 소리로 그의 이름을 한 번 더 불러 봤지만, 고요할 뿐 아무 대답이 없었다. 그는 사라졌다. 나를 죽은 사람과 함께, 그리고 지금쯤 주변의 묽은 진흙을 옅은 분홍빛 얼룩으로 물들이고 있을 삽과 함께 남겨 두고, 그는 금고를 가지고 달아났다.

가슴이 뛰면서 고통스럽게 요동쳤다. 오싹한 공포가 온몸을 관통했다. 행여 누가 오기라도 한다면, 이 세상 그 무엇도 나를 교수대에서 구해 주지는 못할 것이다. 설사 디브니가 나와 함께 있어 죄책감을 나눠 진다고 해도, 그것도 나를 지켜 주지는 못하리라. 두려움에 마비된 채, 나는 검은 외투를 입고 축 늘어져 있는 형체를 쳐다보며 오랫동안 서 있었다.

노인이 오기 전에, 디브니와 나는 풀에 엉긴 흙덩이가 망가지지 않도록 조심하면서 길가 들판에 깊은 구덩이를 파 두었다. 이제 겁에 질린 채, 나는 무겁게 젖은 시신을 있던 자리에서 끌어내, 엄청난 노력 끝에 도랑을 가로질러 들판으로 끌고 온 후, 구덩이에 떨어뜨렸다. 그런 다음 서둘러 삽을 가지고 돌아와서, 맹렬한 분노를 느끼며 구덩이에 흙을 밀어 넣었다.

발걸음 소리가 들렸을 때, 구덩이는 거의 다 메꾸어져 있었다. 몹시 당황해 둘러보니, 디브니가 조심스럽게 도랑을 건너 들판으로 오고 있는 것이 보였다. 그가 가까이 왔을 때, 나는 멍하니 삽으로 구덩이를 가리켰다. 그는 말없이 자전거가 있는 데로 가서 자기 삽을 가지고 돌아와서는, 일이 마무리될 때까지 나와 작업을 계속했다. 우리는 일어난 일의 흔적을 숨기기 위해 할 수 있는 모든 걸 했다. 그러고 나서 우리는 풀로 장화를 닦고 삽을 묶은 다음 집으로 걸어왔다. 길에서 마주친 사람들이 어둠 속에서 우리에게 저녁 인사를 건넸다. 분명 그들은 우리가 힘든 하루 일을 마치고 집으로 돌아가는 지친 두 일꾼이라고 생각했을 것이다. 어찌 보면, 그게 그다지 틀린 생각은 아니었다.

오는 길에 나는 디브니에게 물었다.

"아까 어디 갔었어?"

"중요한 일을 처리하러." 그가 대답했다. 나는 그가 다른 볼일을 말하는 줄 알았다.

"끝날 때까지 참을 수도 있었잖아."

"네가 생각하는 그런 일이 아니야." 그가 대답했다.

"금고는 가지고 있어?"

그는 나를 돌아보고 인상을 쓰며 손가락을 입술에 갖다 댔다.

"그렇게 떠들지 마." 그가 속삭였다. "안전한 곳에 있으니까."

"어디?"

그는 더 단호하게 손가락을 입술에 대고 길게 쉿 하는 소리를 낼 뿐이었다. 귓속말로라도 금고를 언급하는 것이야말로 내가 할 수 있는 가장 어리석고 무모한 일이라는 투였다.

집에 도착했을 때, 그는 씻고 나서 가지고 있는 여러 벌의 푸른색 일요일 정장 가운데 한 벌로 갈아입었다. 그러더니 부엌 불가에 비참한 모습으로 앉아 있는 내게 매우 진지한 얼굴로 다가와 창문을 가리키며 말했다.

"저기 길 위에 있는 꾸러미가 당신 건가요?"

그는 크게 웃음을 터뜨렸다. 그 때문에, 그의 온몸에서 긴장이 풀어지고, 눈에는 눈물이 차오르고, 집 전체가 흔들리는 것 같았다. 웃음이 잦아들자, 그는 얼굴에서 눈물을 닦은 후 가게로 갔다. 위스키병에서 코르크 마개를 급히 뽑아낼 때 나는 소리가 들려왔다.

그 후 몇 주 동안, 나는 그에게 금고가 어디에 있는지 수천 가지 다른 방식으로 수백 번을 물었다. 그는 절대 같은 식으로는 대답하지 않았지만, 대답은 항상 같았다. 그것은 매우 안전한 곳에 있다. 상황이 잠잠해질 때까지 말을 아끼는 것이 좋다. 잠자코 있어야 한다. 때가 되면 모두 찾을 수 있다. 안전을 위해서는 지금 있는 곳이 잉글랜드 은행보다 낫다. 적당한 때가 오고 있다. 서두르고 안달하다가 모든 걸 망치는 것은 애석한 일이다.

이것이 내가 존 디브니와 떨어질 수 없는 친구가 되어, 3년 동안 그를 내 시야 밖에 두지 않았던 이유다. 내 술집에서 내 것을 빼앗고 (내 손님들 것까지 훔치고) 내 농장을 망쳤기 때문에, 나는 그가 매더스의 돈 중 내 몫을 훔치고 기회가 되면 금고를 가지고 달아날 수 있는 부정직한 인간임을 알고 있었다. 노인의 실종이 이목을 거의 끌지도 않았기 때문에, '상황이 잠잠해질' 때를 기다릴 필요가 없다는 것도 나는 알았다. 사람들은 그가 이상하고 괴팍한 사람이라고, 누구에게 알리거나 거처를 남기지 않고 집을 비우는 것도 할 법한 행동이라고 말했다.

나와 디브니가 처한 특이한 조건의 신체적 친밀함이 점점 더 견디기 힘들어졌다는 것은 이미 이야기한 것 같다. 마지막 몇 달 동안, 나는 견딜 수 없을 만큼 밀착하고 지독하게 따라다녀서 그를 항복시키겠다는 희망을 품으면서도, 동시에 혹시 모를 사고에 대비해 작은 권총을 지니고 다녔다. 어느 일요일 저녁 우리 둘 다 부엌에—어쩌다 불 앞에 나란히—앉아 있었을 때, 그는 입에서 파이프를 떼어 내며 나를 돌아보았다.

　"있잖아." 그가 말했다. "상황이 잠잠해진 것 같아."

　나는 그냥 코웃음 쳤다.

　"무슨 말인지 알아들었어?" 그가 물었다.

　"상황은 늘 같았어." 내가 짧게 대답했다. 그는 잘난 체하며 나를 쳐다봤다.

　"이런 일에 대해선 내가 잘 알아. 너무 서두르다 어떤 함정에 빠지게 되는지 알면 너도 놀랄 거야. 아무리 조심해도 지나치지 않지. 그래도 내 생각엔 이제 상황이 잠잠해져서 안전할 것 같아."

　"그렇게 생각한다니 다행이군."

　"때가 오고 있어. 내일 내가 금고를 가져올 테니까, 바로 여기 이 탁자 위에서 돈을 나누자."

　"**우리가** 금고를 가져와야지." 나는 첫 단어에 매우 주의를 기울이며 대답했다. 그는 한참 상처받은 표정을 짓더니, 슬픈 듯 자기를 믿지 못하는 건지 물었다. 나는 우리가 함께 시작한 일은 함께 마무리해야 한다고 대답했다.

"좋아." 그가 몹시 화난 투로 말했다. "내가 여길 제대로 만들어 놓으려고 갖은 고생을 다 했는데도 날 믿지 못한다니 유감이군. 하지만 내가 어떤 사람인지 보여 주기 위해서라도, 네가 직접 금고를 가져오게 해 주지. 그게 어디 있는지는 내일 알려줄게."

그날 밤 나는 여느 때처럼 그와 함께 잤다. 다음 날 아침 그는 기분이 좋아져서, 내게 아주 간단하게 금고가 매더스의 빈집에 숨겨져 있다고 말했다. 현관에서 첫 번째 오른쪽 방의 마룻바닥 밑에 숨겨져 있다는 것이었다.

"확실해?" 내가 물었다.

"맹세라도 하지." 그가 하늘로 손을 들어 보이며 엄숙하게 말했다.

나는 잠시 그 위치를 떠올리면서, 그가 마침내 나와 떨어져서 진짜 금고가 숨겨진 곳으로 달아날 술책을 부리고 있을 가능성을 가늠해 보았다. 그러나 그의 얼굴에서 처음으로 정직한 표정이 엿보였다.

내가 말했다. "어젯밤 기분을 상하게 했다면 미안해. 그래도 나쁜 감정이 없다는 표시로 길 일부만이라도 함께 가 주면 좋겠어. 난 솔직히 우리 둘이 시작한 건 우리 둘이 마무리해야 한다는 생각이야."

"좋아. 어차피 달라질 건 없겠지만, 네가 네 손으로 금고를 꺼내오는 게 좋겠어. 내가 금고 위치를 알려 주지 않았으니까 그게 공평해."

내 자전거 타이어에 구멍이 났기 때문에, 우리는 먼 거리를 걸어갔다. 매더스의 집까지 100야드*쯤 남았을 때, 디브니는 나지막한 담벼락 옆에 멈춰 서더니, 걸터앉아 담배를 피우면서 기다리겠다고 했다.

"혼자 가서 금고를 가지고 돌아와. 때가 왔고, 오늘 밤 우린 부자가 되는 거야. 그건 오른쪽 첫 번째 방의 바닥, 문 맞은편 구석의 헐거운 마룻장 밑에 있어."

나는 그가 담벼락에 걸터앉아 있으면 내 시야에서 벗어나지 않으리라는 것을 알고 있었다. 잠시 떨어져 있는 동안에도, 고개만 돌리면 그를 볼 수 있을 것이었다.

"10분 안에 돌아올게." 내가 말했다.

"그래. 하지만 명심해. 혹시 누굴 만나게 되면, 넌 뭘 찾고 있는지도 모르고, 누구 집에 있는지도 모르고, 아무것도 모르는 거야."

"내 이름도 모르는 거지." 내가 대답했다.

내가 이런 말을 했다는 건 무척 놀라운 일이다. 이후에 누가 내 이름을 물었을 때, 나는 정말로 대답할 수 없었기 때문이다. 나는 몰랐다.

제2장

드 셀비는 집이라는 주제에 관해 자못 흥미로운 생각을 들려준다.[1] 그는 일렬로 늘어선 집들을 일련의 필요악으로 여긴다. 인간 종족이 나약해지고 퇴화한 이유가, 점차 실내를 선호하면서 밖에 나가 머무르는 기술에는 흥미를 잃었기 때문이라는 것이다. 또 그는 이것이 야외에서는 제대로 하기 힘든 독서, 체스, 음주, 결혼 같은 활동들이 증가한 결과라고 본다. 다른 곳에서[2] 그는 집을 '커다란 관', '사육장', 그리고 '상자'로 정의하기도 했다. 분명히 그가 주로 반대한 것은 지붕과 사방의 벽 안에 갇히는 것이었다. 그는 자신이 '거처'라고 부른, 직접 설계한 구조물에—주로 폐와 관련된—다소 억지스러운 치료적 가치를 부여했다. 『컨트리 앨범』에는 '거처'를 대략 묘사한 그림들이 실려 있다. 이 구조물은 두 종류, 그러니까 지붕 없는

---

1 『금빛 시간』, ii, 261.

2 『컨트리 앨범』, 1,034쪽.

'집'과 벽 없는 '집'으로 나뉜다. 전자는 문과 창문이 활짝 열려 있고, 악천후에 대비해 기둥에 방수포를 느슨하게 감아 놓은 지극히 볼품없는 구조물이다. 전체적으로 그것은 석조 받침대 위에 세워 놓은 침몰한 돛배처럼 보였고, 거기에서는 소를 키운다는 생각조차 하기 힘들 정도였다. 다른 유형의 '거처'에는 통상적인 슬레이트 지붕이 있지만, 벽은 바람이 주로 부는 쪽에 세워진 것 하나밖에 없었다. 다른 쪽으로는 별수 없이 방수포가 느슨하게 감긴 롤러가 지붕 홈통에 매달려 있었으며, 구조물 전체가 군대 간이 화장실 비슷한 작은 도랑이나 구덩이 같은 것에 둘러싸여 있었다. 오늘날의 주거 및 위생 이론에 비춰 볼 때, 드 셀비의 이런 생각이 오류투성이라는 점에는 의심의 여지가 없다. 그러나 그가 살았던 옛날에는, 그릇된 조언으로 이런 기상천외한 주거지에서 건강을 찾으려다가 목숨을 잃은 환자가 한둘이 아니었다.[3]

　드 셀비에 대한 기억이 떠오른 것은 매더스 노인의 집을 방문했기 때문이다. 길을 따라 가까이 가 보니, 그 집은 지은 시기를 알 수 없는 근사하고 널찍한 벽돌 건물이었다. 집은 현관

3　믿을 만한 프랑스 평론가인 르 푸르니에는 (『드 셀비—서양의 수수께끼(De Selby — l'Énigme de l'Occident)』에서) 이 '거처'에 관한 흥미로운 이론을 제시한 바 있다. 『앨범』을 쓸 당시, 드 셀비가 몇 가지 난제를 숙고하느라, 원고를 밀쳐 둔 채로 멍한 상태에서 보통 '낙서'로 알려진 행동을 했다는 것이다. 다시 원고를 집어 들었을 때, 그는 항상 자기 머릿속에 맴돌던 형태의 주거지 평면도처럼 보이는 많은 도형과 그림을 마주하게 되었고, 곧바로 여러 페이지에 걸쳐 그 스케치에 대한 설명을 써 내려갔다고 한다. 엄격한 르 푸르니에는 다음과 같이 덧붙인다. "그렇지 않고서는, 이토록 개탄스러운 착오를 달리 설명할 길이 없다."

차양이 있는 평범한 2층 건물로, 각 층에 앞쪽으로 여덟아홉 개의 창문이 나 있었다.

나는 철문을 열고 듬성듬성 잡초가 웃자란 자갈길을 최대한 조심스럽게 걸어 올라갔다. 내 마음은 이상하게도 공허했다. 3년 동안 밤낮없이 부단히도 애써 온 계획을 성공적으로 끝내기 직전처럼 느껴지지 않았다. 나는 전혀 기쁘지 않았고 부자가 되리라는 기대에도 무덤덤했다. 나는 그저 검은 금고를 찾는 임무에 기계적으로 몰두할 뿐이었다.

현관문은 닫혀 있었다. 문은 현관 차양 안쪽으로 상당히 깊숙하게 자리하고 있었는데도, 바람과 비가 들이쳐 문짝과 문틈 깊은 곳까지 모래 먼지가 덮여 있는 것이, 여러 해 동안 닫혀 있었던 흔적이 역력했다. 나는 방치된 화단에 서서 왼편으로 난 첫 번째 창문을 밀어 올렸다. 그것은 내 힘을 못 이기고 삐걱거리며 간신히 열렸다. 열린 창문으로 기어 올라가 보니, 내가 바로 방 안에 들어와 있지 않고, 여태 본 가장 깊은 창턱 위를 기어가고 있었다. 바닥까지 와서 요란하게 뛰어내렸을 때, 열린 창문은 굉장히 멀고 내가 통과하기에는 턱없이 작아 보였다.

내가 들어간 방은 먼지가 두껍게 내려앉아 퀴퀴하고 가구가 없었다. 벽난로 주위로는 거미들이 거미줄을 길게 쳐 놓았다. 나는 재빨리 복도로 나가 금고가 있는 방문을 열고 문턱에 멈춰 섰다. 아침은 어슴푸레했고, 날씨 탓에 창문이 희끄무레하게 얼룩져서 희미한 빛마저 제대로 들어오지 않았다. 방 맞은

편 구석은 그림자로 어둑했다. 일을 끝내고 이 집을 영원히 벗어나고 싶은 충동이 문득 솟구쳤다. 나는 텅 빈 나무 바닥을 가로질러 가서, 구석에 꿇어앉은 후, 헐거운 마룻장을 찾아 손으로 바닥을 더듬었다. 놀랍게도 나는 그것을 쉽게 찾아냈다. 길이가 2피트* 정도였고, 내가 손을 얹자 속이 텅 빈 채 흔들렸다. 나는 마룻장을 들어 올려 옆에 두고 성냥불을 켰다. 구멍 안에 있는 검은 철제 금고가 희미하게 보였다. 나는 손을 아래로 뻗어 헐겁게 젖혀진 손잡이에 손가락을 걸었지만, 갑자기 성냥불이 깜박이다 꺼졌다. 내가 1인치* 정도 들어 올렸던 금고는 손가락에서 무겁게 미끄러져 버렸다. 나는 성냥불을 다시 켜지도 않고 손을 구멍에 밀어 넣었다. 막 금고를 움켜쥐려는 찰나, 어떤 일이 벌어졌다.

그 일을 어떻게 묘사해야 할지 도무지 엄두가 나지 않는다. 어렴풋하게라도 그것을 이해할 새도 없이, 나는 이미 겁에 질려 버렸다. 그것은 내게 혹은 그 방에 일어난 어떤 변화, 뭐라고 할 수 없이 미묘하지만 중대하고 형언할 수 없는 어떤 변화였다. 마치 햇빛이 부자연스럽게 갑자기 변하기라도 한 듯, 아니면 저녁 기온이 순식간에 크게 바뀐 듯, 그것도 아니면 공기가 눈 깜짝할 새 배로 옅어지거나 배로 짙어지기라도 한 듯했다. 내 모든 감각이 갑자기 단박에 얼떨떨해져서 그 어떤 설명도할 수 없었던 걸 보면, 어쩌면 이 모든 것에 더해서 다른 일들이 모두 한꺼번에 일어난 것일 수도 있다. 마룻바닥 구멍에 집어넣은 오른손 손가락들이 기계적으로 오므라들었다가 아무것도 찾지 못하고 빈손으로 다시 올라왔다. 금고가 사라졌다!

내 뒤에서 기침 소리가 들렸다. 그것은 부드럽고 자연스러우면서도, 인간의 귀에 들려온 그 어떤 소리보다도 더 마음을 어지럽히는 것이었다. 내가 소스라쳐 놀라 죽지 않은 것은 두 가지 사실 덕분일 것이다. 하나는, 내 감각이 이미 뒤죽박죽이 되어 감지한 것을 서서히 해석할 수밖에 없었다는 점이다. 그리고 또 하나는, 그 기침 소리가 모든 것을 한층 더 끔찍하게 바꿔 놓아서, 일순간 온 우주가 멈춰 선 것만 같았다는 것이다. 마치 행성들이 운행을 멈추고, 태양이 멈춰 서고, 지구가 땅으로 끌어당기고 있던 것들도 공중에 붙들린 것만 같았다. 나는 무릎을 꿇고 있다가 맥없이 뒤로 나자빠져 바닥에 주저앉았다. 이마에는 식은땀이 맺혔고, 눈은 한참 동안 깜박임도 없이 게슴츠레하게 뜬 채 아무것도 볼 수 없었다.

방 안 가장 어두운 창가 구석에 한 남자가 의자에 앉아 나를 응시하고 있었다. 그의 시선은 담담하지만 흔들림이 없었다. 그의 손이 옆에 놓인 작은 탁자 위로 느리게 움직이더니, 거기에 놓여 있던 등불을 아주 천천히 켰다. 등불에는 유리 등잔이 달려 있었고, 그 안으로 내장처럼 구불구불하게 말린 심지가 희미하게 보였다. 탁자에는 찻잔과 주전자 같은 것들도 있었다. 남자는 매더스 노인이었다. 그는 조용히 나를 지켜보고 있었다. 미동도 말도 없었고, 등불 주위로 손을 살짝 움직여 엄지와 검지로 심지를 살살 비빈 것만 빼면 여전히 죽어 있는 것처럼 보였다. 손은 누렇고, 주름진 피부가 뼈에서 헐렁하게 늘어져 있었다. 검지 손마디 위로는 고리 모양의 앙상한 핏줄이 선명했다.

이런 장면을 글로 옮기고, 망연자실한 내 마음을 두드린 감정을 익숙한 말로 전달하기는 쉽지 않다. 이를테면, 우리가 얼마나 오래 거기 앉아서 서로를 바라보고 있었는지 모르겠다. 그 형언할 수도, 헤아릴 수도 없는 시간이 흐르는 동안은 몇 년이든 몇 분이든 똑같이 쉽게 없어질 수 있었다. 아침 빛은 시야에서 사라졌고, 발밑의 먼지 쌓인 바닥은 허공처럼 느껴졌다. 나는 온몸이 녹아내리고 멍하니 홀린 시선만 남아 반대편 구석에서 눈을 뗄 수 없었다.

나는 마치 아무 걱정 없이 거기 앉아서 눈에 보이는 것을 빠짐없이 기록하는 사람처럼, 차갑고 기계적으로 몇 가지를 본 기억이 난다. 그의 얼굴은 무서웠다. 한가운데 있는 눈에는 서늘하고 공포스러운 기운이 서려 있어서, 나머지 이목구비는 차라리 상냥해 보일 정도였다. 피부는 빛바랜 양피지 같았고, 잔주름과 주름살 사이사이로 깊이를 알 수 없는 불가해한 표정이 감돌았다. 그러나 눈은 소름이 끼쳤다. 눈을 보고 있으면, 그것이 진짜 눈이 아니라 전기 같은 것으로 생기를 불어넣은 기계인형처럼 느껴졌다. '눈동자' 중앙에 난 미세한 구멍을 통해 진짜 눈이 몰래 아주 차갑게 응시하고 있을 것만 같았다. 그런 생각은 사실 아무 근거가 없는 것일 수도 있지만, 나를 괴로우리만치 뒤흔들어 놓았고, 내 마음속에 진짜 눈의 색깔과 특징에 대해 끝없는 상념을 불러일으켰다. 그 눈은 과연 진짜일지, 그것 또한 첫 번째 인형과 같은 자리에 구멍이 뚫린 또 다른 인형에 불과하고, 어쩌면 진짜 눈은 수천 겹의 이런 터무니없는 가면 뒤에서 일렬로 뚫린 수많은 구멍을 관통해 응시하고 있는 게 아닐지 궁금했다. 이따금 묵직한 치즈 같은 눈꺼풀이 몹시 나른하게 내려갔다가 다시 올라갔다. 몸에는 낡은 와인색 실내 가운이 헐렁하게 걸쳐져 있었다.

괴로운 나머지, 나는 그가 쌍둥이 형제일지도 모른다고 생각해 봤지만, 곧바로 누군가 이렇게 말하는 소리가 들렸다.

아닐 거야. 목 왼쪽을 잘 보면, 반창고나 붕대 같은 게 보이잖아. 목과 턱에도 붕대를 두르고 있고 말이야.

낙담하며 살펴보니 사실이었다. 의심의 여지 없이, 내가 살해한 남자였다. 그는 4야드 떨어진 곳에서 의자에 앉아 나를 지켜보고 있었다. 온몸을 뒤덮은 벌어진 상처들을 조심하는 것처럼 그는 미동도 없이 뻣뻣하게 앉아 있었다. 삽을 휘두르느라 지친 내 두 어깨에도 뻣뻣함이 퍼져 나갔다.

그런데 누가 말을 한 거지? 겁이 나지는 않았다. 그 말은 똑똑히 들렸지만, 나는 그것이 의자에 앉아 있는 노인의 소름 끼치는 기침 소리처럼 허공을 가로질러 울리지 않았다는 걸 알았다. 그것은 내 속 깊은 곳에서, 그러니까 내 영혼으로부터 들려온 것이었다. 나는 그때까지는 단 한 번도 영혼이 있다고 믿거나 생각해 본 적이 없었지만, 바로 그 순간 내게 영혼이 있다는 걸 알게 되었다. 또 나는 내 영혼이 호의적이고, 나보다 나이가 많으며, 오직 나의 안녕만 염려한다는 것도 알았다. 편의

상 나는 그를 조라고 불렀다. 나는 완전히 혼자가 아니라는 걸 알게 되어 약간 마음이 놓였다. 조가 나를 도와주고 있었다.

그 이후의 시간에 대해서는 굳이 말하지 않겠다. 내가 처한 끔찍한 상황에서, 이성은 아무런 도움도 되지 않았다. 나는 매더스 노인이 철제 자전거 펌프에 맞아 쓰러졌고, 무거운 삽으로 죽임을 당했으며, 들판에 확실히 묻혔다는 것을 알고 있었다. 그리고 같은 사람이 지금 나와 한방에 앉아 나를 조용히 지켜보고 있다는 것도 알았다. 그의 몸이 붕대에 감겨 있기는 했지만, 눈은 살아 있었고, 오른손도 그랬으며, 그의 온 존재도 마찬가지였다. 어쩌면 길가의 살인은 나쁜 꿈이었을지도 모른다.

네 뻣뻣한 어깨는 꿈 같지 않은걸. 그렇긴 해. 내가 대답했다. 하지만 악몽도 실제 경험 못지않게 몸에 무리가 될 수 있지.

나는 기억을 믿기보다는 지금 내 눈에 보이는 것을 믿는 편이 최선이라고 다소 삐뚤어진 결론을 내렸다. 나는 태연한 척 노인에게 말을 걸어, 그가 실재하는지 확인해 보기로 했다. 굳이 따지자면, 우리가 이렇게 된 데 책임이 있는 검은 금고에 관해 물어보리라. 나는 엄청난 위험에 처해 있다는 걸 알고 있었기 때문에 대담해지기로 했다. 바닥에서 일어나 움직이고 말도 하고 최대한 평상시처럼 행동하지 않으면 미칠 것만 같았다. 나는 매더스 노인에게서 시선을 거두고, 조심스럽게 일어나, 그에게서 멀지 않은 곳에 있는 의자에 앉았다. 그러고 나서 그를 바라보니, 내 심장이 잠시 멈췄다가, 온몸을 뒤흔드는 듯 느리고 둔탁하게 망치질하며 다시 뛰기 시작했다. 노인은 조

금도 움직이지 않았지만, 살아 있는 오른손이 찻주전자를 쥐
더니 어색하게 들어 올려 빈 잔에 차를 따랐다. 그의 시선은 내
가 자리를 옮긴 후에도 좇아와 변함없이 나른한 관심으로 나
를 지켜보고 있었다.

갑자기 나의 말문이 열렸고, 기계가 찍어 내는 것처럼 말이
쏟아져 나왔다. 내 목소리는 떨리다가, 이내 단단하고 커져서
온 방을 가득 채웠다. 처음에 내가 무슨 말을 했는지는 기억나
지 않는다. 분명 대개는 의미 없는 말이었을 것이다. 나는 내
혀에서 자연스럽고 건강한 소리가 나는 것에 기쁘고 마음이
놓여서 내용까지는 신경 쓸 겨를이 없었다.

매더스 노인은 움직이지도 않고 아무 말도 하지 않았지만,
분명히 내 말을 듣고 있었다. 잠시 후 그는 고개를 가로젓기 시
작했고, 나는 그가 아니라고 말하는 소리를 분명히 들었다. 그
의 반응에 나는 흥분했고 신중히 말하기 시작했다. 그는 안부
를 묻는 내 질문에 부정적으로 답했고, 검은 금고가 어디로 사
라졌는지에 관해서는 답변을 거부했으며, 심지어 아침이 어두
컴컴하다는 것도 부정했다. 담쟁이로 뒤덮인 탑의 오래되고
녹슨 종소리처럼, 그의 목소리에는 특유의 삐걱거리는 무게감
이 깃들어 있었다. 노인은 아니라는 말 한마디밖에 하지 않았
고, 입술도 거의 움직이지 않았다. 입술 뒤에 치아가 없는 게
분명했다.

"당신은 현재 죽은 건가요?" 내가 물었다.

"아닙니다."

"금고가 어디 있는지 아세요?"

"아니요."

그는 오른팔을 한 번 더 격렬하게 움직여 뜨거운 물을 찻주전자에 붓고는 연하게 우려낸 차를 찻잔에 조금 더 따랐다. 그러더니 다시 가만히 지켜보는 자세로 돌아갔다. 나는 잠시 생각에 잠겼다.

"연한 차를 좋아하세요?" 내가 물었다.

"아니요." 그가 말했다.

"차를 좋아하시나요?" 내가 물었다. "진하든 연하든 보통이든?"

"아뇨." 그가 말했다.

"그러면 왜 차를 마시세요?"

그는 슬픈 표정으로 누런 얼굴을 가로저을 뿐 아무 말도 하지 않았다. 그러다가 고갯짓을 멈추더니, 입을 벌리고 마치 버터를 만들 때 우유를 양동이째 쏟아붓듯이 차 한 잔을 들이부었다.

알아챘어?

아니, 이 집과 집주인의 기괴함밖에는 아무것도. 그는 내가 만난 최고의 대화 상대는 아니야.

나는 내가 꽤 가볍게 말하고 있다는 것을 깨달았다. 마음속으로나 소리 내어 말하는 동안, 또 할 말을 생각하는 동안에는 내가 꽤 용감하고 정상적이라는 느낌이 들었다. 그러나 침묵이 흐를 때면, 내 처지의 공포스러움이 머리 위로 던져진 무거운 담요처럼 나를 덮치고 휘감아 질식시키며 죽음에 대한 두려움을 일깨웠다.

그가 네 질문에 답하는 방식에 특이한 점이 없어?

없어.

모든 대답이 부정이라는 걸 모르겠어? 네가 뭘 묻든지 간에 그는 아니라고만 하잖아.

그건 사실이야. 하지만 그래서 어쩌라는 건지 모르겠어.

상상력을 발휘해 봐.

매더스 노인에게 다시 관심을 집중했을 때, 그는 잠든 것처럼 보였다. 노인은 바위나 앉아 있던 나무 의자의 일부가 된 듯, 찻잔 위로 더 구부정하게 몸을 숙이고 앉아 있었다. 완전히 죽어서 돌덩이로 변해 버린 것만 같았다. 눈 위로 늘어진 눈꺼풀은 축 처져서 두 눈을 거의 덮을 지경이었다. 탁자 위에 있는 오른손은 버려진 듯 맥없이 놓여 있었다. 나는 생각을 가다듬고 날카롭고 요란하게 질문을 던졌다.

"단도직입적으로 물을 테니 대답해 주시겠어요?" 그는 눈꺼풀을 살짝 뜨며 약간 움직였다.

"아니요." 그가 대답했다.

나는 이 대답이 조의 영리한 의견과 일치한다는 것을 깨달았다. 잠시 궁리한 끝에 같은 생각을 뒤집어 물어보았다.

"단도직입적인 질문에 답변을 거부하시는 건가요?"

"아니요." 그가 대답했다.

이 대답은 흡족했다. 그것은 내 마음이 그의 마음을 파악했다는 것, 이제 내가 그와 흡사 논쟁을 벌이고 있으며, 우리가 두 정상적인 인간처럼 행동하고 있다는 것을 의미했다. 나는 내게 일어난 끔찍한 일들을 다 이해하지는 못했지만, 이제 그 것들에 대해 내가 잘못 알고 있었다는 생각이 들기 시작했다.

"좋아요." 내가 조용히 말했다. "그런데 어째서 아니라는 말만 하세요?"

그는 의자에서 눈에 띄게 움직였고 말하기 전에 찻잔을 다시 채웠다. 적당한 말이 떠오르지 않는 것 같았다.

마침내 그가 말했다. "일반적으로, '아니요'가 '예'보다 좋은 대답이니까요." 노인은 열정적으로 말했고, 그의 말은 천 년 동안 입안에 갇혀 있었던 것처럼 쏟아져 나왔다. 내가 그에게 말을 시킬 방법을 찾아 줘서 안도한 듯했다. 그가 내게 옅은 미소를 지어 보인 것 같기도 했지만, 그것은 분명 어슴푸레한 아침빛의 속임수거나 등불 그림자의 장난질이었을 것이다. 노인은 차를 길게 한 모금 삼키고, 묘한 눈으로 나를 쳐다보면서 기다리며 앉아 있었다. 그의 두 눈은 누렇고 주름진 구멍 안에서 반짝이고 활기를 띠며 쉴 새 없이 움직였다.

"그렇게 말하는 이유를 알려 주기 싫으신가요?" 내가 물었다.

"아뇨." 그가 말했다. "젊은 시절 나는 형편없는 삶을 살았고, 나의 가장 큰 약점을 제일 중요하게 여기며 방탕하게 허송세월했지요. 화학비료 카르텔을 만든 일원이기도 했고요."

내 마음은 곧장 존 디브니와 농장과 술집으로 향했고, 우리가 축축하고 외로운 길에서 보낸 끔찍한 오후로 옮겨 갔다. 안 좋은 생각을 멈추려는 듯, 이제 엄격해진 조의 목소리가 다시 들려왔다.

제일 중요하게 여긴 게 뭔지는 물어볼 필요 없어. 악행이라든가 그런 쪽으로 적나라한 묘사를 듣고 싶은 게 아니니까. 상상력을 발휘해. 이 모든 것이 '예', '아니요'와 무슨 상관이 있는지 물어봐.

"그게 '예', '아니요'와는 무슨 상관인가요?"

매더스 노인이 내 말에 개의치 않고 말했다. "얼마 후 나는 다행히도 내 잘못과 그것을 고치지 않으면 이르게 될 비참한 종착지를 깨달았어요. 나는 세상에서 물러나, 세상을 이해하고 어째서 사람의 몸에 세월이 쌓여 갈수록 세상이 더 불쾌해지는지 알아내려고 했지요. 곰곰이 생각한 끝에 알아낸 게 뭔지 알아요?"

나는 다시 기뻤다. 이제는 그가 내게 질문을 던지고 있었다.

"뭔가요?"

"바로 '아니요'가 '예'보다 좋은 말이라는 거지요." 그가 대답했다.

우리가 제자리걸음을 하고 있다는 생각이 들었다.

아냐, 큰 진전이 있어. 난 그의 말에 수긍하기 시작하는걸. '아니요'를 '일반적인 원칙'으로 삼는 건 상당히 일리가 있어. 그게 무슨 뜻인지 물어봐.

"그게 무슨 뜻이에요?" 내가 질문했다.

매더스 노인이 말했다. "나는 깊이 생각해 보고, 말하자면 내 죄를 모두 끄집어내 탁자 위에 펼쳐 봤어요. 그게 큰 탁자였다는 건 두말할 필요가 없겠지요."

그가 자신의 농담에 메마른 미소를 짓는 듯했다. 나는 그의 기분을 돋우려고 빙그레 웃어 보였다.

"나는 모든 죄를 엄격하게 살펴보고 경중을 가려 가며 모든 각도에서 바라봤어요. 내가 어떻게 죄를 범하게 됐는지, 그 죄를 저지를 때 어디에서 누구와 있었는지 자신에게 물어봤지요."

매우 유익한 이야기군. 말 한마디 한마디가 그 자체로 설교야. 잘 들어봐. 이야기를 계속해 달라고 해.

"계속 말씀하세요." 내가 말했다.

고백하건대, 나는 내 몸속 위장 바로 옆에서 딸깍임을 느꼈다. 조가 지혜를 한마디라도 놓칠세라 입술에 손가락을 갖다 대고 늘어진 귀를 쫑긋 세우기라도 하는 것 같았다. 매더스 노인은 조용히 말을 이어 갔다.

"나는 사람이 하는 모든 일은 안팎에 있는 어떤 다른 존재가 한 요청이나 제안에 대한 응답이라는 걸 깨달았어요. 어떤 제안은 선하고, 칭찬할 만하며, 또 어떤 것은 확실히 즐겁지요. 하지만 대다수는 분명 악하고, 꽤 큰 죄악이라고 할 수 있어요. 무슨 말인지 이해하겠어요?"

"완벽히요."

"악한 제안이 선한 것의 세 배는 될 거예요."

나라면 여섯 배라고 하겠어.

"그래서 그 후로 나는 내면이나 외부에서 오는 모든 제안이나 요청, 질문에 '아니요'라고 답하기로 한 거예요. 확실하고 안전하고 단순한 처방은 그것밖에 없으니까요. 처음에는 실천하기 어렵고 때로는 영웅적인 노력도 필요했지만, 나는 부단히 노력했고 완전히 무너지는 일은 없었지요. 이제 내가 '예'라고 한 지는 여러 해가 흘렀군요. 산 자든 죽은 자든 나보다 더 많이 거절하고 부정한 사람은 없을 거예요. 나는 믿을 수 없을 만큼 거절하고, 취소하고, 반대하고, 거부하고, 부인했으니까요."

훌륭하고도 독창적인 방식이군. 이 모든 게 지극히 흥미로우면서도 유익하고, 한마디 한마디가 설교나 다름없어. 정말이지 아주 건전해.

"대단히 흥미롭군요." 내가 매더스 노인에게 말했다.

"이 방식이 평화와 만족을 가져다주더군요." 그가 말했다. "사람들은 대답이 이미 정해져 있다는 걸 알면 구태여 묻지 않아요. 성공할 가능성이 없는 생각을 수고스럽게 머릿속에 떠올리지도 않고요."

"만약 제가, 예를 들어, 위스키 한 잔을 권한다면…… 어떤 면에서는 귀찮으시겠군요." 내가 넌지시 말했다.

"몇 안 되는 내 친구들은 보통 내 방식을 지키면서도 위스키를 승낙할 수 있도록 권하더군요. 그런 것을 거절할 거냐는 질문을 받은 게 한두 번이 아니랍니다." 그가 대답했다.

"대답은 역시 '아니요'인가요?"

"물론입니다."

이때 조는 아무 말도 하지 않았지만, 나는 이 고백이 그의 마음에 들지 않았다는 것을 느낄 수 있었다. 내 안에서 그가 불편해하는 게 느껴졌다. 노인도 약간 불안한 기색이었다. 그는 마치 성스러운 의식이라도 거행하는 것처럼 멍하니 찻잔 위로 몸을 숙였다. 그리고 그는 공허한 소리를 내며 텅 빈 목구멍으로 차를 삼켰다.

성스러운 사람.

나는 그가 입을 닫아 버리는 건 아닐지 걱정하면서 다시 그를 보았다.

"조금 전 마루 밑에 있던 검은 금고는 어디 있나요?" 나는 구석에 있는 구멍을 가리키며 물었다. 그는 고개를 가로저을 뿐 아무 말도 하지 않았다.

"말하기를 거부하시는 건가요?"

"아니요."

"제가 그걸 가져가는 데 반대하십니까?"

"아니요."

"그럼, 그건 어디 있나요?"

"이름이 뭐요?" 불현듯 그가 물었다.

나는 이 질문에 깜짝 놀랐다. 그것은 내 말과는 아무 상관도 없었지만, 나는 그것이 무관하다는 것조차 알아차리지 못했다. 내가 그렇게 간단한 질문에 답할 수 없다는 것을 깨닫고는 어안이 벙벙했기 때문이다. 나는 내 이름을 몰랐고, 내가 누군지 기억하지 못했다. 내가 어디에서 왔는지, 그 방에는 무슨 일로 왔는지도 분명하지 않았다. 검은 금고를 찾는 것 외에는 그 어떤 것도 확실하지 않았다. 하지만 나는 상대방의 이름이 매 더스라는 것, 그리고 그가 펌프와 삽으로 죽임을 당했다는 것을 알고 있었다. 나는 이름이 없었다.

"저는 이름이 없어요." 내가 대답했다.

"당신이 영수증에 서명할 수도 없다면, 금고가 어디 있는지 어떻게 알려 줄 수 있겠어요? 그건 정상적인 일 처리가 아니지요. 차라리 서풍이나 담배 연기한테 줘 버리는 게 낫겠군요. 중요한 은행 서류는 어떻게 작성할 건가요?"

"이름이야 하나 지으면 되지요." 내가 대답했다. "도일이나 스폴드만도 좋고, 오스위니, 하디만, 오가라도 괜찮고요. 고르기 나름이지요. 전 대다수 사람처럼 평생 한 단어에 매여 살지 않아요."

"도일은 별로군요." 그가 무심히 말했다.

바리로 하지. 저명한 테너 바리 씨. 그 위대한 예술가가 로마 성베드로 대성당 발코니에 나타났을 때 50만 명의 군중이 거대한 광장을 가득 메웠지.

다행히도 이 말은, 통상적인 의미에서는, 들리지 않았다. 매더스 노인은 나를 쳐다보고 있었다.

"당신 색깔은 뭔가요?" 그가 물었다.

"제 색깔이요?"

"자기 색깔이 있다는 건 알고 있겠지요?"

"사람들이 가끔 제 얼굴이 붉다고 하더군요."

"그런 얘기가 아니에요."

잘 따라가 보면, 굉장히 흥미로운 내용이 이어질 거야. 아주 교훈적이기도 하고.

나는 매더스 노인에게 조심스럽게 질문할 필요가 있다는 것을 알았다.

"색깔에 관한 이 질문에 관해 설명해 주길 거부하시나요?"

"아니요." 그가 말했다. 그는 잔에 차를 더 따랐다.

"바람에 색깔이 있다는 것은 알고 있겠지요." 그가 말했다. 그는 의자에 조금 더 편히 기댔고, 표정도 살짝 온화해 보일 정도로 바뀐 것 같았다.

"전 알아차리지 못했는데요."

"이런 믿음은 모든 고대 민족의 문헌에 기록돼 있을 거예요.[4] 바람에는 네 종류가 있고 그 아래로 여덟 종류의 하위 바

---

4 드 셀비가 이런 이야기를 들었는지는 분명치 않다. 하지만 그는 사람들이 흔히 믿는 이론처럼, 행성의 움직임 때문에 밤이 오는 것이 아니라고 한다(『가르시아』, 12쪽). 밤은 그가 자세히 다루지 않은 모종의 화산 활동이 만든 '검은 공기'의 축적 때문이라는 것이다. 『컨트리 앨범』, 79쪽과 945쪽도 참조할 것. (『인간인가 신인가 [Homme ou Dieu]』에 실린) 르 푸르니에의 논평은 흥미롭다. "드 셀비가 세계 대전의 발발에 어느 정도 책임이 있는지는 알 수 없다. 그러나 그의 괴상한 이론, 특히 밤이 자연 현상이 아니라 탐욕스럽고 무자비한 산업화가 초래한 병적인 대기 상태라는 주장이 대중에게 깊은 혼란을 가져왔다는 것만은 확실하다.(On ne saura jamais jusqu'à quel point de Selby fut cause de la Grande Guerre, mais, sans aucun doute, ses théories excentriques — spécialement celle que nuit n'est pas un phénomène de nature, mais dans l'atmosphère un état malsain amené par un industrialisme cupide et sans pitié — auraient l'effet de produire un trouble profond dans les masses.)"

람이 있는데, 각각 자기 색깔을 갖고 있지요. 동쪽에서 부는 바람은 짙은 보라색이고 남쪽에서 부는 바람은 빛나는 은색이에요. 북풍은 새까만 검정이고 서풍은 호박색이고요. 옛사람들에게는 이 색깔을 알아차리는 힘이 있었답니다. 그들은 온종일 산비탈에 조용히 앉아, 바람의 아름다움, 바람의 오르내림과 변화하는 색조, 결혼식 리본처럼 바람이 주변 바람과 서로 뒤섞일 때의 마법을 볼 수 있었어요. 그렇게 시간을 보내는 게 신문을 보는 것보다도 더 좋았지요. 하위 바람은 묘사할 수 없을 만치 섬세한 색으로, 은색과 보라색 사이 중간쯤의 불그스름한 노란색이라든지, 검으면서 동시에 갈색인 회색빛이 감도는 초록색 같은 거예요. 남서쪽에서 부는 산들바람에 발그스레해진 시원한 빗줄기가 스쳐 지나간 시골 풍경보다 더 정교하게 아름다운 게 있을까요!"

"**당신**은 이런 색을 볼 수 있나요?" 내가 물었다.

"아니요."

"제 색깔이 뭔지 물으셨지요. 색깔은 어떻게 갖게 되나요?"

그가 천천히 대답했다. "사람의 색깔은 태어날 때 퍼져 있는 바람의 색깔이지요."

"당신의 색깔은 뭔가요?"

"밝은 노랑."

"자기 색깔을 아는 것, 아니 애초에 색깔이 있다는 게 무슨 의미가 있죠?"

"일단, 그걸로 수명을 알 수 있어요. 노란색은 장수를 뜻하고 밝을수록 좋지요."

정말 교훈적이군. 문장 하나하나가 그 자체로 설교야. 설명해 달라고 하자.

"설명 좀 해 주세요."

"결국엔 가운을 만드는 문제예요." 그가 알려 주었다.

"가운이요?"

"예. 내가 태어났을 때 어떤 경찰관이 있었는데, 그에게는 바람을 보는 재능이 있었어요. 요즘엔 그 재능이 아주 드문 것이 되었지요. 내가 태어나자, 그는 밖으로 나가 언덕을 가로질러 부는 바람의 색깔을 살폈어요. 그는 비밀스러운 가방에 어떤 재료와 병을 잔뜩 갖고 있었고, 또 재단사가 쓰는 도구들도 갖고 있었지요. 경찰관은 10분쯤 바깥에 있었어요. 그리고 작은 가운을 들고 들어와 어머니한테 줘서 내게 입혔어요."

"경찰관은 어디서 가운을 구한 건가요?" 내가 놀라서 물었다.

"직접 뒤뜰에서, 아마도 외양간에서 몰래 만든 거예요. 그건 매우 섬세한 거미줄처럼 굉장히 얇고 가벼웠어요. 그걸 들어서 하늘에 대고 보면 전혀 안 보이다가, 빛의 각도에 따라 가끔 가장자리만 언뜻 알아차릴 수 있을 정도로요. 연노랑의 외피를 가장 순수하고 완벽하게 표현한 것이었죠. 이 노랑이 내가 태어날 때 바람의 빛깔이었지요."

"그렇군요." 내가 말했다.

정말이지 아름다운 생각이야.

매더스 노인이 말했다. "생일이 올 때마다, 나는 똑같은 가운을 한 벌씩 더 받아서, 이전 가운과 바꿔 입지 않고 그 위에 겹쳐 입었어요. 내가 다섯 살 때 이런 가운 다섯 벌을 겹쳐 입었는데도 벌거벗은 것처럼 보였다고 하면, 이 재료가 얼마나 곱고도 섬세한지 알 만하지요. 그게 특이하게 노르스름한 빛을 띠는 벌거벗은 색깔이기는 했지만요. 물론 가운 위에 다른 옷을 입을 수도 있어요. 나는 주로 외투를 입었지요. 어쨌든 나는 매해 새로운 가운을 받았어요."

"어디에서 받았나요?" 내가 물었다.

"경찰관한테서요. 내가 자라서 경찰 막사에 가지러 갈 때까지는 집으로 가져다줬지요."

"이 모든 게 어떻게 수명을 예측할 수 있게 해 준다는 거예요?"

"이제 알려 드리죠. 당신 색깔이 뭐든지 간에 그건 출생 가운에 그대로 나타날 거예요. 해마다 가운이 더해져서 색깔은 더 짙어지고 더욱더 또렷해지겠죠. 내 경우엔, 태어났을 때 색깔은 너무 옅어서 보이지도 않을 정도였지만, 열다섯 살에는 밝고 무르익은 노랑을 갖게 됐어요. 이제 나는 일흔이 다 됐고 옅은 갈색이 됐군요. 남은 세월 동안, 가운이 내게 오면 색깔은 진한 갈색으로, 또 우중충한 적갈색으로, 그리고 거기에서 결국엔 흑맥주가 생각나는 아주 어두운 갈색으로 깊어지겠지요."

"그래서요?"

"한마디로, 가운이 더해지고 해가 거듭될수록 색깔은 점차 짙어져 검은색이 되는 거죠. 마침내 가운 한 벌만 더해지면 실제로 진짜 완전한 검은색을 얻게 되는 날이 올 거예요. 바로 그 날 나는 죽는 겁니다."

이 말에 조와 나는 놀랐다. 우리는 조용히 생각에 잠겼다. 조는 방금 들은 이야기를 도덕성이나 종교에 관한 자신의 원칙과 맞춰 보고 있는 것 같았다.

마침내 내가 말했다. "가운 한 벌을 한 해의 삶으로 세고 가운을 많이 얻어서 그걸 모두 한꺼번에 입어 보면 죽는 해를 확인할 수 있다는 말인가요?"

"이론적으로는 그래요. 하지만 그러기에는 두 가지 어려움이 있어요. 첫째는 일반적으로 사망일을 확인하는 게 공공의 이익에 반한다는 이유에서 경찰이 가운을 한꺼번에 내주지 않는다는 겁니다. 평화를 깨뜨린다나 뭐 이런 말을 하면서요. 둘째로는 늘어나는 문제가 있어요."

"늘어나는 문제요?"

"예. 태어났을 때 맞았던 작은 가운을 성인이 돼서도 입고 있을 테니까, 가운이 늘어나서 원래보다 백 배쯤은 커져 있을 게 분명하지요. 당연히, 이게 색깔에도 영향을 미쳐서 원래보다 몇 배는 옅게 만들 거고요. 이렇게, 성인이 될 때까지 모든—통틀어 대략 스무 벌 정도의—가운이 성장에 비례해서 늘어나고 이에 따라 색도 옅어질 겁니다."

이런 식으로 가운이 더해지면 사춘기가 되기 전에 불투명해질지 의문이군.

나는 외투가 있다는 걸 그에게 상기시켰다.

내가 매더스 노인에게 말했다. "그럼 이를테면 셔츠 색깔로 수명을 알 수 있다는 말은 수명이 긴지 짧은지 대략 알 수 있다는 뜻으로 이해하면 되겠군요?"

그가 대답했다. "맞아요. 그래도 머리를 쓰면 상당히 정확하게 예측할 수 있어요. 물론 어떤 색은 다른 색보다 유리하죠. 보라색이나 적갈색 같은 색깔은 아주 안 좋아서 항상 요절을 뜻하지요. 반면 분홍색은 굉장히 좋고, 초록과 파랑의 어떤 색조들도 꽤 괜찮다고 할 수 있어요. 하지만 태어날 때 그런 색이 퍼져 있다는 건, 보통 천둥이나 번개 같은 궂은 날씨를 불러오는 바람이 분다는 거잖아요. 그러니까, 산파를 제때 불러오는 데 곤란을 겪는다거나 하는 어려움이 있을 수 있어요. 아시다시피, 인생에서 좋은 것들에는 대개 어떤 단점이 함께 있기 마련이죠."

모든 것이 정말 매우 아름답군.

"이 경찰관들은 누구예요?" 내가 물었다.

"플럭 경사와 맥크루스킨이라는 사람이 있고, 또 25년 전에 사라져 이후로 소식이 끊긴 폭스라는 세 번째 남자가 있어요. 첫 두 사람은 저 아래 경찰 막사에 있는데, 내가 아는 한 수백 년은 거기 있었을 거예요. 그들은 평범한 눈에는 전혀 보이지 않는 아주 희귀한 색을 입고 활동하는 게 틀림없어요. 내가 알기로 흰 바람은 없거든요. 그들 모두는 바람을 보는 재능을 갖고 있어요."

이 경찰관들에 관한 이야기를 듣고 좋은 생각이 떠올랐다.

그들이 아는 것이 그렇게나 많다면, 검은 금고를 어디서 찾을 수 있을지 알려 주는 것도 어렵지 않을 것이다. 금고를 다시 내 손에 넣을 때까지는 도저히 행복할 수 없으리라는 생각이 들기 시작했다. 나는 매더스 노인을 바라보았다. 그는 이전처럼 다시 수동적인 모습이었다. 눈빛은 흐려지고 탁자 위에 놓인 오른손은 흡사 죽은 것처럼 보였다.

"막사는 멀리 있나요?" 내가 큰 소리로 물었다.

"아니요."

나는 곧장 거기에 가 보기로 마음먹었다. 그때 나는 아주 놀라운 것을 발견했다. 등불 빛이 처음에는 노인이 있는 구석에만 쓸쓸하게 빛나고 있었는데, 지금은 노란빛으로 풍성해져서 온 방을 가득 물들였다. 바깥의 아침 빛은 사그라들어 거의 남아 있지 않았다. 나는 창밖을 보고 화들짝 놀랐다. 방으로 들어올 때, 창문은 동쪽을 향해 있었고, 해가 그쪽으로 떠오르며 무거운 구름을 빛으로 불태우고 있었다. 그런데 이제 해가 정확히 같은 곳에서, 힘없이 마지막 붉은빛을 발하며 지고 있었다. 해는 조금 떠오르다, 멈췄고, 다시 사라졌다. 밤이 왔다. 경찰관들은 잠자리에 들었을 것이다. 내가 이상한 사람들 사이에 떨어진 게 확실했다. 아침이 되면 제일 먼저 막사로 가 보리라 다짐했다. 나는 다시 매더스 노인에게 말을 걸었다.

"제가 위층으로 가서 오늘 밤 침대 하나를 쓰는 데 반대하시 겠어요? 집에 가기에는 너무 늦었고, 비도 올 것 같아서요."

"아니요." 그가 대답했다.

나는 차 세트 위로 몸을 숙이고 있는 그를 남겨두고 계단을 올라갔다. 그가 마음에 들었고 살해된 것이 유감스러웠다. 나는 안도했고, 단순해졌으며, 머지않아 검은 금고를 갖게 되리라 확신했다. 그래도 처음부터 경찰관들에게 금고에 대해 노골적으로 묻지는 않으리라. 나는 요령 있게 굴 것이다. 아침이 되면, 경찰 막사로 가서 미국제 금 손목시계를 도둑맞았다고 신고할 것이다. 어쩌면 이후 내게 벌어진 나쁜 일들은 이 거짓말 때문이었는지도 모르겠다. 내게는 미국제 금시계가 없었다.

제3장

아홉 시간 후 나는 매더스 노인의 집에서 빠져나와, 동트는 아침 하늘 아래 탄탄대로로 나아갔다. 여명은 전염성이 강해서 삽시간에 하늘로 퍼져 나갔다. 새들은 들썩이고, 위풍당당한 나무들은 첫 산들바람에 기분 좋게 살랑거렸다. 내 마음은 행복했고 흥미진진한 모험을 향한 열의로 충만했다. 나는 내 이름도 집도 몰랐지만, 검은 금고는 내 수중에 들어온 것이나 마찬가지였다. 경찰관들이 그것이 있는 곳으로 나를 안내해 줄 것이었다. 금고 안에 든 유가증권의 가치는 못해도 1만 파운드는 족히 될 것이다. 길을 따라 걸어 내려갈 때, 나는 모든 게 매우 즐거웠다.

길은 좁고, 희고, 오래되고, 험하고, 그림자로 얼룩져 있었고, 이른 아침 안개에 싸여 서쪽으로 나 있었다. 그것은 낮은 언덕을 교묘하게 통과하고, 엄밀히 말해 도중에 있다고는 할 수 없을 작은 마을들을 애써 거쳐 갔다. 세상에서 가장 오래된 길 중 하나일지도 몰랐다. 거기에 길이 없었던 때를 떠올리기란 어려웠다. 어떤 현명한 손에 의해서, 나무와 높은 언덕과 습지대의 멋진 경치가 길에서 바라볼 때 아름다운 그림이 되게끔 펼쳐져 있었기 때문이다. 길에서 보는 게 아니라면, 그 풍경의 어떤 면은, 부질없다고는 못 해도 어느 정도는 목적을 잃은 셈이 될 것이다.

드 셀비는 길이라는 주제에 관해 흥미로운 이야기를 남겼다.[1] 그는 길을 인류의 가장 오래된 기념물로 본다. 인간이 지나온 흔적을 표시하기 위해 세운 가장 오래된 돌보다도 길이 수십 세기는 더 앞선다는 것이다. 시간의 발자취는 모든 걸 평평하게 만들었고, 세상 곳곳에 만들어진 길을 더 견고하게 다져 놓았다. 그는 고대 켈트인이 가지고 있었던 기교를 짧게 언급하는데, 바로 길을 보고 '계산하는' 요령이다. 그 시절 현자들은 밤사이에 길을 지나간 무리의 규모를 아주 정확하게 맞출 수 있었다. 특유의 눈으로 발자국을 살펴보고, 그것이 얼마나 완전하거나 불완전한지, 그리고 발자국이 뒤따른 자국에 의해 어떻게 변형됐는지를 판단했다는 것이다. 이런 식으로 그들은 사람이 몇 명이나 지나갔는지, 그들이 말을 탔는지, 방패와 철제 무기로 무장해 무거웠는지, 마차가 몇 대였는지도 알 수 있었다. 그렇게 해서 그들을 죽이려면 몇 명을 뒤쫓아 보내야 할지도 계산할 수 있었던 것이다. 다른 곳에서[2] 드 셀비

---

1 『금빛 시간』, vi. 156.
2 『가르시아 회고록』, 27쪽.

는 좋은 길에는 성격과 어떤 운명의 기운이 깃들어 있으며, 동쪽이든 서쪽이든 간에 어디론가 향하고 있지, 거기서 돌아오고 있는 건 아니라는, 말로는 다 설명할 수 없는 암시가 있다고 주장한다. 그런 길로 가면, 즐거운 여행을 하면서 모퉁이마다 좋은 경치를 보고, 계속 내리막길을 걷는 듯한 편안한 여정을 즐기게 된다. 그러나 서쪽으로 난 길에서 동쪽을 향해 가면, 놀랍게도 전망은 여지없이 황량하고, 발을 아프게 하는 오르막이 엄청나게 이어져 지치게 만든다. 친절한 길이라면, 설령 복잡한 도시로 이어지더라도, 또 그곳에 구불구불한 거리가 그물처럼 얽혀 있고 미지의 목적지로 가는 길이 오백여 개나 있더라도, 가야 할 길이 언제나 자신을 또렷하게 드러내서 복잡한 도시 바깥으로 안전하게 안내해 줄 것이다.

나는 이 길에서 꽤 먼 거리를 조용히 걸어갔다. 뇌의 앞부분으로는 이런저런 생각에 잠기고, 동시에 뒷부분으로는 멋지고 광활한 아침 풍경을 만끽했다. 공기는 상쾌하고 맑고 풍부하고 황홀했다. 그 강렬한 존재감이 곳곳에서 느껴졌다. 공기는 푸른 초목을 흥겹게 흔들어 깨우고, 돌과 바위를 한결 위엄 있고 또렷하게 해 주며, 구름을 끊임없이 배열하고 다시 배열하면서 세상에 생기를 불어넣었다. 태양은 숨어 있던 자리에서 가파르게 떠올라 이제 낮은 하늘에 온화하게 자리 잡고, 황홀한 빛의 홍수와 다가올 열기의 전조를 쏟아 내고 있었다.

나는 들판으로 이어지는 문 옆에서 돌층계를 발견하고 그 위에 앉아 쉬었다. 얼마 지나지 않아, 놀라운 생각이 불현듯 머릿속에 떠올라 나는 깜짝 놀라고 말았다. 우선 나는 내가 누군지—이름이 아니라, 내가 어디에서 왔고 내 친구가 누군지—기억해 냈다. 존 디브니가 떠올랐고, 그와 함께한 삶과 우리가 어째서 겨울 저녁, 물방울이 뚝뚝 떨어지는 나무 아래에서 기다리게 됐는지도 기억났다. 그러고 보니, 지금 내가 이렇게 앉아 있는 아침에 겨울의 기운이 전혀 느껴지지 않는 게 의아했다. 게다가, 보는 곳마다 펼쳐진 아름다운 시골 경치에 익숙한 구석이라고는 전혀 없었다. 집을 떠난 지 이제 이틀째이고 걸어서 세 시간도 채 걸리지 않는 거리였는데, 본 적도 들은 적도 없는 지역에 와 있는 것만 같았다. 도통 이해되지 않았다. 내 인생이 대부분 책과 원고에 파묻혀 지나가긴 했어도, 이 근방에서 내가 다니지 않은 길이나 목적지를 잘 모르는 길은 없었기 때문이다. 그뿐만이 아니다. 처음 가 본 시골의 단순한 낯섦과는 완전히 다른, 특이한 종류의 낯섦이 내 주위에 감돌고 있었다. 모든 게 거의 지나치게 유쾌하고, 지나치게 완벽하며, 지나치게 아름다웠다. 눈길이 닿는 모든 게 다른 것과 섞이거나 혼동될 수 없을 만큼 틀림없고 명확했다. 습지의 색은 아름다웠으며, 초록 들판의 푸르름은 초현실적이었다. 나무는 까다로운 눈도 만족시키도록 곳곳에 늘어서 있었다. 공기를 들이마시기만 해도 감각은 강렬한 기쁨을 느끼며 즐겁게 제 역할을 다했다. 나는 분명 낯선 시골에 있었지만, 마음을 어지럽힌 모든 의구심과 당혹감도 행복하고 홀가분한 느낌을 막지는 못했다. 나는 검은 금고가 숨겨진 곳을 찾아내려는 욕구로 가득했다. 그 안에 든 귀중품이 평생 내 집에서 편히 지내게 해 줄 것이다. 나중에 자전거를 타고 다시 이 신기한 마을로 찾아와, 이 모든 낯섦의 이유를 여유롭게 탐색할 수 있으리라. 나는 돌층계에서 내려와 다시 길을 걸어갔다. 걷기가 즐겁고 편안했다. 내가 길을 거슬러 가고 있지 않은 게 분명했다. 말하자면, 길이 나와 함께 가고 있었다.

전날 밤 잠들기 전, 나는 오랫동안 어리둥절한 채 생각에 잠겨, 새로 발견한 내 영혼과 마음속으로 대화를 나눴다. 이상하게도, 나는 내가 삽으로 살해한(혹은 살해했다고 확신한) 사람의 환대를 즐기고 있다는 당혹스러운 사실에 대해서는 전혀 생각하지 않았다. 나는 내 이름에 대해, 그리고 그것을 잊어버린 것이 얼마나 애타는 것인지에 대해 생각했다. 누구나 이런저런 종류의 이름을 갖고 있다. 어떤 이름은 외모와 연관된 자의적인 꼬리표에 불과하고, 어떤 이름은 순전히 족보상의 관계를 나타낼 뿐이지만, 대부분의 이름은 그 사람의 부모에 대한 어떤 단서를 주고 법적 서류 처리에도 이점을 준다.[3] 심지

---

3 드 셀비는 (『금빛 시간』, 93쪽 이하 참조) 이름에 관한 흥미로운 이론을 제시한 바 있다. 원시 시대로 거슬러 올라가서, 그는 초기 이름이 사람이나 사물의 외양을 대략적인 소리로 연상시킨다고 생각했다. 이를테면, 거칠거나 투박한 모습은 듣기 싫은 후두음으로 표현되었고, 그 반대도 마찬가지라는 것이다. 그는 이런 생각을 다소 터무니없이 밀고 나가, 인종과 피부색, 기질의 특정 항목에 상응하는 모음과 자음의 정교한 패러다임을 만들기도 했다. 급기야 그는 언어 변이를 고려해 낱말을 '합리화'한다면, 이름의 철자를 간단히 검토하기만 해도 그 사람의 생리학적 '집단'을 밝힐 수 있다고 주장하기에 이르렀다. 그는 특정 '집단'이 다른 '집단'에게 보편적으로 '불쾌감을 불러일으킨다'는 점을 보여 주었다. 그러나 이 이론과 관련된 유감스러운 사례가 자기 조

어 개에게도 다른 개들과 구분해 주는 이름이 있다. 길에서든 술집 계산대에서든 아무도 본 적 없는 내 영혼조차도 아무 문제 없이 다른 사람의 영혼과 구분해 주는 이름을 갖고 있다.

설명하기 쉽지 않지만, 나는 갖가지 당혹스러운 문제를 생각하면서도 태연했다. 삶의 한가운데에서 돌연 찾아온 텅 빈 익명성은 좋게 말해도 경종을 울리는 것이며, 정신이 노쇠해지고 있다는 뚜렷한 징후일 수밖에 없다. 그러나 주변 환경에서 느낀 설명할 수 없는 환희 때문에, 이 상황이 그저 유쾌한 농담처럼 흥미롭게만 다가왔다. 만족스럽게 걷고 있는 이 순간에도, 전날 밤 떠올랐던 수많은 질문과 비슷한 엄숙한 물음 하나가 마음속에 남아 있는 것이 느껴졌다. 그것은 조롱 섞인 질문이었다. 나는 어쩌면 듣게 **될지도 모를** 이름들의 목록을 가벼운 마음으로 읊어 보았다.

휴 머레이.

콘스탄틴 페트리.

피터 스몰.

베니아미노 바리 씨.

알렉스 오브라니건 준남작.

쿠르트 프로인트.

카의 행동에서 나왔는데, 그것이 삼촌의 인문학적 연구에 대한 무지 때문이었는지, 아니면 경멸 때문이었는지는 확실치 않다. 이 조카는 포츠머스의 어느 호텔 식료품 저장실에서, 이 패러다임대로라면 그가 다가갈 리 전혀 없는 스웨덴인 하인에게 달려들었다. 결국, 드 셸비는 불미스러운 소송을 피하려고 500~600파운드에 달하는 돈을 지불해야만 했다.

존 P. 드 살리스 씨, 석사.

닥터 솔웨이 가르.

보나파르트 고스워드.

렉스 오헤이건.

조가 말했다. 베니아미노 바리 씨, 저명한 테너. 위대한 테너의 초연이 열리는 라 스칼라 극장 밖에서 세 차례의 경찰 진압. 더 이상 입석이 없다는 운영진의 말에 격앙된 만 명 정도의 열성팬이 바리케이드를 돌파하려고 하면서, 라 스칼라 오페라 극장 밖에서는 보기 드문 광경이 펼쳐졌지. 엄청난 아수라장 속에서 수천 명이 다쳤고, 그중 79명은 치명상을 입었어. 피터 쿠츠 순경은 사타구니를 다쳤는데, 회복하기 어려울 거야. 이 광경에 견줄 만한 것은 바리 씨가 공연을 끝냈을 때 극장 안에 있던 사교계 관객들이 보인 열광뿐이야. 이 위대한 테너의 목소리는 실로 경탄할 만했지. 그는 감기에 걸린 듯한 허스키하고 풍성한 저음에서 시작해, 카루소가 즐겨 부르는 아리아 〈그대의 차가운 손〉의 불멸의 선율을 열창했어. 그가 신과 같은 임무에 몰입하자, 금빛 음표가 끝없이 흘러나와 드넓은 극장 구석구석까지 전해졌고, 모든 이를 가슴속까지 전율시켰어. 그가 높은 도에 도달했을 때, 천국과 땅이 환희의 절정으로 합쳐지는 것만 같았고, 관객들은 일제히 자리에서 일어나 위대한 예술가에게 모자와 프로그램과 초콜릿 상자 세례를 퍼부으며 환호했지.

고맙군. 내가 웃으며 중얼거렸다.

조금 과장되기는 했지만, 네가 내심 자신에게 허용한 허세와 허영을 보여 줬을 뿐이야.

그래?

그럼, 닥터 솔웨이 가르는 어때? 공작 부인이 실신했군. 관객 중 의사가 있습니까? 창백한 얼굴의 동요한 구경꾼들을 뚫고 조용히 앞으로 나아가는, 가늘고 신경질적인 손가락에 머리카락이 희끗희끗한 홀쭉한 체구. 나지막하지만 단호하게 전달된 몇 가지 간단한 지시. 5분 안에 상황이 잘 정리됐어. 창백한 얼굴에 미소를 띤 채, 공작 부인이 낮은 목소리로 감사를 전해. 숙련된 진단이 또 하나의 비극을 막은 셈이지. 작은 틀니가 흉부에서 빠져나왔어. 모든 이의 마음이 이 나지막이 말하는 인류의 봉사자에게 향하고 있어. 너무 늦게 불려 와 행복한 결말밖에 보지 못한 공작이 수표장을 펼치더니, 어느새 존경의 작은 표시로 수표에 천 기니를 적어 두었지. 미소 띤 의사는 수표를 받아서 갈기갈기 찢어 버렸지만. 홀 뒤편에서 푸른 옷을 입은 여인이 〈당신에게 평화를〉을 부르기 시작하고, 이 노래가 음량과 진심을 키우며 고요한 밤으로 퍼져 나가자, 마지막 선율이 채 사그라들기도 전에 모든 눈은 눈물에 젖고 마음은 동경으로 가득 차게 되지. 닥터 가르는 겸손하게 고개를 저으며 미소 지을 뿐이고.

그 정도면 충분해. 내가 말했다.

나는 흔들림 없이 계속해서 걸었다. 태양은 동쪽에서 빠르게 무르익고, 엄청난 열기가 마법처럼 대지에 퍼지기 시작해,

나 자신을 포함한 모든 걸 꿈결같이 나른하게 매우 아름답고도 행복하게 만들어 주었다. 길가 여기저기 부드러운 풀밭과 물이 없어 쉬어 가기 좋은 도랑이 나를 유혹하고 초대하는 것만 같았다. 길은 천천히 달구어져 더 단단해졌고, 걷기는 더 힘겨워졌다. 오래지 않아, 나는 경찰 막사가 가까워진 게 분명하니, 한 번 더 쉬어 당면한 임무에 보다 잘 대비하리라 마음먹었다. 나는 걸음을 멈추고 도랑 그늘에서 몸을 쭉 뻗었다. 날은 완전히 새로웠고, 도랑은 포근했다. 나는 햇살에 취해 맘껏 기대 누웠다. 코끝으로 건초 냄새, 풀내, 멀리서 날아온 꽃향기 같은 수백만 가지 작은 힘이 느껴졌고, 머리 아래로는 근심을 잊게 하는 대지의 확실성이 전해졌다. 새롭고 화창한 날, 세상의 날이었다. 새들은 거침없이 지저귀고, 견줄 데 없는 줄무늬 벌들이 제 임무를 다하느라 내 위로 지나가 좀체 같은 길로 되돌아오지 않았다. 내 눈은 감겨 있었고, 머리는 우주의 회전으로 윙윙거렸다. 누워 있은 지 오래지 않아, 나는 정신을 잃고 곤히 잠들었다. 뒤편에서 잠든 내 그림자처럼, 나는 움직임도 감정도 없이 오랫동안 거기 잠들어 있었다.

다시 눈을 떠 보니, 시간이 훌쩍 흘러가 있었고, 체구가 작은 한 사내가 곁에 앉아 나를 지켜보고 있었다. 그는 묘한 데가 있었고, 묘하게 생긴 파이프 담배를 피우고 있었으며, 손을 떨었다. 그의 눈도 묘했는데, 경찰관을 지켜보느라 그렇게 된 건지도 몰랐다. 눈은 예사롭지 않았다. 두 눈의 위치에는 특이한 점이 없었지만, 그의 눈은 곧은 것을 똑바로 바라보지 못하는 듯했다. 그 기이한 부조화가 비뚤어진 것을 보는 데 적합한지는 알 수 없었다. 그가 나를 보고 있다는 건 고개가 돌아간 모양으로 알 수 있을 뿐, 그와 눈을 마주치거나 시선을 되받을 수는 없었다. 그는 왜소했고 옷차림이 남루했으며 머리에 옅은 연어색 모자를 쓴 채였다. 그는 말없이 고개를 내 쪽으로 향하고 있었다. 나는 그의 존재가 불안했다. 내가 깨어나기 전 얼마나 오래 나를 지켜보고 있었던 것인지 모를 일이었다.

조심해. 아주 의심스러운 손님이야.

나는 주머니에 손을 넣어 지갑이 그대로 있는지 확인했다. 지갑은 그대로 있었고, 좋은 친구의 손처럼 부드러우며 따뜻했다. 도둑맞지 않았다는 것을 알고는, 나는 그에게 상냥하고 공손하게 말을 걸어 보기로 했다. 그가 누군지 알아보고 막사로 가는 길도 물어볼 생각이었다. 나는 검은 금고를 찾는 데 도움이 될 수만 있다면, 사소한 도움도 얕잡아 보지 않으리라 마음먹었다. 나는 그에게 인사를 건네고 그의 표정 못지않게 최대한 알 수 없는 표정을 지어 보였다.

"행운을 빕니다." 내가 말을 걸었다.

"권력을 누리시길." 그가 퉁명스럽게 응답했다.

이름과 직업을 물어보고 어디로 가는지 알아봐.

내가 말했다. "캐묻고 싶지는 않습니다만, 혹시 새 잡는 분이십니까?"

"새 잡는 사람은 아니오." 그가 대답했다.

"행상인인가요?"

"그것도 아니오."

"여행객이십니까?"

"아니, 그렇지 않소."

"떠돌이 악사입니까?"

"그것도 아니오."

나는 어리둥절한 미소를 지으며 말했다.

"묘한 인상을 풍기는 분, 가늠하기 어렵고, 신분을 짐작하기도 쉽지 않은 분이군요. 한편으로는 아주 만족해하는 것 같지만, 또 만족하지 않는 듯도 합니다. 삶에 무슨 불만이 있습니까?"

그는 내 쪽으로 주머니 모양의 담배 연기를 뿜으며, 눈 주위를 덮은 덥수룩한 머리카락 너머로 나를 유심히 바라봤다.

"이게 삶이오?" 그가 답했다. "이런 건 차라리 없는 게 낫겠소. 삶에는 기묘하고 보잘것없는 쓸모밖에 없으니까. 먹거나 마실 수도 없고, 파이프에 넣어 피울 수도 없고, 비를 막아 주지도 않고, 붉게 달아오른 정열로 떨려 맥주를 마신 밤에 옷을 벗겨 침대로 데려간들 어둠 속에서 안기 좋은 상대도 아니잖소. 그건 크나큰 실수다, 차라리 없는 게 나은 거요. 침대 옆 요강이나 외국산 베이컨처럼."

"이렇게 멋지고 활기찬 날에 참 좋은 말씀이군요." 내가 나무랐다. "태양이 하늘로 솟아올라 지친 뼛속까지 근사한 소식을 전해 주고 있는데요."

"아니면 깃털 침대처럼." 그가 계속 말했다. "아니면 강력 스팀 기계로 만든 빵처럼. 그런 게 당신이 말하는 삶이오? 삶?"

삶의 고단함을 설명하면서 본질적인 달콤함과 매력을 강조해.

어떤 달콤함?

봄날의 꽃, 인생의 영광과 성취, 저녁 새들의 노래……. 무슨 말인지 잘 알잖아.

달콤함에 대해서는 아직 잘 모르겠는걸.

"삶은 형태를 제대로 파악하기도 정의하기도 어렵지요." 내가 묘한 사내에게 말했다. "하지만 삶을 즐거움으로 정의한다면, 시골보다는 도시에 더 나은 종류의 즐길 거리가 있다고들 하더군요. 프랑스의 어떤 지역에서는 아주 탁월한 종류의 재미를 누릴 수 있다고 들었어요. 고양이들은 어릴 때부터 즐거움을 가득 품고 있다는 걸 아십니까?"

그는 못마땅한 표정으로 내 쪽을 쳐다보고 있었다.

"이게 삶이오? 많은 이들이 오랫동안 삶이 뭔지 알아내려고 하다가, 마침내 그걸 이해하고 머릿속에 어떤 패턴을 그리게 될 때, 젠장, 침대로 가서 죽게 되지요! 독을 삼킨 양치기 개처럼 죽는 거요. 그것만큼 위험한 것도 없어요. 피울 수도 없고, 절반을 떼 준다고 해도 푼돈도 내겠다는 사람이 없고, 결국엔 당신을 죽여 버리니까. 그건 기묘한 장치, 아주 위험한 죽음의 덫일 뿐. 삶?"

그는 몹시 짜증스러운 표정으로, 자신이 파이프로 만든 작은 잿빛 벽 너머에서 한동안 말없이 앉아 있었다. 잠시 후에,

나는 그가 무슨 일을 하는 사람인지 다시 물어보았다.

"아니면 토끼 잡는 분입니까?" 내가 물었다.

"아니, 그렇지 않소."

"떠돌이 일꾼?"

"아니요."

"증기 탈곡기 운전하시는 분인가요?"

"딱히 그렇지는 않소."

"양철공?"

"아니요."

"마을 서기?"

"아니요."

"수도 검사원?"

"아니요."

"병든 말을 위한 약 장수?"

"약은 아니오."

나는 곤혹스러워하며 말했다. "그럼, 정말이지 굉장히 특이한 일을 하시는군요. 저처럼 농부거나, 술집 점원이거나, 혹시 직물 쪽이 아니라면, 저는 도통 짐작할 수가 없네요. 그러면 배우나 광대입니까?"

"그 어느 것도 아니오."

그는 갑자기 몸을 일으켜 거의 똑바로 나를 바라보았다. 꽉 다문 턱에서 파이프가 공격적으로 튀어나와 있었다. 그는 세상을 연기로 가득 채워 놓았다. 나는 불안했지만, 그가 아주 두렵지는 않았다. 나는 삽만 있으면, 그를 간단히 해치울 수 있으리라는 걸 알고 있었다. 그의 기분을 맞춰 주고, 그의 말에 맞장구쳐 주는 게 가장 현명할 것 같았다.

"나는 강도요." 그가 음침한 목소리로 말했다. "칼도 있고, 팔이 강력한 증기 기계만큼 튼튼한 강도요."

"강도요?" 내가 소리쳤다. 내 예감은 틀리지 않았다.

침착해. 방심은 금물이야.

"팔 힘이 세탁소에서 번쩍이며 움직이는 기계들 못지않지. 흉악한 살인자이기도 하고. 나는 삶에 대한 존중이란 게 티끌만큼도 없어서, 강도질할 때마다 사람을 죽이니까. 사람을 많이 죽이다 보면, 나누어 가질 삶이 더 많이 남게 될 테고, 어쩌면 내가 천 살까지 살면서 일흔까지 목소리가 생생할지도 모르잖소. 돈주머니를 갖고 있소?"

가난과 궁핍을 호소해. 돈을 꿔 달라고 해 봐.

그건 어렵지 않아. 내가 답했다.

"저는 돈이라고는 전혀 없어요. 동전이든 금화든 어음이든지요." 내가 대답했다. "전당포 영수증도 없고, 흥정할 만하거나 값어치가 있는 거라고는 아무것도 없어요. 저도 댁만큼 가난해서, 2실링을 꿔서 여비에 보탤까 했다니까요."

그를 보며 앉아 있자니, 나는 더 불안해졌다. 그는 파이프를 치우고 농부들이 쓰는 긴 칼을 꺼냈다. 그는 칼날과 거기 번쩍이는 빛을 쳐다보았다.

그가 키득거리며 말했다. "돈이 없어도 당신의 하찮은 목숨을 앗아 갈 거요."

"제 말 좀 들어 보세요." 내가 단호한 목소리로 답했다. "강도와 살인은 불법인 데다가, 제 목숨은 당신 목숨에 보탬이 되지 않을 겁니다. 저는 가슴에 병이 있어서, 여섯 달 안에 죽게 될 테니까요. 게다가, 화요일에 제 찻잔에 어두운 장례식이 점괘로 나타나기도 했고요. 제 기침 소리를 한 번 들어 보세요."

나는 억지로 마른기침을 크게 했다. 기침은 산들바람처럼 주변에 있는 풀을 스쳐 지나갔다. 이제는 벌떡 일어나 재빨리 달아나는 게 현명할지도 모른다는 생각이 들었다. 그것이 간단한 해결책일 것이다.

"제게는 또 다른 문제가 있어요." 내가 덧붙여 말했다. "제 일부는 나무로 되어 있고, 거기에는 생명이 없습니다."

묘한 사내는 놀라 날카로운 비명을 내지르며 벌떡 일어났고, 뭐라 표현할 수 없을 만큼 묘한 표정을 지었다. 나는 미소를 띠며 왼쪽 바짓단을 걷어 나무 정강이를 보여 주었다. 그는 그것을 유심히 살펴보고, 단단한 손가락으로 가장자리를 만져 보았다. 그러고는 곧바로 앉아 칼을 거두더니, 파이프를 다시 꺼냈다. 파이프는 주머니 속에서 줄곧 타고 있었던 것만 같았다. 그는 지체하지 않고 곧장 파이프를 피우기 시작했고, 얼마 지나지 않아 푸른 연기와 잿빛 연기가 자욱하게 피어올라, 그의 옷에 불이라도 붙은 듯했다. 그가 연기 사이로 내게 다정한 표정을 지어 보였다. 잠시 후, 그는 상냥하고 부드럽게 내게 말을 건넸다.

"당신을 해치지 않겠소." 그가 말했다.

"멀린가에서 병을 얻은 것 같아요." 내가 설명했다. 나는 그의 신뢰를 얻었고, 이제 폭력의 위험이 사라졌다는 걸 알았다. 이후 그가 한 행동은 놀라웠다. 그는 낡은 바지를 올려 자신의 왼쪽 다리를 보여 주었다. 그것은 매끈하고 맵시 있고 제법 통통했지만, 역시 나무로 만들어져 있었다.

"재밌는 우연이네요." 내가 말했다. 이제야 나는 그가 갑자기 태도를 바꾼 이유를 알 수 있었다.

그가 대답했다. "당신은 착한 사람이니, 털끝 하나도 건드리지 않겠소. 나는 이 나라의 외다리 사내들 대장이오. 지금껏 단 한 사람, 바로 당신만 빼고는 다 알고 있었는데, 이젠 당신도 내 친구요. 누가 당신을 흘겨보면, 내가 그자의 배를 갈라 놓을 거요."

"정말이지 친절한 말씀이군요." 내가 말했다.

그가 양팔을 넓게 벌리며 말했다. "활짝 열려 있으니, 곤란한 일이 생기면 나를 찾으시오. 그 여자한테서 구해 줄 테니."

"여자에게는 전혀 관심이 없습니다." 내가 웃으며 말했다. "오락거리로는 차라리 바이올린이 더 낫지요."

"그건 중요치 않소. 난처하게 구는 게 군대든 개든, 외다리 남자들과 와서 배를 갈라 버리겠소. 내 이름은 마틴 피누케인이오."

"그럴듯한 이름이군요." 나는 수긍했다.

"마틴 피누케인." 그는 세상에서 가장 아름다운 음악을 듣기라도 하는 양, 자기 목소리에 귀 기울이며 되뇌었다. 그는 드러누워 귀까지 몸을 짙은 연기로 가득 채웠다가, 터지기 직전에 다시 연기를 내뿜어 그 속에 몸을 감췄다.

"말해 보시오." 마침내 그가 말을 꺼냈다. "원하는 것이 있소?"

이 엉뚱한 질문은 뜻밖이었지만, 나는 재빨리 대답했다. 있다고 말이다.

"무엇이오?"

"제가 찾고 있는 것을 찾는 거지요."

"근사한 소원이군요." 마틴 피누케인이 말했다. "그걸 어떻게 실현할 셈이오? 어떻게 상황을 무르익게 만들어 결국 그럴듯한 사실로 만들 거요?"

내가 말했다. "경찰 막사에 가서, 경찰관들에게 그게 있는 곳으로 안내해 달라고 할 겁니다. 막사까지 가는 길을 알려 줄 수 있나요?"

"아마도요." 피누케인 씨가 말했다. "마지막으로 요청할 게 있소?"

"비밀스러운 요청이 하나 있긴 합니다." 내가 대답했다.

"분명 근사한 요청일 거요." 그가 말했다. "하지만 비밀이라면, 굳이 알려 달라고 하진 않겠소."

매캐한 냄새로 보아, 그는 담배를 다 피우고, 이젠 파이프까지 태우고 있는 것 같았다. 그는 가랑이 주머니에 손을 넣어 둥근 물건을 꺼냈다.

"행운을 비는 금화를 하나 주겠소." 그가 말했다. "금빛 운명을 위한 금빛 징표요."

나는 말하자면 금빛 감사를 건넸지만, 그가 준 동전은 실은 반짝이는 페니였다. 나는 그걸 아주 귀중하고 가치 있는 것인 양 조심스럽게 주머니에 넣었다. 나는 말투가 별난 이 괴짜 나무다리 형제를 솜씨 좋게 다뤘다는 생각에 기분이 좋았다. 길 저편에 작은 강이 있었다. 나는 일어나, 강을 보고 하얗게 이는 물을 지켜보았다. 물은 돌투성이 강바닥에 떨어졌다가 공중으로 튀어 오르며, 흥겹게 모퉁이를 돌아 빠르게 흘러갔다.

마틴 피누케인이 말했다. "이 길로 쭉 가면 경찰 막사가 나올 거요. 오늘 아침에 내가 거기서 1마일쯤 왔으니, 강물이 길에서 멀어지는 지점에서 그걸 보게 될 거요. 지금 잘 보면, 갈색 외투를 입은 듯한 통통한 송어들이 이 시간에 막사에서 돌아오는 게 보일 거요. 송어들이 매일 아침 거기서 두 경찰관이 버리는 음식 찌꺼기로 근사한 아침 식사를 하거든요. 저녁은 반대편 마을로 가서 먹지만 말이오. 거기선 집들이 물을 등지고 있고, 맥피터슨이라는 사람이 빵집을 하지요. 그는 빵 운반차 세 대와 높은 산길용 가벼운 수레 한 대를 갖고 있고, 또 월요일과 수요일마다 킬키쉬킴에 간다오."

내가 끼어들었다. "마틴 피누케인. 여기와 목적지 사이에서 할 고민이 백 개 하고도 두 개나 더 있어서 서둘러야 합니다."

그는 연기가 자욱한 도랑에서 내게 다정한 눈길을 보냈다.

"잘생긴 친구, 그대의 운에 행운이 함께 하길." 그가 말했다.

"위험을 맞이할 땐, 내게 알리시오."

나는 작별 인사를 하고, 악수한 후 그를 떠났다. 길 아래에서 돌아보니, 연기가 피어오르는 도랑 입구밖에 보이지 않았다. 행상인들이 도랑 바닥에서 음식이라도 만드는 것만 같았다. 떠나기 전에 한 번 더 뒤돌아보니, 그의 늙은 머리가 사라지는 내 모습을 유심히 살펴보고 있었다. 그는 재미있고 흥미로웠으며, 막사로 가는 길과 거리를 알려 줘서 내게 도움이 되었다. 길을 가다 보니, 나는 그를 만난 것이 조금 기쁘게 느껴졌다.

재밌는 손님이야.

제4장

드 셀비가 한 모든 놀라운 말 중에서도, '여행은 환각이다'라는 주장에 견줄 만한 것은 없을 것이다. 이 말은 『컨트리 앨범』에 실려 있는데, 집과 평범한 옷을 무척 싫어한 그가 이 둘을 한꺼번에 대체하기 위해 고안한 끔찍한 캔버스 옷인 '텐트 슈트'에 관한 그 유명한 고찰과 나란히 등장한다.[1] 내가 이해하는 한, 그의 이론은 경험이라는 증거를 무시할 뿐만 아니라, 내가 시골길을 많이 걸으며 알게 된 것과도 어긋난다. 드 셀비는 인간 존재를 '무한히 짧은 정적인 경험의 연속'으로 정의했는데, 그는 조카의 옛 영화 필름들을 검토하고 이런 개념에 도달한 것으로 보인다.[2] 이런 전제에서 그는, 삶에서 어떤 진전

---

[1] 822쪽.

[2] 이것은 그가 『금빛 시간』(155쪽)에서 '강한 반복적 요소'가 있고 '지루하다'고 한 그 필름들이 분명하다. 당시 그는 영화 제작의 원리를 파악하지 못한 채, 필름 한 장 한 장을 인내심 있게 살펴보고, 스크린에서도 그런 식으로 상영될 것이라고 상상한 게 틀림없다.

이나 연속성이 실재하거나 진짜라는 걸 부정하고, 통상적인 의미에서 시간이 흐른다는 생각도 받아들이지 않는다. 또 그는 한 장소에서 다른 장소로 이동하거나 심지어 '살아가는' 동안 보통 경험하는 진전의 느낌조차도 환각일 뿐이라고 한다. 그는 A에 있는 사람이 동떨어진 장소 B에 가려면, 무수히 많은 중간 지점에서 무한히 짧은 간격으로 멈춰야 한다고 설명한다. 따라서 '여행'을 시작하기 전 A에 머물러 있을 때 일어나는 일과, '이동 중' 이런저런 중간 지점에 멈춰 있을 때 일어나는 일 사이에는 본질적인 차이가 없다는 것이다. 그는 긴 각주에서 이 '중간 지점들'을 다루고 있다. 그는 '중간 지점들'을 A-B 축 위에 임의로 정한 몇 인치 혹은 몇 피트 간격의 점들로 생각해서는 안 된다고 충고한다. '중간 지점들'은 서로 무한히 가까우면서도, 그 사이에 또 다른 '사이 중간' 지점들을 삽입할 수 있을 만큼 떨어져 있다는 것이다. 또 이 '사이 중간' 지점들 사이에도 다시—물론, 엄밀히 맞닿아 있는 게 아니라, 이 원리를 무한히 적용할 수 있게 배열된—또 다른 멈출 지점들이 연달아 있다고 상상해야 한다고 말한다. 그는 인간의 뇌가—'현재의 발달 상태에서는'—이런 개별적인 '멈춤들'의 실재를 이해하지 못하고, 수많은 '멈춤들'을 묶어서 그 결과를 운동이라고 부르기 때문에, 진전이라는 환상이 생겨난다고 본다. 하지만 같은 몸이 떨어진 두 지점에 동시에 있을 수는 없으므로, 운동은 전적으로 성립할 수 없고 불가능한 과정이다. 따라서 운동도 환상이다. 그는 거의 모든 사진이 그의 가르침을 입증하는 결정적 증거라고 말한다.

　드 셀비의 이론이 타당한지를 떠나서, 그가 그것을 정직하게 믿었으며, 실행하려는 시도도 여러 번 했다는 증거는 충분하다. 영국에 머무는 동안 그는 한때 바스에서 살았는데, 급하게 포크스톤에 갈 일이 있었다.[3] 그가 여행한 방식은 전혀 평범하지 않았다. 그는 철도역에 가서 기차를 알아보는 대신, 그 여정에서 거치게 될 지역의 그림엽서를 준비해 숙소 방에 자신을 가뒀다. 시계와 기압계, 그리고 외부 빛의 변화에 맞춰 가스등 밝기를 조절하는 장치도 정교하게 배치했다. 그 방에서 무슨 일이 있었는지, 또 시계와 다른 기계들이 정확히 어떻게 조작되었는지는 알 수 없다. 일곱 시간이 흐른 후, 그는 자신이 포크스톤에 있다고 확신하며 나타났다. 그는 철도와 선박 회사가 달가워하지 않을, 여행자들을 위한 공식을 개발했다고 믿고 있었다. 자신이 여전히 바스의 익숙한 환경에 있다는 걸 알게 되었을 때 그가 어느 정도 환멸을 느꼈는지는 기록되어 있지 않다. 다만, 한 권위자[4]는 그가 눈썹 하나 까딱하지 않고 포크스톤에 갔다가 돌아왔다는 주장을 했다고 전한다. 문제의 이날, 그 석학이 포크스톤 은행에서 나오는 것을 실제로 목격했다고 주장하는 (익명의) 남성에 관한 언급이 남아 있다.

　드 셀비의 이론이 대체로 그렇듯이, 결국 이렇다 할 결론은 없다. 그토록 위대한 정신이 가장 명백한 현실에도 의문을 제

3　해치조의 『드 셀비의 삶과 시대』를 보라.

4　바셋: 『세상의 빛(*Lux Mundi*): 드 셀비 회고록』.

기하고, (낮과 밤의 순환처럼) 과학적으로 증명된 것마저 반박하며, 같은 현상에 대한 자신의 황당무계한 설명을 절대적으로 믿었다는 것은 참으로 묘한 수수께끼다.

경찰 막사로 가는 내 여정에 대해서는, 그것이 환각이 아니었다는 말이면 충분하다. 태양의 열기가 내 몸 구석구석까지 스며들었고, 길의 단단함은 조금도 누그러질 기미가 없었으며, 내 걸음에 맞춰 시골 풍경이 천천히 그러나 확실히 변했다. 왼쪽으로는 어둡게 파인 상처투성이 갈색 습지대가 펼쳐져 있었고, 들쭉날쭉한 덤불과 흰 바위가 흩어져 있었다. 저 멀리 집들이 군데군데 작은 나무들에 반쯤 몸을 숨기고 있었다. 그 너머로는 보랏빛 신비로운 안개 속에 감춰진 또 다른 지역이 있었다. 오른쪽으로는 더 푸른 시골 경치가 펼쳐졌다. 작고 휘몰아치는 강이 길을 따라 정중한 거리를 유지하면서 흐르고, 그 반대편에는 바위가 많은 목초지 언덕이 위아래로 먼 거리까지 뻗어 있었다. 멀리 하늘 가까이에 작은 양이 보였고, 구불구불한 좁은 길이 여기저기로 나 있었다. 사람의 흔적이라고는 전혀 없었다. 아직 이른 아침인 모양이었다. 미국제 금시계를 잃어버리지만 않았다면, 시간을 알 수 있을 텐데.

네겐 미국제 금시계가 없잖아.

바로 그때, 갑자기 이상한 일이 벌어졌다. 내 앞에 놓인 길이 왼쪽으로 완만하게 굽어졌고, 굽이진 곳으로 다가가자, 심장이 불규칙하게 요동치기 시작했다. 설명할 수 없는 흥분이 나를 완전히 사로잡았다. 딱히 눈에 띄는 것은 없었고, 내 안에서 벌어지고 있는 일을 설명할 수 있을 만큼 풍경이 바뀐 것도 아니었다. 나는 눈을 크게 뜨고 계속 걸어 나갔다.

굽이진 곳을 돌자, 놀라운 광경이 눈앞에 펼쳐졌다. 100야드쯤 앞 왼편에 깜짝 놀랄 만한 집 한 채가 있었다. 흡사 도로변 광고판에 조악하게 그려진 엉터리 그림 같았다. 그것은 완전히 가짜 같았고 전혀 설득력이 없었다. 그 건물에는 깊이도 넓이도 없어 보여서, 어린아이도 속아 넘어가지 않을 것 같았다. 나는 이전에도 도로변 그림과 안내판을 본 적이 있었기 때문에, 그것 자체가 그렇게 놀랍지는 않았다. 내가 어리둥절할 수밖에 없었던 것은, 마음속 깊이 확실히 알고 있었던 사실, 그러니까 이게 바로 내가 찾고 있던 그 건물이고, 그 안에 사람이 있다는 것 때문이었다. 이것이 경찰관들의 막사라는 데에는 추호의 의심도 없었다. 내 평생 그토록 부자연스럽고 형편없는 걸 두 눈으로 보기는 처음이었다. 마치 으레 있는 차원 하나가 빠져서 나머지도 의미를 잃은 것처럼, 내 시선은 그것을 이해하지 못하고 주변을 맴돌았다. 집의 외관은 의자에 앉은 노인을 본 후로 내가 마주친 것 중 가장 놀라운 것이었다. 나는 그것이 두려웠다.

나는 속도를 늦춰 계속 걸어 나갔다. 다가가자, 집 모양이 변한 것 같았다. 처음에는 평범한 집 모양과 전혀 어울리지 않았는데, 이제 일렁이는 물속에 있는 것을 언뜻 볼 때처럼 윤곽이 모호해졌다. 그러다 다시 또렷해지더니, 뒤쪽으로 어떤 공간, 그러니까 집 정면 뒤로 방이 있을 만한 작은 공간이 나타나기 시작했다. 내가 그렇게 생각한 것은, 옆면이 있어야 할 방향으로 다가가고 있음에도, 내 위치에서 '건물'의 정면과 뒷면이 동시에 보이는 것 같았기 때문이다. 옆면이 보이지 않았기 때문에, 나는 그 집이 내 쪽으로 꼭짓점을 둔 삼각형이라고 생각했다. 하지만 15야드 정도 떨어진 곳까지 다가갔을 때, 나는 내쪽으로 난 작은 창을 똑똑히 볼 수 있었고, **모종의** 옆면이 있다는 것을 알게 된 것이다. 이내 내가 건물의 그늘 안에 거의 들어와 있는 것을 깨달았고, 나는 놀라움과 불안으로 목이 타고 겁이 났다. 가까이서 보니 아주 희고 적막하다는 것만 빼면 꽤 평범해 보였다. 막사는 중대하고도 두려운 느낌을 불러일으켰다. 온 아침과 온 세상이 오로지 그것의 틀을 짜고 거기에 크기와 위치를 부여하기 위해 존재했던 것만 같았다. 내 단순한 감각으로도 그것을 발견하고 스스로 이해한 척할 수 있도록 말이다. 문 위의 경찰 로고가 그곳이 경찰서인 걸 알려 주었다. 내 평생 그런 경찰서는 본 적이 없었다.

어째서 내가 잠시 생각할 시간을 갖지 않았던 건지, 어째서 소심함이 나를 멈춰 세우고 길가에 힘없이 주저앉히지 않았던 건지 모르겠다. 나는 문으로 곧장 걸어가 안을 들여다보았다. 몸집이 엄청나게 큰 경찰관이 나를 등지고 서 있었다. 그의 뒷모습은 특이했다. 그는 하얗게 칠해진 깔끔한 휴게실의 작은 카운터 뒤에 서서 입을 벌리고 벽에 걸린 거울을 들여다보고 있었다. 이번에도 어째서 그의 모습이 내 눈에 특이하고 낯설게 보였는지 정확한 이유를 설명하기는 힘들다. 그는 덩치가 아주 크고 뚱뚱했으며, 불룩한 목덜미에 풍성하게 헝클어진 머리카락은 옅은 짚단색이었다. 이 모든 게 놀랍기는 해도, 완전히 낯설지는 않았다. 내 시선은 푸른색 제복을 입은 그의 거대한 등과 굵은 팔다리 위로 움직였다. 몸의 각 부분은 그 자체로는 꽤 평범해 보였다. 하지만 한꺼번에 보면 그의 몸은 어딘지 모르게 연결이 어긋나고 비율이 맞지 않아서, 거의 섬뜩하고 기괴하다고 할 정도로 굉장히 불안하게 부자연스러운 인상을 풍겼다. 손은 붉게 부어오르고 거대했다. 그는 거울을 들여다보며 한 손을 반쯤 입속에 집어넣고 있는 것처럼 보였다.

"이가 말썽이군." 그가 무심히 낮게 중얼거리는 소리가 들렸다. 목소리는 무겁고 약간 웅얼거려서 두꺼운 겨울 이불을 연상시켰다. 내가 문가에서 소리를 냈거나, 그가 거울에 비친 내 모습을 본 모양이었다. 그는 여전히 손가락으로 이를 만지작대며 느긋하고 무겁게 자세를 바꿔 천천히 돌아섰다. 그가 돌아서면서 혼잣말을 중얼거리는 소리가 들렸다.

"병은 대개 치아에서 비롯되는 법이지."

나는 그의 얼굴에 또다시 놀랐다. 몹시 뚱뚱하고, 붉고, 넓적했다. 얼굴은 밀가루 포대처럼 투박하고 묵직하게 제복의 목깃 위에 정확히 놓여 있었다. 얼굴의 아랫부분은 특이한 동물의 더듬이처럼 피부에서 허공으로 뻗어 나온 시뻘건 콧수염에 가려져 있었다. 뺨은 붉고 통통했다. 눈은 위로는 빽빽한 눈썹에 가려지고, 아래로는 두툼하게 접힌 피부에 묻혀 거의 보이지 않았다. 그는 육중하게 카운터 안쪽으로 다가왔고, 나는 순순히 문 쪽에서 걸어 나가 우리는 마침내 얼굴을 마주했다.

"자전거 때문에 오셨습니까?" 그가 물었다.

막상 마주하고 보니, 그의 표정은 뜻밖에도 나를 안심시켜 주었다. 얼굴은 흉측했으며 잘생겼다고 할 수는 없었지만, 그가 여러 불쾌한 특징을 능수능란하게 조정하고 조합해, 내 눈에는 그 모든 것이 좋은 성품과 공손함, 그리고 한없는 인내심을 나타내는 듯했다. 뾰족한 제복 모자의 앞쪽에는 중요한 느낌을 풍기는 배지가 있고, 그 위에 금색으로 '경사'라는 단어가 쓰여 있었다. 플릭 경사였다.

"아닙니다." 카운터에 손을 뻗어 기대며 내가 대답했다. 경사는 믿을 수 없다는 듯 나를 쳐다봤다.

"확실한가요?" 그가 물었다.

"틀림없습니다."

"오토바이 때문에 오신 것도 아니고요?"

"아닙니다."

"오버헤드 밸브와 조명용 발전기가 달린 것 아닌가요? 아니면 경주용 핸들바가 있거나?"

"아니에요."

"정말로 그런 경우라면 오토바이일 리는 없겠군요." 그가 말했다. 그는 놀라고 어리둥절한 듯, 카운터에 왼쪽 팔꿈치를 괴고 몸을 비스듬히 기댔다. 오른손 손마디는 누런 이 사이에 물려 있었고, 이마에는 곤혹스러운 주름이 세 줄 크게 잡혀 있었다. 나는 이제 그가 단순한 사람이라고 결론 내렸고, 그를 내 마음대로 다뤄서 검은 금고가 어떻게 됐는지 알아내는 데 어려움이 없겠구나 싶었다. 그가 자전거에 관해 물은 이유를 잘 이해할 수는 없었지만, 나는 매사 신중히 대답하고, 때를 기다리며, 영리하게 그를 상대하리라 마음먹었다. 그는 멍한 표정으로 멀어졌다가 다시 돌아와서 황소 면허증과 개 면허증 신청서처럼 보이는 여러 색깔의 서류 한 뭉치를 내게 건넸다.

"이 서류들을 작성해 둬서 나쁠 건 없겠지요." 그가 말했다. "그러니까, 당신은 순회 치과의사고 세발자전거를 타고 온 게 사실인가요?"

"아니요." 내가 대답했다.

"특수한 탠덤*을 타고 오셨나요?"

"아뇨."

"치과의사들은 도무지 종잡을 수가 없는 사람들이군요." 그가 말했다.

"그럼, 벨로시페드나 페니파딩이라는 말이에요?"*

"아닙니다." 내가 침착하게 대답했다. 그는 다시 이마를 찡그리며, 내 말이 진심인지 살피려는 듯 나를 한참 쳐다보았다.

"그렇다면, 당신은 치과의사가 아니라, 개 면허증이나 황소 관련 서류 때문에 오셨군요?" 그가 말했다.

"저는 치과의사라고 한 적이 없는데요." 내가 날카롭게 말했다. "황소 얘기도 하지 않았고요."

경사는 믿을 수 없다는 듯 나를 쳐다봤다.

"그것참 의아하고 도무지 알 수 없는 수수께끼군요. 기가 막힐 노릇이네요." 그가 말했다.

　그는 토탄* 불 옆에 앉아, 손마디를 입에 물고 덥수룩한 눈썹 밑으로 내게 날카로운 시선을 보내기 시작했다. 내 머리에 뿔이 났거나 엉덩이에 꼬리가 달렸다고 해도, 나를 더 흥미롭게 쳐다보지는 못했을 것이다. 나는 대화를 주도하고 싶지 않았다. 5분 동안 완전한 침묵이 흘렀다. 그의 표정이 살짝 누그러지더니, 다시 내게 말을 건넸다.

　"당신의 대명사가 뭡니까?" 그가 물었다.

　"전 대명사가 없습니다." 나는 그가 무슨 말을 하는 건지 알고 싶었다.

　"톱니는요?"

　"톱니요?"

　"성씨는 뭡니까?"

　"그것도 없는데요."

　내 대답에 그는 다시 놀랐고, 어찌 보면 기뻐하는 것 같기도 했다. 무성한 눈썹이 치켜 올라가고 얼굴은 미소라고 할 만한 표정으로 변했다. 그는 카운터로 돌아와 거대한 손을 내밀어 내 손을 따뜻하게 잡고 흔들었다.

　"이름이나 출신을 전혀 모른다는 말인가요?"

　"전혀요."

　"세상에, 이럴 수가!"

　바리 씨, 명성이 자자한 외다리 테너!

　그가 다시 말했다. "맙소사, 거룩한 아일랜드계 미국인의 힘을 걸고! 옛 켄터키로 나를 돌려보내 주오!"

그리고 그는 카운터에서 난로 옆 의자로 물러나, 기억 속에 저장된 지난 세월을 하나하나 곱씹어 보는 듯 생각에 잠긴 채 조용히 앉아 있었다.

마침내 그가 입을 열었다. "내가 예전에 알던 키 큰 남자도 이름이 없었지요. 당신은 그의 아들, 그의 공허와 온갖 없음의 상속자가 분명하군요. 아버지는 어떻게 지내시고, 어디 계십니까?"

이름 없는 자의 아들이라면 그에게도 이름이 없으리라는 것이 완전히 터무니없지는 않다는 생각이 들었다. 하지만 경사는 나를 다른 사람과 혼동하고 있는 게 틀림없었다. 이것이 해가 되지는 않을 것 같아서, 나는 그를 조금 더 부추겨 보기로 했다. 나에 대해 아무것도 모르는 게 바람직하겠지만, 몇 가지를 잘못 알고 있다면 그편이 훨씬 더 나을 것이다. 그를 내 목적대로 이용하고, 결국 검은 금고를 찾는 데 도움이 될 테니까 말이다.

"아메리카에 가셨습니다." 내가 대답했다.

"거기 있었군요." 경사가 말했다. "당신 아버지는 정말 가정적인 남편이었어요. 마지막 면담을 한 건 사라진 펌프에 관해서였는데, 아내와 아들 열 명이 있었고, 그때 아내는 다시 만삭이었지요."

"그게 접니다." 내가 웃으며 말했다.

"그게 당신이었군요." 그가 맞장구쳤다. "씩씩한 아들 열 명은 어떻게 지내나요?"

"모두 아메리카에 갔어요."

"거대한 수수께끼 같은 나라지요." 경사가 말했다. "땅이 엄청나게 넓고, 흑인과 이방인들이 사는 곳. 그곳 사람들은 사격 시합을 아주 좋아한다고 하더군요."

"기묘한 나라지요." 내가 말했다.

이때 문간에서 발소리가 들리더니, 덩치가 큰 경찰관이 작은 순찰 램프를 들고 들어왔다. 얼굴빛이 짙은 유대인 인상에 매부리코였고 검은 곱슬머리가 풍성했다. 검푸른 턱은 하루에 면도를 두 번은 한 듯한 모습이었다. 입안에는 맨체스터에서 만들어 온 듯한 새하얀 에나멜 치아가 두 줄로 가지런해서, 웃을 때면 정갈한 시골 서랍장 위에 놓인 도자기처럼 보기 좋았다. 몸은 경사처럼 살이 찌고 뚱뚱했지만, 훨씬 더 총명해 보였다. 얼굴은 의외로 갸름했고 눈은 꿰뚫어 보는 듯 예리했다. 얼굴만 보자면 그는 경찰관보다는 시인처럼 보였을 테지만, 몸은 전혀 시적으로 보이지 않았다.

"맥크루스킨 순경입니다." 플럭 경사가 말했다.

맥크루스킨 순경은 램프를 탁자에 내려두고, 나와 악수하며 근엄하게 인사를 건넸다. 목소리는 여자처럼 높았고, 억양은 섬세하고 신중했다. 그는 작은 램프를 카운터에 놓고 우리 둘을 살펴봤다.

"자전거 때문에 오셨습니까?" 그가 물었다.

"그건 아니야." 경사가 말했다. "자전거를 타고 마을에 온 게 아니라는 사적인 방문자야. 이름도 아예 없다는군. 아버지는 멀리 아메리키(Amurikey)에 있고 말이야."

"두 아메리키 중 어느 쪽입니까?" 맥크루스킨이 물었다.

"미쿡(The Unified Stations) 말이야." 경사가 말했다.

"거기 있다면 지금쯤 부자가 됐겠군요." 맥크루스킨이 말했다. "거긴 달러가 있으니까요. 달러와 돈과 땅속에는 금덩이가 있고, 라켓과 골프 경기와 악기도 얼마든지 있잖아요. 모든 면에서 자유로운 나라기도 하고요."

"모두에게 자유롭지." 경사가 순경에게 말했다. "그건 그렇고, 오늘 측정은 했나?"

"했습니다." 맥크루스킨이 대답했다.

"검은 수첩을 꺼내서 확인한 걸 알려 주겠나?" 경사가 말했다. "간단히 말해 보게. 내가 한번 볼 테니." 그가 덧붙였다.

맥크루스킨은 가슴 호주머니에서 작고 검은 수첩을 꺼냈다. "10.6입니다." 그가 말했다.

"10.6." 경사가 말했다. "빔에서 측정한 수치는 얼마였나?"

"7.4입니다."

"레버 쪽은?"

"1.5입니다."

잠시 침묵이 흘렀다. 경사는 머릿속으로 엄청나게 복잡한 계산이라도 하는 것처럼 알쏭달쏭한 표정을 지었다. 이내 안색이 풀리더니 다시 동료에게 말했다.

"떨어졌나?"

"3시 30분경 크게 떨어졌습니다."

"아주 정상적이고 더할 나위 없이 만족스럽군." 경사가 말했다. "들어가면 난로 위에 저녁 식사가 있을 거야. 우유는 꼭 잘 저어서 마시도록 하게. 나중에 우리도 유지방과 영양과 맛을 나눠 마실 수 있도록."

맥크루스킨 순경은 음식 이야기에 미소를 짓고 허리띠를 풀면서 뒷방으로 갔다. 잠시 후 그가 숟가락이나 손도 쓰지 않고 죽을 먹는지, 거칠게 후루룩거리는 소리가 들렸다. 경사는 내게 함께 난롯가에 앉도록 권하고, 주머니에서 구겨진 담배 한 개비를 꺼내 건넸다.

"치아 때문에 고생하고 있다면, 아메리키에 계신 건 아버지에게는 잘된 일이에요." 그가 입을 열었다. "치아에서 비롯되지 않는 병은 드물거든요."

"예." 내가 말했다. 나는 가능한 한 말을 아끼고 이 특이한 경찰관들이 먼저 패를 보이게 할 셈이었다. 그러면 이들을 어떻게 상대해야 할지 알 수 있을 터였다.

"쥐 털보다 사람 입속에 병이며 세균이 더 많으니까요. 그런데 아메리키라는 나라에서는 사람들 이가 정말 근사하잖아요. 면도 거품이나 접시가 깨졌을 때 나오는 도자기 조각처럼요."

"맞아요." 내가 거들었다.

"아니면, 검은 까마귀가 품고 있는 알처럼요."

"알처럼요." 내가 말했다.

"여행 중에 영화관에 가 보셨나요?"

"가 보지는 못했습니다." 나는 겸손하게 대답했다. "하지만 깜깜한 곳이라 벽에 걸린 사진들 말고는 도통 보이는 게 없다고 알고 있어요."

"거기서 아메리카 사람들의 멋진 치아를 볼 수 있지요." 경사가 말했다.

그는 불을 뚫어지게 바라보면서, 멍하니 누런 이를 만지작댔다. 나는 그가 맥크루스킨과 나눈 알 수 없는 대화가 계속 궁금했다.

나는 용기를 내어 물었다. "그런데 순경의 검은 수첩에 있는 건 무슨 수치인가요?"

경사는 나를 빤히 쳐다봤다. 그의 시선은 이미 불에 달구어져 뜨겁게 느껴질 정도였다.

그가 말했다. "지혜의 시작은 질문하되 대답하지 않는 데 있습니다. **당신**은 질문을 던짐으로써, **나**는 대답을 피함으로써 지혜를 얻는 거지요. 이 지역에서 범죄가 부쩍 늘었다면 믿으시겠어요? 작년엔 라이트 미점등이 69건, 도난이 4건 있었어요. 그런데 올해에는 라이트 미점등 82건, 인도 운행 13건, 도난 4건이 있었어요. 삼단 기어를 고의로 파손한 사건도 1건 있었고요. 틀림없이 다음 재판에서 청구될 텐데, 우리 교구가 책임져야 할 거예요. 올해가 가기 전에 펌프 도난도 1건 발생할게 확실합니다. 정말 치사하고 비열한 범죄인 데다, 우리 카운티의 오점이 될 일이에요."

"맞습니다." 내가 말했다.

"5년 전에는 핸들바 고정 불량 사건도 있었어요. 보기 드문 일이었지요. 혐의를 구성하는 데 우리 셋이 꼬박 일주일이 걸렸다니까요."

"핸들바 고정 불량이라니요." 내가 중얼거렸다. 나는 자전거에 관해 이런 이야기를 하는 이유가 잘 이해되지 않았다.

"그리고 또 브레이크 불량도 있어요. 시골에는 불량 브레이크가 많아요. 사고의 절반은 그 때문에 일어나지요. 대물림되기도 하고요."

나는 자전거 이야기에서 벗어나는 것이 좋겠다고 생각했다.

"지혜의 첫 번째 규칙에 대해 말씀하셨지요." 내가 말했다. "두 번째 규칙은 뭔가요?"

"그거야 대답해 드릴 수 있지요." 그가 말했다. "모두 다섯 개가 있습니다. 물어볼 게 있으면 언제나 모두 질문하되, 질문에는 대답하지 말라. 들은 건 뭐든지 자신에게 유리하게 만들라. 수리 장비를 늘 휴대하라. 가능한 한 좌회전하라. 절대 앞 브레이크를 먼저 밟지 말라."

"흥미로운 규칙들이군요." 내가 덤덤하게 말했다.

"그 규칙들을 따르면 자기 영혼을 구하고 미끄러운 길에서 넘어지는 일도 없을 겁니다." 경사가 말했다.

"이중 어떤 규칙이 제가 오늘 경사님께 가져온 문제에 적용될지 설명해 주시겠어요?"

"오늘이 아니라 어제지요." 그가 말했다. "그런데 무슨 문제인가요? 소위 '크룩스 레이(*crux rei*, 문제의 핵심)'가 도대체 뭡니까?"

어제라고? 그가 하는 말의 절반이라도 이해해 보려고 하는 건 시간 낭비일 뿐이리라. 나는 주저 없이 이렇게 판단하고, 계속 말을 이어 나갔다.

"저는 미국산 금시계 도난을 공식적으로 신고하러 온 겁니다."

그는 매우 놀라고 믿을 수 없다는 표정으로 나를 쳐다보며, 눈썹을 거의 머리카락까지 치켜올렸다.

"참으로 놀라운 말씀이군요." 그가 마침내 입을 열었다.

"어째서요?"

"자전거를 훔칠 수 있는데 뭣 때문에 시계를 훔친단 말인가요?"

저 차갑고 거침없는 논리를 들어봐.

"저야 모르지요." 내가 말했다.

"시계를 타고 길을 달린다거나, 시계 크로스바에 토탄 포대를 싣고 집으로 옮기는 사람 얘기를 들어 보셨나요?"

"도둑이 타려고 시계를 가져갔다고는 하지 않았는데요." 내가 설명했다. "십중팔구 그자는 자기 자전거가 있고, 그래서 한밤중에 조용히 빠져나갔을 거예요."

"제정신인 사람이 자전거 말고 딴 걸 훔쳤다는 얘기는 내 평생 들어본 적이 없어요." 경사가 말했다. "펌프와 클립과 램프 같은 거라면야 또 모르지만요. 설마 내가 살아 있는 동안 세상이 변하고 있다는 말은 아니겠지요?"

"전 시계를 도둑맞았다고 했을 뿐입니다." 나는 퉁명스럽게 말했다.

"좋습니다." 경사가 마침내 말했다. "조사해 보도록 하지요."

그는 내게 환히 웃어 보였다. 내 이야기를 조금도 믿지 않았고, 내 정신 건강이 위태롭다고 생각하고 있는 게 분명했다. 그는 어린아이를 어르듯 내 기분을 맞춰 주고 있었다.

"감사합니다." 내가 웅얼거렸다.

"그런데 문제는 우리가 시계를 찾을 때 시작될 겁니다." 그가 엄중한 어조로 말했다.

"어째서요?"

"그걸 찾으면 주인을 찾기 시작해야 할 테니까요."

"제가 주인인데요."

경사는 너그러운 웃음을 지으며 고개를 가로저었다.

그가 말했다. "무슨 말인지 압니다. 하지만 법은 지극히 복잡한 현상이에요. 이름이 없다면 시계를 소유할 수 없고, 그럼 도둑맞은 시계도 존재하지 않는 거지요. 그걸 찾는다면 정당한 소유자에게 돌려줘야 하는 거고요. 이름이 없으면 아무것도 소유할 수 없고, 존재하는 것도 아닙니다. 내가 앉아 있는 곳에서는 당신이 바지를 입고 있는 것처럼 보여도, 바지가 당신 몸에 걸쳐져 있는 것도 아닌 거예요. 반면에, 당신이 마음 내키는 대로 해도 법은 당신을 건드리지 못하겠지요."

"보석이 열다섯 개나 박힌 시계예요." 내가 절망하며 말했다.

"또 한편으로 당신이 그 시계를 차고 있다가 다른 사람으로 오인되면, 절도나 도둑질로 기소될 수도 있어요."

"무척 당혹스럽군요." 내 말은 진심이었다. 경사는 유쾌한 듯 웃음을 터뜨렸다.

"그 시계를 찾으면 왠지 벨과 펌프가 달려 있을 것 같은 느낌이 드는군요." 그가 빙그레 웃으며 말했다.

나는 불안한 마음으로 내 처지를 곰곰이 생각해 보았다. 경사에게 자전거 말고는 세상 그 무엇도 인식시킬 수 없을 것만 같았다. 나는 마지막으로 시도해 보기로 했다.

"제가 보석 열다섯 개가 박힌 미국제 금 자전거를 잃어버렸다고 생각하시는 것 같군요. 하지만 저는 손목시계를 잃어버렸고, 거기에 벨은 없어요. 벨은 자명종에나 있지요. 또 펌프 달린 시계는 평생 한 번도 본 적이 없습니다." 나는 차갑고 정중하게 말했다.

경사는 다시 내게 미소를 지어 보였다.

"보름 전쯤 어떤 남자가 찾아와서, 여든둘 된 어머니를 잃어버렸다고 하더군요." 그가 말했다. "인쇄청에서 거의 공짜로 가져오는 공문서의 빈 칸이나 채우려고 인상착의를 물어봤지요. 그랬더니, 그 양반 말로는 어머니의 바퀴테에 녹이 슬고 뒷 브레이크가 삐걱댄다고 하더군요."

이 말을 들으니, 내 처지가 아주 명확해졌다. 내가 말을 막 꺼내려는데, 한 남자가 얼굴을 들이밀었다. 그는 우리를 보더니 안으로 성큼 들어와, 조심스럽게 문을 닫고 카운터로 왔다. 큼직한 코트를 걸치고 무릎 언저리에서 바지를 끈으로 동여

맨, 투박하고 불그스레한 얼굴의 사내였다. 그의 이름이 마이클 길하니라는 것은 나중에 알았다. 그는 술집에서 하듯이 카운터에 서 있는 대신, 벽으로 가서 두 손을 허리에 짚고 한쪽 팔꿈치에 몸무게를 실어 균형을 잡으며 벽에 기대어 섰다.

"마이클." 경사가 상냥하게 불렀다.

"추운 날씨군요." 길하니 씨가 말했다.

이른 저녁을 먹고 있던 맥크루스킨 순경이 안쪽 방에서 외치는 소리가 우리 셋에게 들려왔다.

"담배 한 개비만 주세요!"

경사는 주머니에서 구겨진 담배 한 개비를 더 꺼내 내게 건네면서 엄지손가락으로 뒷방을 가리켰다. 내가 담배를 들고 가자, 경사가 커다란 장부를 펼치고 붉은 얼굴의 방문자에게 이것저것 묻는 소리가 들려왔다.

"제조사는 어디예요? 프레임 번호는요? 램프와 펌프도 있었나요?"

제5장

담배 임무를 수행하러 가서 맥크루스킨 순경과 길고도 유례
없는 대화를 나누고 나니, 드 셸비의 여러 정교한 이론들, 그중
에서도 특히 거울 시스템[1]을 통한 시간과 영원의 본질에 관한
연구가 떠올랐다. 내가 이해하기로 그의 이론은 이렇다.

거울 앞에 섰을 때 보이는 모습은 자신의 정확한 반영이 아
니라 젊은 시절의 모습이다. 이 현상에 관한 드 셸비의 설명은

---

1 (바셋이 확인해 주지는 않았지만) 해치조는 드 셸비가 『컨트리 앨범』을 집필하는
10년 내내 거울에 사로잡혀 있었다고 한다. 그가 거울에 너무 의존한 나머지, 심지어
자기 왼손이 두 개고, 자신이 나무틀에 둘러싸인 세계에서 살고 있다고 주장했다는 것
이다. 시간이 지날수록, 그는 그 무엇도 직접 보려고 하지 않았고, 철사로 손수 만든
장치로 작은 거울을 특정 각도로 눈앞에 고정해 놓았다. 이 기상천외한 장치에 의지한
후로는, 그는 등을 돌리고 머리를 천장 쪽으로 기울인 채 손님과 대화했다. 심지어 그
는 혼잡한 대로에서 한참을 뒤로 걷기도 했다고 한다. 해치조는 300쪽 남짓한 『앨범』
의 원고가 거꾸로 쓰인 것, 즉 "거울 원리를 허름한 인쇄기 작업대에도 적용해야 했던
상황"이 그의 말을 뒷받침한다고 주장한다. (『드 셸비의 삶과 시대』, 221쪽.) 이 원고
는 현재 찾을 수 없다.

꽤 단순하다. 그가 제대로 지적하다시피, 빛은 정해진 유한한 속도로 이동한다. 따라서 거울에 어떤 대상이 비친다고 말할 수 있으려면, 우선 빛줄기가 먼저 그 대상에 닿고, 그다음 거울에 부딪쳤다가, 다시 그 대상으로, 이를테면 사람의 눈으로 되돌아와야 한다. 그러니까, 거울 속 자기 얼굴에 시선을 던지는 순간과 반사된 이미지가 눈에 들어오는 순간 사이에는 분명하고 계산할 수 있는 시간 차가 있는 것이다.

여기까지는 괜찮다고 할 수 있겠다. 이 생각이 맞든 틀리든 간에, 관련된 시간이 워낙 짧아서, 합리적인 사람이라면 더 따지려고 들지 않을 것이다. 그러나 적당히 만족할 줄 모르는 드셀비는 첫 번째 거울에 비친 것을 다시 다른 거울에 비추고, 이 두 번째 이미지에서 미세한 변화를 감지했다고 주장한다. 결국 그는 거울들을 서로 마주 보도록 배열해서, 각 거울이 가운데 있는 대상의 점점 작아지는 이미지를 끝없이 반사하게 했다. 이 경우 가운데에 있는 대상은 드 셀비의 얼굴이었는데, 그는 자기 얼굴을 '강력한 거울'로 무한히 반사해서 되짚어 가며 연구했다고 한다. 그가 거울에서 봤다고 주장하는 것은 실로 놀랍다. 거울에 비친 자기 얼굴이 멀어질수록 점점 더 젊어졌다는 것이다. 가장 멀리 있는 얼굴은―너무 작아서 맨눈에는 보이지도 않았지만―수염도 나지 않은 열두 살의 얼굴로, 그의 말에 따르면 "독특하게 아름답고 고상한 생김새"였다. 그는 "지구가 둥글고 망원경에 한계가 있어서" 요람까지 거슬러 가지는 못했다.

드 셀비 이야기는 이 정도면 충분하다. 얼굴이 붉은 맥크루스킨은 뱃속에 감춘 음식 때문에 탁자에서 나지막이 숨을 헐떡이고 있었다. 담배를 건넸더니, 그는 나를 뚫어지게 쳐다보았다. "자, 그럼." 그가 입을 열었다.

그는 담배에 불을 붙이고 한 모금 빨더니, 내게 슬쩍 미소를 지어 보였다.

"자, 그럼." 그가 다시 말했다. 그는 탁자 위에 놓인 작은 등불을 손가락으로 톡톡 건드렸다.

"날씨가 좋군요." 내가 말을 건넸다. "환한 아침에 등불로 뭘 하세요?"

"그것 못지않게 좋은 질문을 하나 해 보지요." 그가 대답했다. "불불의 뜻을 말해 줄 수 있겠습니까?"

"불불이요?"

"불불이 뭐라고 하시겠어요?"

이 수수께끼가 그다지 흥미롭지는 않았다. 하지만 나는 머리를 쥐어짜는 시늉을 하며 당혹스러운 듯 얼굴을 찡그려 댔고, 급기야 얼굴이 반쪽이 된 듯한 느낌이 들었다.

"돈 받는 여자는 아니지요?"

"아닙니다."

"독일 증기 오르간에 달린 황동 손잡이는요?"

"손잡이는 아닙니다."

"미국의 독립 같은 것과도 관련이 없고요?"

"없습니다."

"시계태엽 감는 기계 장치?"

"아닙니다."

"종양, 아니면 소가 입에 문 거품, 아니면 숙녀분들이 입는 신축성 있는 옷 같은 건가요?"

"전혀 아닙니다."

"아랍인들이 연주하는 동양 악기?"

그가 손뼉을 쳤다.

"아니지만 아주 비슷합니다." 그가 빙그레 웃었다. "바로 근처까지 왔어요. 대화가 잘 통하는 분이군요. 불불은 페르시아의 나이팅게일 새입니다. 자, 어떻게 생각하세요?"

"제가 아주 빗나가지는 않는 편이지요." 내가 건조하게 말했다.

그는 감탄하며 나를 바라봤다. 우리 둘은 각자 자신과 상대방이 만족스럽고, 또 그럴 만한 이유가 충분하다는 듯 한동안 말없이 앉아 있었다.

"학사 학위를 받으신 게 분명하군요?" 그가 물었다.

나는 직접적으로 대답하지 않고, 작은 의자에 앉아 대단하고 학식 있고 단순하지 않은 사람처럼 보이려고 애썼다.

"당신은 불멸의 인간 같군요." 그가 천천히 말했다.

그는 한동안 바닥을 유심히 살피며 앉아 있더니, 거무스름한 턱을 내 쪽으로 돌리고는 내가 그 교구에 어떻게 왔는지 묻기 시작했다.

"불순한 의도는 없으니, 이 교구에 어떻게 왔는지 알려 주시겠어요? 언덕을 오르려면 삼단 기어가 있었겠지요?"

"삼단 기어는 없었습니다." 나는 다소 날카롭게 대꾸했다. "이단 기어도 없었고, 정말이지 두발자전거도, 펌프도 없었어요. 설령 램프가 있었다고 해도, 자전거가 없고 매달 데도 없었다면 필요하지 않았을 거고요."

"그랬겠군요." 맥크루스킨이 말했다. "하지만 세발자전거를 탔으면 사람들이 비웃었을 텐데요?"

"저는 두발자전거도, 세발자전거도 없고, 치과의사도 아닙니다."

나는 아주 단호하고 철저하게 말했다. "또 저는 페니파딩이나 스쿠터, 벨로시페드와 탠덤 같은 것도 타지 않아요."

맥크루스킨은 하얗게 질려 몸을 떨며, 내 팔을 붙들고 나를 유심히 쳐다봤다.

마침내 그가 긴장된 목소리로 말했다. "살면서 이렇게 터무니없고 기묘한 이야기는 처음입니다. 확실히 이상하고 엉뚱한 분이군요. 죽는 날까지 오늘 아침은 못 잊을 겁니다. 설마 저를 놀리는 건 아니겠지요?"

"아닙니다." 내가 말했다.

"세상에, 이럴 수가!"

그는 자리에서 일어나 손바닥으로 머리카락을 뒤로 쓸어 넘기고 오랫동안 창밖을 내다봤다. 그의 눈은 튀어나올 듯 이리저리 춤추고, 얼굴은 핏기를 잃어 텅 빈 자루처럼 보였다.

그러다가 그는 어슬렁거리며 혈색을 되찾더니, 선반에서 작은 창을 하나 집어 들었다.

"손 좀 내밀어 보십시오." 그가 말했다.

나는 무심코 손을 내밀었고, 그는 그쪽으로 창을 겨눴다. 그는 내 쪽으로 점점 더 가까이 창을 갖다 댔고, 반짝이는 창끝이 0.5피트 앞까지 다가왔을 때, 나는 따끔해서 짧은 비명을 내질렀다. 내 손바닥 한가운데에 붉은 핏방울이 작게 맺혔다.

"참으로 고맙군요." 내가 말했다. 나는 너무 놀라 화를 내지도 못했다.

"이제 생각이 좀 많아지실 겁니다. 제 직업도 국적도 네덜란드 노인이 아니라면 말이지요.*" 그가 의기양양하게 말했다.

그는 작은 창을 선반에 도로 갖다 두고, '르 루아 사무즈(roi-s'amuse, 왕은 즐긴다)*'라고 할 만한 표정으로 비스듬히 곁눈질로 나를 쳐다봤다.

"자, 한번 설명해 보시겠어요?" 그가 물었다.

"설명이 안 됩니다." 어리둥절한 표정으로 내가 대답했다.

"지적인 분석이 좀 필요할 겁니다." 그가 말했다.

"창끝이 피가 난 곳에서 0.5피트 떨어져 있었는데, 어떻게 창이 찌를 수 있었던 거지요?"

그가 조용히 대답했다. "그 창은 시간이 날 때 제가 처음 만든 물건 중 하나입니다. 요즘에야 그런 생각을 별로 하지 않지만, 그걸 만든 해에는 어찌나 뿌듯하던지, 아침에 어떤 경사님이 와도 일어나지 않을 정도였지요. 아일랜드를 다 뒤져도 이런 창은 없을 겁니다. 아메리키에는 비슷한 게 하나 있다는데,

그게 뭔지는 못 들었어요. 그래도 자전거가 없다는 건 도무지 믿을 수가 없군요. 세상에나!"

"하지만 그 창 말이에요." 내가 끈질기게 말했다. "아무한테도 말하지 않을 테니, 살짝만 알려 주시겠어요?"

그가 말했다. "비밀을 지키실 분이니 얘기해 드리지요. 자전거에 대해서 처음 들어 보는 말을 해 주시기도 했으니까요. 끝이라고 생각하신 것이, 사실은 끝이 아니라 뾰족한 부분의 시작 지점입니다."

"정말 놀랍군요." 내가 말했다. "하지만 무슨 말인지 모르겠어요."

"창끝의 길이는 7인치인데, 너무 예리하고 가늘어서 맨눈에는 보이지 않아요. 뾰족한 부분의 절반은 두껍고 강하지만, 진짜 예리한 부분과 이어져 있어서 그것도 보이지 않는 거지요. 진짜 뾰족한 그 부분을 볼 수 있다면, 나머지 부분도 볼 수 있고, 둘이 이어지는 지점을 알아챌 수도 있겠지만요."

"성냥개비보다도 훨씬 더 가늘겠지요?" 내가 물었다.

"그런 것과는 **아예** 다릅니다." 그가 말했다. "진짜 예리한 부분은 워낙 가늘어서, 어떤 조명을 비추고 얼마나 좋은 눈으로 보든지 간에, 아무도 볼 수 없을 정도예요. 끝에서 1인치 정도는 어찌나 예리한지 가끔은—특히 늦은 밤이나 날씨가 궂은 날에는—그걸 생각하거나 가볍게 떠올리기만 해도 극심한 고통으로 괴로울 지경이지요."

나는 이마를 찌푸리며, 현명한 사람이 지혜를 모두 짜내 무언가를 이해하려 안간힘 쓰는 듯한 표정을 지어 보였다.

"벽돌 없이 불을 피울 수는 없는 법이지요." 내가 고개를 끄덕이며 말했다.

"현명한 말씀입니다." 맥크루스킨이 맞장구쳤다.

"그게 확실히 예리하긴 했어요." 내가 동의했다. "붉은 핏방울이 작게 맺히기는 했어도, 찔리는 느낌은 전혀 없었으니까요. 굉장히 예리하니까 그랬겠지요."

맥크루스킨은 웃음을 터뜨리고, 탁자에 다시 앉아 허리띠를 맸다.

"핵심을 전혀 이해하지 못하셨군요." 그가 빙그레 웃었다. "손을 찔러서 피를 낸 건 창끝이 아닙니다. 제가 말하는 부분은, 우리가 얘기하고 있는 물건의 이른바 끝에서 족히 1인치는 떨어진 지점입니다."

"그럼, 그 남은 1인치라는 건 뭔가요?" 내가 물었다. "그건 도대체 뭐라고 부르죠?"

"진짜 끝이지요." 맥크루스킨이 말했다. "하지만 그건 워낙 가늘어서, 손을 찔러 반대편으로 관통해도 아무 느낌이 없습니다. 아무것도 보이지도, 들리지도 않고요. 그건 너무 가늘어서, 어쩌면 존재하지 않을지도 모릅니다. 그 진정한 끝을 두고 반 시간을 생각해 봐도, 끝내 아무것도 생각해 내지 못할 거예요. 그 1인치의 첫 부분은 끝부분보다는 두껍고 거의 실재합니다. 하지만 제 개인적인 의견을 물으신다면, 저는 그게 있다고 생각하지 않습니다."

나는 손으로 턱을 괸 채, 평소 좀처럼 쓰지 않던 머릿속 부분까지 동원해 가며 골똘히 생각에 잠겼다. 하지만 이 끝 지점의 문제에 전혀 진전이 없었다. 맥크루스킨은 다시 서랍장으로 가서, 레프러콘*의 피아노처럼 생긴, 작고 검은 물건을 가지고 탁자로 돌아왔다. 거기에는 희고 검은 작은 건반과 황동 파이프, 그리고 증기기관 부품이나 탈곡기 작동부 비슷한 회전 톱니바퀴가 달려 있었다. 그의 새하얀 손이 그 위를 움직이며, 미세한 혹이라도 찾는 것처럼 더듬었다. 그는 경건한 표정으로 허공을 올려다보고 있었으며, 내 존재는 까맣게 잊어버린 것 같았다. 천장이 바닥으로 반쯤 내려앉은 듯, 침묵이 무겁게 내려앉았다. 그는 악기에 기묘하게 몰입해 있었고, 나는 아직 끝 지점의 예리함을 파악하고 정확히 이해해 보려고 안간힘을 쓰고 있었다.

10분 후 그가 일어나 그 물건을 치웠다. 그는 한동안 수첩에 뭔가 쓰더니, 파이프에 불을 붙였다.

"자, 그럼." 그가 느긋하게 말했다.

"그 끝 지점 말이에요." 내가 말했다.

"혹시 제가 불불이 뭔지 물었던가요?"

"물어보셨어요." 내가 답했다. "하지만 정말 흥미로운 건 그 끝 지점이에요."

"제가 창을 다듬기 시작한 건 어제오늘 일이 아닙니다." 그가 말했다. "하지만 예술의 극치를 보여 주는 물건 중에서 그럭저럭 괜찮은 걸로 하나 더 보여 드릴까요?"

"예, 보여 주세요." 내가 대답했다.

"그래도 저는 자전거가 없다고 개인적으로 '서브-로사(*sub-rosa*, 은밀히)' 털어놓으신 말씀을 도저히 믿을 수가 없습니다. 그거야말로 사람들이 곧이곧대로 따라 하게 책으로 쓰면 큰돈을 벌게 될 이야기지요."

그는 서랍장으로 다시 걸어가서 아래 칸을 열어 작은 상자를 꺼낸 후, 내가 살펴볼 수 있도록 탁자에 내려놓았다. 내 평생 그렇게 장식적이고 잘 만들어진 것은 본 적이 없었다. 그것은 뱃사람이나 싱가포르 선원이 갖고 있을 법한 갈색 궤짝이었다. 다만 쌍안경의 반대쪽으로 실물 크기의 물건을 볼 때처럼 아주 완벽하게 축소되어 있었다. 높이는 1피트 정도였는데, 완벽한 비율에다 나무랄 데 없는 솜씨였다. 사방에 홈과 조각, 기발한 문양과 장식이 있고, 뚜껑에는 곡선이 어우러져 그 물건을 굉장히 돋보이게 해 주었다. 모서리마다 반짝이는 황동 장식이 달려 있고, 뚜껑에는 아름답게 세공된 황동 모서리 장식이 나무 바탕 위에서 흠잡을 데 없는 곡선을 이루고 있었다. 전체적으로 진정한 예술의 품격과 흡족한 완성도가 느껴졌다.

"자, 보세요." 맥크루스킨이 입을 열었다.

"너무 훌륭해서 뭐라고 해야 할지 모르겠어요." 마침내 내가 말했다.

"어릴 적 2년 동안 만든 물건입니다." 맥크루스킨이 말했다. "여전히 나를 들뜨게 하지요."

"뭐라고 말로 표현할 수가 없군요." 내가 말했다.

"정말 그렇지요." 맥크루스킨이 말했다.

그러고 나서 우리 둘은 그것을 바라보기 시작했다. 5분 동안 뚫어져라 쳐다본 탓에, 상자는 탁자 위에서 춤추는 것만 같았고 실제보다도 훨씬 더 작아 보였다.

"제가 상자나 궤짝을 많이 보지는 않았지만, 이렇게 아름다운 상자는 처음 봐서 기억에 남을 것 같아요. 안에 뭔가 들어 있을지도 모르겠군요?"

"그럴지도 모르지요." 맥크루스킨이 말했다.

그는 탁자로 가서, 양치기 개를 쓰다듬듯 두 손으로 물건을 감싸고, 작은 열쇠로 뚜껑을 열었다. 하지만 내가 안을 들여다보기도 전에, 뚜껑을 다시 닫아 버렸다.

"이야기를 하나 들려드리고, 그 줄거리가 어떻게 뻗어 나갔는지 요약해 드리겠습니다." 그가 말했다. "궤짝을 완성했을 때, 그 안에 뭘 담아 둘지, 그걸 어디에 쓸지 생각해 봤어요. 처음엔 향이 진한 파란 종이에 쓴 브리디의 편지를 떠올렸지요. 하지만 그 편지에는 낯뜨거운 내용이 있어서, 결국엔 불경스러운 일밖에 되지 않겠다는 생각이 들더군요. 제 말의 흐름을 이해하시겠습니까?"

"예." 내가 답했다.

"그러면 이제 장식 단추와 에나멜 배지, 또 끝에 달린 나사를 돌려서 심을 밀어낼 수 있는 증정용 철제 연필이 있었어요. 기계 장치로 가득한 정교한 물건이자, '사우스포트에서 온 선물'이지요. 하나 같이 '기계 시대의 표본'이라고 할 만한 것들입니다.”

“궤짝의 정신에는 어긋나는 것들이군요.” 내가 거들었다.

“그렇지요. 그리고 면도기가 있었고, 근무 중 뜻하지 않게 턱을 한 대 얻어맞을 경우를 대비한 여분의 틀니가 있었는데…….”

“그것들은 안 됩니다.”

“그것들은 안 되지요. 그러면 이제 각종 자격증과 현금, ‘은둔자 피터’ 그림, 어느 날 밤 매튜 오캐러한의 집 근처 길에서 주운 끈 달린 황동 물건이 있었어요. 하지만 그것들도 안 되지요.”

“어려운 문제군요.” 내가 말했다.

“결국 저는 개인적 양심에 어긋나지 않는 방법은 하나밖에 없다는 걸 알게 됐지요.”

“해답을 찾으셨다니 정말 다행이에요.” 내가 말했다.

“저는 그 궤짝에 담기에 손색없는 것은, 똑같이 만들되 크기가 더 작은 다른 궤짝밖에 없다고 결론 내렸습니다.” 맥크루스킨이 말했다.

“그건 아주 솜씨 좋은 걸작이었어요.” 내가 그의 말을 흉내 내어 말했다.

그는 작은 궤짝이 있는 데로 가서 뚜껑을 다시 열고, 두 손을 납작한 접시나 물고기 지느러미처럼 옆으로 집어넣었다. 그러더니 모양과 비율이 어미 궤짝을 그대로 빼닮은 더 작은 궤짝을 꺼냈다. 그것은 숨이 멎을 정도로 황홀하게 완벽했다. 나는 다가가 만져 보고 그 위로 한 손을 포개어 크기가 얼마나 작은지 가늠해 보았다. 황동 장식은 바다 위 햇살처럼 반짝였고, 나무색은 세월만이 줄 수 있는 깊이와 색조가 더해져 풍성하고도 깊었다. 나는 그것을 보다가 약간 기운이 빠져서 의자에 앉았고, 아무렇지도 않은 척하려고 〈할아버지가 멜빵을 튕기네〉를 휘파람으로 불어 댔다.

맥크루스킨은 내게 부드러우면서도 비인간적인 미소를 지었다.

"당신은 자전거를 타고 오지 않았을지도 모르지요." 그가 말했다. "그렇다고 해서 당신이 모든 걸 다 아는 건 아닙니다."

내가 말했다. "그 궤짝들은 너무 똑같이 생겨서, 존재한다고 믿을 수가 없군요. 없다고 믿는 편이 더 쉽겠어요. 그렇지만 이 궤짝 두 개는 제가 이제껏 본 가장 경이로운 물건이에요."

"이걸 만드는 데 2년 걸렸지요." 맥크루스킨이 말했다.

"작은 것 안에는 뭐가 들어 있나요?" 내가 물었다.

"맞혀 보십시오."

"한편으로는 차마 생각하기가 두렵군요." 나는 솔직히 말했다.

"금방 보여 드리지요." 맥크루스킨이 말했다. "펼쳐 두고 하나하나 보실 수 있도록 해 드리겠습니다."

그는 선반에서 납작한 버터 주걱 두 개를 가져와 작은 궤짝 속으로 집어넣었고, 이전 궤짝과 놀랍도록 비슷하게 생긴 것을 꺼냈다. 나는 다가가서, 똑같은 주름과 똑같은 비율과 똑같이 완벽한 황동 장식이 더 작은 크기로 있는 것을 손으로 더듬어 가며 자세히 살펴보았다. 너무나 흠잡을 데 없이 훌륭했다. 이상하고 어리석게 들릴지는 몰라도, 내가 이해할 수도, 들어 본 적도 없는 어떤 생각이 불쑥 내 머릿속으로 비집고 들어왔다.

"아무 말도 하지 마세요." 내가 재빨리 맥크루스킨에게 말했다. "그냥 하던 걸 계속하시면 저는 여기 앉아서 지켜볼게요."

그는 내 말에 고개를 끄덕이고, 손잡이가 곧게 뻗은 찻숟가락 두 개를 가져와 그것을 마지막 궤짝에 집어넣었다. 결과는 짐작한 그대로였다. 그는 궤짝을 열고, 나이프 두 개의 도움으로 하나를 더 꺼냈다. 나이프, 작은 나이프, 더 작은 나이프를 사용해 가며 그는 탁자에 열두 개의 자그마한 궤짝을 펼쳐 놓았다. 마지막 궤짝은 성냥갑의 절반 크기였다. 워낙 작아서, 황동 장식이 빛을 받아 반짝일 뿐 눈에는 보이지도 않았다. 나는 그 위에도 똑같은 조각이 새겨져 있는지 확인하지 않았다. 재빨리 힐끗 보고 눈길을 돌리기만 해도 충분했기 때문이다. 그래도 나는 영혼 깊숙이 그것이 다른 궤짝들과 정확히 똑같다는 것을 알 수 있었다. 마음속에 순경의 기술에 대한 경탄이 가득 차올라 나는 아무 말도 하지 못했다.

맥크루스킨이 나이프들을 치우며 말했다. "저 마지막 것은 만드는 데 3년 걸렸고, 내가 이걸 만들었다는 걸 믿는 데 1년이 더 걸렸지요. 핀을 갖고 계십니까?"

나는 조용히 핀을 건넸다. 그가 가장 작은 궤짝을 머리카락 같은 열쇠로 열고, 핀을 움직인 끝에 작은 궤짝을 하나 더 탁자 위에 놓자, 모두 열세 개가 탁자 위에 한 줄로 늘어서 있었다. 기묘하게도, 그것들은 모두 같은 크기인데 어떤 터무니없는 시점의 영향을 받아 그렇게 보이는 것 같기도 했다. 나는 이 생각에 화들짝 놀라 목소리를 되찾고 말했다.

"이렇게나 놀라운 물건 열세 개가 한꺼번에 있는 것은 처음 봅니다."

"기다려 보십시오." 맥크루스킨이 말했다.

이제 내 모든 감각은 순경의 움직임을 지켜보느라 너무 긴장한 탓에, 고개를 흔들 때 머릿속에서 달가닥거리는 소리가 들리는 듯했다. 뇌가 바짝 말라 쭈글쭈글한 완두콩이 되어 버린 것만 같았다. 그가 핀을 움직이고 찌르자, 스물여덟 개의 작은 궤짝이 탁자 위에 펼쳐졌다. 마지막 것은 너무 작아서, 반짝임만 아니라면 벌레나 작은 흙 조각 같았다. 다시 보니, 그 옆에 바람이 불고 건조한 날에 충혈된 눈에서 빼낼 법한 게 하나 더 보였다. 그제야 나는 정확히 세어 보면 스물아홉 개라는 것을 알았다.

"핀을 돌려 드리지요." 맥크루스킨이 말했다.

그는 갈 곳 잃은 내 손에 핀을 쥐여 주고, 생각에 잠긴 채 탁자로 돌아갔다. 그러고는 호주머니에서 뭔가를 꺼냈지만, 너무 작아서 내게는 보이지 않았다. 그는 탁자 위에 놓인 미세한 검은 물체를 만지작거리기 시작했다. 그 옆에는 그것보다는 조금 더 큰 것이 있었지만, 역시 워낙 미세해서 뭐라고 묘사할 수조차 없었다.

이쯤 되자 나는 겁이 났다. 그의 작업은 이제 경이롭기는커녕 끔찍했다. 나는 눈을 질끈 감고, 그가 적어도 인간이 할 수 있는 일을 하는 동안 여기서 그만 멈추기를 기도했다. 다시 보니, 딱히 보이는 것이 없고 그가 탁자 위에 궤짝을 눈에 띄게 더하지 않은 걸 보고 기뻤다. 그런데 왼편으로, 탁자 한 귀퉁이에서 눈에 보이지 않는 무언가를 쥐고 씨름하고 있었다. 그는 내 시선을 느끼고 다가와, 손잡이에 대야를 고정해 놓은 것처럼 생긴 커다란 확대경을 건넸다. 그 도구를 받으면서, 나는 심장 주위의 근육이 고통스럽게 조여드는 것을 느꼈다.

그가 말했다. "탁자로 와서, 확대경 밑으로 뭐가 보이는지 들여다보십시오."

탁자 위에는 스물아홉 개의 궤짝밖에 보이지 않았다. 하지만 확대경으로 보니, 마지막 궤짝 옆에 두 개를 더 꺼내 둔 게 보였다. 그중 제일 작은 건 맨눈으로 안 보이는 크기보다도 절반이나 더 작았다. 나는 확대경을 돌려주고 아무 말 없이 의자에 앉았다. 그러고는 진정하고 인간의 소리를 크게 내보려고 〈뜸부기가 백파이프를 연주하네〉를 휘파람으로 불었다.

"자, 보십시오." 맥크루스킨이 말했다.

그는 바지 호주머니에서 구겨진 담배 두 개비를 꺼내 한꺼번에 불을 붙인 후, 하나를 내게 내밀었다.

그가 말했다. "22번은 15년 전에 만들었고, 그 후로 해마다 하나씩 더 만들었습니다. 밤샘 작업과 초과 업무, 자투리 작업과 특근까지 해 가면서요."

"잘 알겠습니다." 내가 말했다.

"6년 전부터는 확대경을 쓰든 안 쓰든 궤짝이 안 보이기 시작하더군요. 마지막으로 만든 다섯 개는 본 사람이 없습니다. 그것들이 세상에서 제일 작은 물건이라고 하려면 그만큼 확대해야 하는데, 그렇게 강력한 확대경은 존재하지 않거든요. 내가 쓰는 작은 도구들도 눈에 보이지 않아서, 궤짝을 만드는 걸 볼 수 있는 사람도 없고요. 지금 만들고 있는 건 너무 작아서 없는 거나 마찬가지예요. 1번 궤짝에 이걸 100만 개나 넣고도, 돌돌 만 여성 승마바지 한 벌을 더 넣을 공간이 남을 정도지요. 어디서 멈추고 끝날지는 아무도 모릅니다."

"그런 작업은 눈에 상당한 부담을 주겠군요." 나는 모두 나처럼 평범한 사람인 양 대하기로 마음먹고 이렇게 말했다.

"언젠가는 다리가 금으로 된 안경을 사야겠지요. 신문과 공문서의 작은 글씨 때문에 눈이 많이 나빠졌거든요." 그가 대답했다.

"휴게실로 돌아가기 전에, 하나만 여쭤봐도 될까요? 손잡이와 황동 핀이 달린 그 작은 피아노 같은 악기로 뭘 하고 계셨던 거예요?" 내가 물었다.

맥크루스킨이 말했다. "그건 제 개인 악기예요. 저만의 선율을 연주하며, 감미로운 가락을 조용히 음미하고 있었지요."

"귀 기울여 봐도, 전 아무 소리도 못 들었는데요." 내가 답했다.

"직감적으로 놀랄 일은 아닙니다." 맥크루스킨이 말했다.

"제가 직접 만든 고유한 특허품이니까요. 진정한 음의 진동이 워낙 섬세한 고주파라서, 사람의 귀로는 도저히 들을 수가 없습니다. 이 악기의 비밀과 내밀한 작동 방식, 그걸 교묘하게 다루는 비법을 알고 있는 건 저밖에 없지요. 자, 어떻게 생각하십니까?"

나는 힘없이 한 손으로 이마를 문지르며, 휴게실로 돌아가려고 일어섰다.

"대단히 아카탈렉틱(acatalectic)*하군요." 내가 대답했다.

제6장

휴게실로 돌아가 보니, 플럭 경사와 길하니 씨 두 신사분이 자전거 문제에 관해 이야기를 나누고 있었다.

"삼단 기어는 도통 믿을 수가 없어요." 경사의 말이었다. "최신 장치인데, 다리를 아주 망가뜨리는 데다, 사고의 절반은 그것 때문에 일어난다니까요."

"그게 언덕에서는 큰 힘을 발휘하죠." 길하니가 말했다. "다리가 한 쌍 더 있거나, 작은 휘발유 모터를 단 것처럼요."

"조절하기도 까다로워요." 경사가 말했다. "거기 달린 철제 레이스를 조이다 보면 페달이 헛돌게 되거든요. 마음대로 멈춰지지도 않고, 엉터리 틀니 같다니까요."

"전부 거짓말이에요." 길하니가 말했다.

"그게 아니면, 요정의 날 바이올린의 조율 핀이나, 봄날 싸늘한 이불 속에 누워 있는 깡마른 아내 같거나요." 경사가 말했다.

"그렇지 않다니까요." 길하니가 말했다.

"아니면 속 안 좋을 때 마신 맥주 같거나요." 경사가 말했다.

"아니에요." 길하니가 말했다.

경사가 나를 힐끗 보더니, 길하니에게서 관심을 거두고 내게 말을 걸었다.

"맥크루스킨이 이야기를 늘어놓은 게 틀림없군요." 그가 말했다.

"설명을 굉장히 자세히 해 주시더군요." 내가 건조하게 대답했다.

"재밌는 친구죠." 경사가 말했다. "걸어 다니는 잡화점에다, 줄에 매달려 움직이고 증기로 돌아가는 것 같지요."

"맞아요." 내가 말했다.

"음악 같은 사람이랄까요." 경사가 덧붙였다. "종잡을 수 없고, 정신을 어지럽히기도 하고요."

"자전거 말이에요." 길하니가 말했다.

"자전거는 찾을 거예요." 경사가 대꾸했다. "그걸 되찾아 적법한 소유주인 주인에게 돌려줘야지요. 수색을 도와주시겠어요?" 그가 내게 물었다.

"그러죠." 내가 대답했다.

경사는 짧은 틈을 타 거울로 치아를 보고, 다리에 각반을 두른 후, 길을 나설 채비가 되었다는 표시로 경찰봉을 집어 들었다. 우리가 나가도록 길하니가 문을 열어 주었다. 우리 셋은 낮의 한가운데로 걸어 나갔다.

경사가 말했다. "저녁 식사 시간까지 자전거를 못 찾을 경우를 대비해, 폭스 순경이 '레스 입사(*res ipsa*, 그 자체)'를 잘 알수 있도록 개인적으로 참고할 공식 메모를 남겨 뒀어요."

"랫트랩 페달*에는 찬성하세요?" 길하니가 물었다.

"폭스가 누구예요?" 내가 물었다.

"폭스 순경은 우리 중 세 번째입니다." 경사가 말했다. "하지만 그는 도무지 만날 수가 없는 데다 감감무소식이에요. 항상순찰 중인데 쉬지도 않고, 오소리도 잠든 한밤중에 일지에 서명만 하고 가거든요. 그는 토끼처럼 미쳐 있어요. 사람들을 심문하지도 않고, 항상 뭔가 메모만 하고 있다니까요. 랫트랩 페달이 널리 퍼지면 자전거는 끝장이에요. 사람들은 파리처럼죽어 나갈 거고요."

"그는 어쩌다 그렇게 됐나요?" 내가 물었다.

"나도 제대로 이해하지는 못했어요." 경사가 대답했다. "나도 정말 도움이 되는 정보는 못 얻었지만, 폭스 순경이 어느6월 23일 한 시간 내내 맥크루스킨과 단둘이 방에 있었답니다. 그날 이후로 그는 그 누구와도 말을 안 하고 미치광이처럼굴면서 괴팍해지더군요. 내가 오코키 경감님께 랫트랩에 관해여쭤본 적이 있다고 얘기했던가요? 왜 그런 걸 금지하지 않는지, 약국에서 장부에 서명하고 책임감 있는 사람처럼 보여야만 살 수 있는 비소처럼, 그걸 특별 관리하지 않는 이유가 뭔지말이에요."

"그건 언덕에서 큰 힘을 발휘해요." 길하니가 말했다.

경사는 마른 길에 침을 뱉었다.

"의회 특별법이 필요하답니다, 의회 특별법이."

"어디로 가는 건가요?" 내가 물었다. "지금 어디로 가고 있나요? 아니면 어딘가에서 돌아오는 길인가요?"

우리가 있는 곳은 이상한 시골이었다. 주변에는 푸른 산들이 정중하게 거리를 두고 물러서 있었고, 몇몇 산등성이를 따라 하얀 물줄기가 반짝이며 흘러내렸다. 산들은 계속 우리를 에워싸며 마음속으로 파고들었다. 산들 앞으로 중간쯤에는 시야가 트여 있었는데, 울퉁불퉁한 구릉과 멋진 습지대가 길게 이어져 있었다. 그 한복판에서 사람들이 여기저기 길쭉한 도구를 가지고 일하고 있었고, 바람을 타고 그들이 서로 부르는 소리와 길을 지나는 둔탁한 수레가 덜컹거리는 소리가 들려왔다. 드문드문 흰 건물들과 풀을 찾아 여기저기 게으르게 어슬렁대는 소들이 보였다. 내가 바라보는 동안, 까마귀 떼가 나무에서 날아올라, 멋진 외투를 차려입은 듯한 양 떼가 있는 들판으로 구슬프게 울며 내려앉았다.

"가야 할 곳으로 가고 있어요." 경사가 말했다. "이게 그 근처로 가는 방향이 맞습니다. 랫트랩 페달보다 위험한 게 하나 있어요."

그는 길에서 벗어나, 울타리를 헤치면서 우리를 이끌었다.

"랫트랩을 그렇게 얘기하는 건 옳지 않아요." 길하니가 말했다. "우리 집안은 대대로 거기에 신발을 끼워 왔는데, 증기 탈곡기에 빨려 들어간 사촌 말고는 모두 자기 침대에서 죽었으니까요."

"더 위험한 건 하나밖에 없어요." 경사가 말했다. "바로 헐거운 틀니지요. 헐거운 틀니는 치명적이에요. 그걸 삼키고는 오래 살아남지 못하고, 또 그게 질식을 일으키기도 하니까요."

"랫트랩을 삼킬 위험은 없나요?" 길하니가 물었다.

"틀니를 쓰려면 클립이 튼튼해야 해요. 입천장에 잘 붙이려면 붉은 접착제도 충분히 발라야 하고요. 저 덤불 뿌리를 한번 보시지요. 수상해 보이는 것이 영장도 필요 없겠군요."

그것은 키가 작고 수수한 가시금작화 덤불로, 굳이 말하자면 그 종 가운데 여성 구성원이었다. 가지에는 위아래로 건초 부스러기와 양털이 달라붙어 있었다. 길하니가 짐승처럼 무릎을 꿇고 풀숲과 뿌리를 손으로 헤집고 있었다. 이내 그가 검은 물체를 꺼냈다. 그것은 길쭉하고 가늘어서 흡사 큰 만년필처럼 보였다.

"제 펌프가 확실해요!" 그가 소리쳤다.

"역시 그렇군요." 경사가 말했다. "펌프를 발견한 건 우리의 은밀한 조사와 기민한 경찰 업무에 도움이 되는 행운의 단서예요. 그건 주머니에 숨기세요. 갱 단원이 우리를 지켜보고 따라붙을지도 모르니까요."

"그게 이 세상의 바로 저 구석에 있다는 건 어떻게 아신 거예요?" 내가 극히 단순하게 질문했다.

"높은 안장에 대해서는 어떤 의견이세요?" 길하니가 물었다.

"질문은 거지들의 노크 소리와도 같아서, 신경 쓰지 않는 게 상책이지요." 경사가 답했다. "그래도 혹시 황동 포크*가 있으면, 높은 안장은 괜찮다고 해 두죠."

"높은 안장은 언덕에서 힘을 발휘해요." 길하니가 덧붙였다.

이제 우리는 완전히 다른 들판에서 얼룩무늬 소 떼에 둘러싸여 있었다. 우리가 지나갈 때, 소들은 우리를 조용히 쳐다보다가, 자신들의 살찐 옆구리에 그려진 지도를 빠짐없이 보여주려는 듯 느리게 자세를 바꿨다. 소들은 우리를 잘 알고 있고, 우리 가족 생각도 많이 하고 있다는 느낌을 풍겼다. 나는 마지막 소를 지나갈 때, 감사의 표시로 모자를 들어 올렸다.

경사가 말했다. "높은 안장은 피터스라는 사람이 발명했지요. 그는 외국에서 낙타와 기린이나 코끼리 같은 키 큰 동물들을 타면서 지냈어요. 또 산토끼처럼 잘 달리고, 스팀 세탁소에서 남자 바지에 묻은 타르를 지울 때 쓰는 화학약품 대야만큼 커다란 알을 낳는 새도 탔지요. 전쟁이 끝나고 고향에 돌아왔을 때, 그는 낮은 안장에 앉는 것에 대해 골똘히 생각하게 됐답니다. 계속 생각하고 머릿속으로 연구한 끝에, 어느 날 밤 우연히 이불 속에서 높은 안장을 발명하게 된 거지요. 그의 세례명은 기억나지 않는군요. 높은 안장은 낮은 핸들바의 아버지라고 할 수 있어요. 포크를 망가뜨리고, 머리에 피가 쏠리게 하며, 몸속 장기에도 해롭지요."

"어떤 장기 말씀이세요?" 내가 질문했다.

"둘 다요." 경사가 답했다.

"이 나무 같아요." 길하니가 말했다.

경사가 말했다. "그럴 줄 알았어요. 바닥 밑으로 손을 넣고 이리저리 더듬어서, 아무것도 없어야 할 곳에 뭔가 있는지 확인해 보세요."

길하니가 검은가시나무 밑동의 풀밭에 엎드려, 나무의 은밀한 부분을 튼튼한 손으로 탐색하며 힘을 쓰느라 끙끙댔다. 잠시 후, 그는 자전거 램프와 벨을 발견했고, 일어서더니 그것들을 슬쩍 바지 주머니에 넣었다.

"아주 만족스럽고 뚜렷한 단서군요." 경사가 말했다. "역시 끈기가 필요하다니까요. 이건 확실한 실마리예요. 자전거는 꼭 찾게 될 겁니다."

"자꾸 질문하고 싶지는 않지만, 우리를 이 나무로 이끈 지혜 같은 건 국립학교에서는 가르쳐 주지 않아요." 내가 공손하게 말했다.

"자전거를 도둑맞은 게 이번이 처음이 아니에요." 길하니가 말했다.

경사가 말했다. "내 학창 시절엔, 국립학교 학생들 절반이 입속에 병을 달고 다녀서, 보기만 해도 러시아 온 대륙을 초토화시키고 들판의 곡식을 시들게 할 정도였어요. 지금은 그렇지 않지요. 의무적으로 검진을 받아서, 상태가 나쁘지 않으면 철로 채워 넣고, 심각한 건 철사 자르는 집게처럼 생긴 걸로 뽑아내니까요."

"그중 절반은 입을 벌리고 자전거를 타서 그런 거예요." 길하니가 말했다.

경사가 말했다. "요즘엔 초급반 남자아이들이 치아가 건강하거나, 카운티 의회에서 거의 공짜로 만들어 주는 어린이용 의치를 한 걸 봐도 전혀 이상할 게 없어요."

길하니가 말했다. "이를 갈면서 언덕을 오르는 게 제일 해로워요. 이의 가장 좋은 부분이 갈려 나가는 데다가, 결국엔 간까지 망가뜨리거든요."

경사가 말했다. "러시아에서는 낡은 피아노 건반으로 늙은 소들에게 이빨을 만들어 주지요. 문명이라고는 없는 땅에 척박해서, 타이어값으로 큰돈이 들어가긴 하지만요."

우리는 이제 늘 오후 5시인 듯한, 멋진 상록수가 늘어선 시골을 지나고 있었다. 그곳은 세상의 온화한 모퉁이, 따지고 다툴 일이라고는 없이, 마음을 달래고 잠재우는 곳이었다. 거기에는 사람의 엄지손가락보다 큰 돌들은 없었고, 굴뚝 속 바람소리처럼 특이한 음악인 경사의 콧소리보다 큰 소리도 들리지 않았다. 사방으로 보드라운 고사리가 양탄자처럼 펼쳐져 있었다. 가느다란 초록색 덩굴이 그 사이사이를 드나들고, 거친 덤불이 여기저기 고개를 내밀어, 우아한 풍경에 불쾌하지 않게 끼어들었다. 이 시골에서 얼마나 걸었는지는 모르겠지만, 우리는 마침내 어딘가에 도착해 더 나아가지 않고 멈췄다. 경사가 수풀의 한 부분을 손가락으로 가리켰다.

"여기 같군요. 아닐 수도 있고요." 경사가 말했다. "시도해 보는 수밖에요. 끈기는 그 자체가 보상이고, 필요는 발명의 미혼모니까요."

길하니가 잠시 수색하더니, 바로 그 수풀 틈에서 자전거를 꺼냈다. 그는 바큇살* 사이사이에서 가시덩굴을 뽑아내고, 붉고 익숙한 손가락으로 타이어를 어루만지고, 자전거를 정성스럽게 닦아 냈다. 우리 셋은 대화라고는 한마디도 없이, 길이 있는 곳으로 되돌아 나왔다. 길하니는 집으로 가려고 페달에 발가락을 얹었다.

그가 경사에게 말했다. "떠나기 전에, 나무로 된 바퀴테에 대한 솔직한 의견을 듣고 싶군요."

경사가 말했다. "아주 훌륭한 발명품이지요. 탄력을 더해 주고, 공기압에 부담을 주지 않으니까요."

"나무 바퀴테는 죽음의 덫 그 자체예요." 길하니가 천천히 말했다. "눅눅한 날이면 부풀어 오르거든요. 제가 아는 사람도 바로 그것 때문에, 젖은 채로 끔찍한 죽음을 맞았지요."

그가 무슨 말을 하려던 건지 잘 들어 볼 새도 없이, 그는 벌써 길을 반쯤 내려가고 있었다. 두 갈래로 갈라진 코트 자락이 그가 전속력으로 내달리며 일으킨 바람을 타고 뒤로 펄럭였다.

"재밌는 사람이군요." 내가 말했다.

"도움이 되는 편이지만, 말이 많고 열성적인 유권자죠." 경사가 말했다.

우리 둘은 오후를 담배 연기로 가득 채우며, 멋지게 걸어 돌아왔다. 들판과 습지대에서는 길을 잃은 게 분명하다고 생각했지만, 길이 아주 편리하게도 우리 앞에서 막사로 이어져 있었다. 경사는 남은 치아 뿌리를 조용히 빨아 댔고, 이마에는 검은 그림자가 모자처럼 드리워져 있었다.

한참을 걷다가, 그가 나를 돌아보았다.

"카운티 의회의 책임이 큽니다." 그가 말했다.

나는 그게 무슨 말인지 몰랐지만, 그와 같은 생각이라고 했다.

"그런데 뒷골이 당길 정도로 몹시 궁금한 게 하나 있어요." 내가 말했다. "그 자전거 말이에요. 좀 전에 본 것같이 훌륭한 수사는 처음이에요. 잃어버린 자전거만 찾은 게 아니라, 단서도 모두 찾으셨지요. 제 눈으로 보고도 믿기가 어렵습니다. 어떤 건 보면 믿어야 할까 봐 쳐다보기가 두려울 지경이에요. 그런 수사력의 비결이 도대체 뭔가요?"

그는 내 진지한 질문에 웃음을 터뜨리고, 내 순진함에 아주 너그럽게 고개를 저었다.

"그건 쉬운 일이었어요." 그가 말했다.

"얼마나요?"

"단서가 없었어도 결국 자전거는 찾았을 겁니다."

"상당히 어렵게 쉬운 것 같군요." 내가 대답했다. "자전거가 어디 있는지 알고 있었나요?"

"그렇습니다."

"어떻게요?"

"내가 거기 뒀으니까요."

"경사님이 자전거를 훔쳤단 말인가요?"

"물론이지요."

"펌프와 다른 단서들도요?"

"그것들도 발견된 곳에 내가 갖다 둔 거예요."

"어째서요?"

한동안 그는 대답하지 않고, 시선을 최대한 멀리 둔 채 내 옆에서 힘차게 걸어 나갔다.

"카운티 의회 잘못입니다." 그가 마침내 말문을 열었다.

나는 아무 말도 하지 않았다. 그가 생각을 정리할 때까지 기다리기만 하면, 카운티 의회를 향한 비난을 길게 늘어놓을 게 뻔했기 때문이다. 오래지 않아, 그가 나를 돌아보며 다시 말을 건넸다. 그의 표정은 심각했다.

"원자론에 대해 알거나 들은 게 있나요?" 그가 물었다.

"아니요." 내가 대답했다.

그는 비밀스럽게 입을 내 귀 가까이 댔다.

"원자론이 이 교구에서 작동하고 있다면 놀라시겠습니까?" 그가 어두운 표정으로 말했다.

"그렇고 말고요."

"그게 이루 다 말할 수 없는 피해를 주고 있어요." 그가 말을 이어 나갔다. "사람들 절반이 그 때문에 고통받고 있다니까요. 천연두보다도 심각해요."

무슨 말이든 하는 게 좋을 것 같았다.

"보건소 의사나 국립학교 교사들이 처리하는 게 좋을까요? 아니면 가장이 할 일이라고 생각하세요?" 내가 말했다.

"이 모든 게 다 카운티 의회 때문이에요." 경사가 답했다.

그는 아주 골치 아픈 일을 골똘히 생각하는 듯, 근심 어린 표정으로 계속 걸었다.

내가 말을 꺼냈다. "이 원자론이란 게 뭔지 제게는 도통 명확하지 않아요."

경사가 말했다. "마이클 길하니는 원자론의 원리 때문에 망가진 사람의 좋은 예지요. 그가 거의 반은 자전거라고 하면 놀라시겠어요?"

"무조건 놀랄 일이지요."

"마이클 길하니는 대략 계산해 봐도 예순 살이에요. 35년 넘게 자전거를 타고 바위투성이 길로 다니고, 언덕을 오르내리고, 겨울날 길이 엉망일 땐 깊은 도랑으로 들어가기도 했지요. 그는 시도 때도 없이, 항상 자기 자전거를 타고 늘 여기저기 가고, 또 돌아오거든요. 월요일마다 자전거를 도둑맞지 않았다면, 그는 지금쯤 분명 절반은 넘었을 거예요."

"뭐가 절반을 넘는다는 건가요?"

"절반 넘게 자전거가 됐을 겁니다." 경사가 말했다.

"경사님이 지혜로운 말씀을 하신 게 분명하군요. 단 한 마디도 알아들을 수가 없는 걸 보면요."

"어릴 때 원자론을 공부하지 않았나요?" 경사가 무척 의아하고 놀란 표정으로 물었다.

"예, 안 해 봤어요." 내가 답했다.

"그건 아주 심각한 결손*입니다." 그가 말했다. "어쨌든 원자론의 규모가 어느 정도인지 알려 드리지요. 모든 사물은 저마다의 작은 입자들로 이루어져 있어요. 동심원, 호, 선분 등등 이루 다 헤아릴 수 없을 만큼 무수히 많은 기하학적 모양으로 날아다니죠. 잠시도 가만히 있거나 멈춰 있지 않고, 빙빙 돌아 나가고 이리저리 휙휙 왔다 갔다 하면서, 끊임없이 움직이고 있어요. 이 자그마한 신사분들을 원자라고 합니다. 이해하시 겠어요?"

"예."

"무덤 위에서 지그* 춤을 추는 레프러콘 요정 스무 명만큼이 나 생기발랄하지요."

정말 예쁜 비유로군. 조가 중얼거렸다.

"양을 한번 생각해 보세요." 경사가 말했다. "양이란 결국 양 의 본질을 이루는 작은 조각 수백만 개가, 그 안에서 빙글빙글 돌면서 복잡하게 소용돌이치는 것 아니겠어요? 그게 아니면 뭐겠어요?"

"그럼, 그 동물이 어지럽겠군요." 내가 말했다. "특히 머릿속 에서도 빙글빙글 돈다면요."

경사가 나를 쳐다봤다. 경사라면 틀림없이 '논 파숨(non-possum, 할 수 없다)'이나 '놀리 메 탄게레(noli-me-tangere, 나를 만지지 말라)'*로 묘사했을 법한 표정이었다.

"그 말은 허튼소리라고 할 수 있어요." 그가 신랄하게 말했 다. "신경 줄도 양 머리 자체와 마찬가지로 빙글빙글 돌고 있으 니까요. 한 바퀴씩 서로 상쇄할 수 있죠. 분수 계산에서 위아래 가 5일 때 약분하는 것처럼요."

"솔직히 그런 생각은 못 했어요." 내가 말했다.

"원자론은 굉장히 복잡한 이론이에요. 대수학으로 풀 수도 있지만, 조금씩 서서히 받아들이는 게 좋지요. 밤새도록 자와 코사인과 이런저런 도구들을 써 가며 증명해도, 기껏 증명한 것을 마지막에 가서 전혀 믿지 못할 수도 있으니까요. 그렇게 되면, 처음부터 다시 반복하는 수밖에 없어요. 자신이 도출한 사실과 수치를 『홀과 나이트의 대수학』*에 기술된 것만큼 확실히 믿을 수 있는 지점까지 되돌아가서, 거기서부터 전부 다시 해야 하는 거죠. 모든 것을 온전히 믿을 수 있고, 침대에서 셔츠 단추를 잃어버렸을 때처럼 찜찜하거나 의심스러운 게 남아서 골치가 아프지 않을 때까지 말입니다."

"맞아요." 내가 말했다.

그가 말을 이어 나갔다. "하나하나 따져 보면 결과적으로, 당신 자신도 원자로 이루어져 있다고 추론할 수 있습니다. 호주머니와 셔츠 자락과 충치 속 찌꺼기를 빼내는 도구도 마찬가지고요. 혹시 쇠 막대를 튼튼한 석탄 해머나 둔기로 치면 어떻게 되는지 아십니까?"

"어떻게 되나요?"

"세게 내리치면, 원자는 막대 아래쪽으로 쏠려 내려가, 얌전한 암탉이 품은 달걀처럼 거기 뭉쳐서 모이게 돼요. 그러다 시간이 지나면, 원자는 헤엄쳐 돌아다니다가 결국엔 원래 있던 곳으로 돌아가지요. 그런데 그럴 틈을 주지 않고, 막대를 오래, 또 세게, 계속해서 내리치면 어떻게 될까요?"

"어려운 문제군요."

"대장장이에게 물어보면, 계속 세게 치다 보면, 막대가 서서히 조금씩 없어진다고 할 겁니다. 막대 원자의 일부는 해머로 들어가고, 나머지는 막대 밑에 놓인 탁자나 돌 같은 받침대로 들어가게 되니까요."

"그거야 다들 알죠." 내가 맞장구쳤다.

"이 모든 걸 종합해 보면 결론적으로, 이 교구의 바위투성이 길에서 쇠로 된 자전거를 타고 일상의 대부분을 보내는 사람들은, 원자를 서로 교환한 결과로 자신의 인격이 자전거의 성격과 뒤섞이게 된다는 거지요. 거의 절반은 사람이고 반은 자전거인 주민들이 얼마나 많은지 알면 놀라실 거예요."

나는 깜짝 놀라서, 그만 심하게 구멍 난 타이어에서 바람 빠지는 소리를 내고 말았다.

"또 얼마나 많은 자전거가 반쯤은 인간성을 지닌 반 인간, 거의 반 남자인지 알면 놀라실 겁니다."

정말 한도 끝도 없어. 조가 말했다. **여기서는 못할 말이 없고, 뭐든 진실이 되고, 믿지 않을 수가 없군.**

가능하면 나는 지금 당장이라도 바다 한가운데 증기선에서 밧줄을 감으며 힘든 육체노동을 해도 상관없다고 했다. 여기서 멀리 벗어나고만 싶었다.

나는 주변을 유심히 둘러봤다. 갈색 습지와 검은 습지가 길 양쪽으로 가지런히 펼쳐져 있었고, 여기저기 네모난 상자 모양으로 파여, 황갈색과 갈황색 물이 고여 있었다. 저 멀리 하늘가에는, 조그맣게 보이는 사람들이 몸을 숙여 토탄을 파냈다. 그들은 특수한 삽으로 뗏장을 정확한 모양으로 잘라, 말과 수레 높이의 배에 달하는 높은 기념비를 쌓고 있었다. 그들의 소리가 경사와 내게까지 들려왔다. 웃음소리, 휘파람 소리, 습지의 옛 노래 몇 소절이 서풍에 실려 우리 귀까지 대가 없이 전해졌다. 가까이에는 집 한 채가 서 있고, 나무 세 그루가 그 곁을 지키고 있었다. 집 주위로 행복한 닭들이 쉬지 않고 알을 낳으면서, 쪼고, 땅을 파고, 요란하게 싸워 댔다. 집 자체는 조용하고 고요했다. 하지만 나른한 연기가 굴뚝 위로 솟아올라 하늘을 덮는 걸 보면, 사람들이 안에서 활동하고 있는 것을 알 수 있었다. 우리 앞으로 뻗은 길이 평지를 재빨리 가로지르다 잠시 주춤하는 듯하더니, 키가 큰 풀과 회색 바위가 있고 자라다 만 나무들이 우거진 곳에서 자기를 기다리던 언덕을 느릿느릿 올라가는 것만 같았다. 머리 위로는 평온하고, 꿰뚫어 볼 수도, 형언할 수도 없으며, 견줄 데도 없는 하늘이 펼쳐져 있었다. 자비스 씨네 바깥채 오른쪽으로 2야드쯤 떨어진 곳에는 예쁜 구름 섬이 고요히 닻을 내리고 있었다.

이 풍경은 반박할 수 없는 진짜였고 경사의 이야기와는 괴리가 있었다. 하지만 나는 경사가 진실을 말하고 있다는 걸 알고 있었다. 선택의 문제였다면, 내 눈에 보이는 이 모든 단순한 것들의 현실성을 포기해야 할지도 몰랐다.

나는 그를 곁눈질했다. 그는 성큼성큼 걸었고, 얼굴에는 카운티 의회를 향한 분노가 서려 있었다.

"자전거의 인간성에 대해 확신하시나요?" 내가 그에게 물었다. "원자론은 말씀하신 것만큼 위험하고요?"

"그보다 두세 배는 더 위험하지요." 그가 침울하게 대답했다. "새벽녘에 생각해 보면, 네 배쯤 더 위험한 것 같기도 해요. 그리고 여기서 며칠 지내면서 잘 지켜보고 조사해 보면, 그런 확신이 얼마나 틀림없이 확실한지 알게 될 겁니다."

"길하니가 자전거처럼 보이지는 않던데요." 내가 말했다. "뒷바퀴도 없었고, 앞바퀴가 있다는 생각도 들지 않았어요. 앞모습을 유심히 보지는 않았지만요."

경사는 딱하다는 듯이 나를 쳐다봤다.

"그의 목에서 핸들바가 자라는 걸 기대할 수는 없겠지요. 길하니가 그보다 더 설명하기 어려운 행동을 하는 걸 봤어요. 이 지역에서 자전거가 기묘하게 구는 걸 눈치채지 못하셨나요?"

"여기 온 지 얼마 되지 않아서요."

감사하게도. 조가 말했다.

"그럼, 자전거들을 지켜보세요. 연달아 놀라는 것을 즐기신다면요." 그가 말했다. "남자를 절반 넘게 자전거가 되도록 내버려 둔다 해도, 많은 게 눈에 띄는 건 아니에요. 주로 한쪽 팔꿈치를 벽에 대고 기대거나, 한쪽 발을 연석에 짚고 서 있거나 할 뿐이니까요. 숙녀분들과 숙녀용 자전거와 관련된 것들도 있는데, 그건 나중에 따로 말씀드리죠. 하지만 남자로 충전된 자전거는 아주 매력적이고 강렬한 현상이죠. 굉장히 위험한 물건이기도 하고요."

이때 어떤 남자가 자전거를 타고 긴 외투 자락을 휘날리며, 언덕에서부터 빠른 속도로 다가와 미끄러지듯 우리를 스쳐 지나갔다. 나는 독수리 여섯 마리의 눈으로 그를 쳐다봤다. 누가 누굴 태우고 가는 건지, 사실 그가 어깨에 자전거를 짊어지고 가는 건 아닌지 알아내려고 말이다. 하지만 인상적이거나 특이한 점은 보이지 않았다.

경사는 검은 수첩을 들여다보고 있었다.

"오페르사예요." 그가 마침내 말했다. "수치가 23퍼센트밖에 안 되죠."

"그의 23퍼센트는 자전거라는 건가요?"

"예."

"그의 자전거도 23퍼센트 오페르사라는 거고요?"

"그렇지요."

"길하니는 얼마나 되나요?"

"48이에요."

"그럼 오페르사가 훨씬 더 낮군요."

"그건 천만다행으로 집에 닮은 삼 형제가 있고, 가난해서 각자 자전거를 가질 수 없기 때문이에요. 남들보다 가난하다는 게 얼마나 운이 좋은 건지 사람들은 잘 모르지요. 6년 전 오페르사 세 명 중 한 명이 『존 불』* 잡지에서 상금 10파운드를 받은 적이 있어요. 이 소식을 듣고, 이 가족에게 새 자전거 두 대가 생기지 않도록 뭔가 해야겠다는 생각이 들더군요. 내가 일주일에 훔칠 수 있는 자전거 수에는 한계가 있다는 걸 이해하시겠죠. 오페르사 세 명을 맡고 싶지는 않더군요. 집배원을 잘 알고 있었던 게 다행이었지요. 집배원이요! 오, 위대하고 거룩 하고 고통받는 고무 죽사발에 담긴 갈색 귀리죽이여!" 경사는 집배원 생각에 핑곗거리를 찾은 듯, 한껏 즐거워하며 붉은 손을 복잡하게 휘저어 댔다.

"집배원이요?" 내가 말했다.

"71퍼센트." 그가 나지막이 대답했다.

"세상에나!"

"우박이 쏟아지든 비가 오든 눈이 오든, 40년간 매일 자전거를 타고 38마일을 돌았답니다. 50 이하로 다시 내려올 가망은 거의 없지요."

"그를 매수했나요?"

"그럼요. 자전거 허브*를 깨끗하게 유지하려고 두르는 작은 끈 두 개로요."

"사람 자전거는 어떤 식으로 행동하나요?"

"사람 자전거라니요?"

"자전거 사람, 아니 이름이야 뭐든 간에, 밑에 바퀴가 두 개 있고 핸들바가 있는 그것 말이에요."

그가 말했다. "인간성 함량이 높은 자전거의 행동은 굉장히 교활하고 아주 놀랍습니다. 이들이 혼자 움직이는 걸 볼 수는 없지만, 의외의 장소에서 예기치 않게 이들을 보게 되지요. 밖에 비가 쏟아질 때, 자전거가 따뜻한 부엌 찬장에 기대어 서 있는 걸 못 보셨어요?"

"봤어요."

"불가에서 아주 멀리 있지는 않았지요?"

"예."

"대화가 들릴 만큼 가족들 가까이 있고요?"

"예."

"음식이 있는 곳에서 아주 멀지는 않고요?"

"그건 눈치채지 못했어요. 자전거들이 **음식을 먹는다**는 말인가요?"

"그걸 들키지는 않죠. 그들이 스테이크를 우물거리는 걸 본 사람은 없어요. 제가 아는 건, 음식이 사라진다는 거죠."

"뭐라고요!"

"이 신사분들의 앞바퀴에 부스러기가 묻어 있는 걸 한두 번 본 게 아닙니다."

"이 모든 게 제게는 큰 충격이에요." 내가 말했다.

"아무도 눈치채지 못해요." 경사가 답했다. "믹은 팻이 묻혀 왔다고 생각하고, 팻은 믹이 그랬다고 생각하는 식이지요. 이 교구에서 무슨 일이 벌어지고 있는지 아는 사람은 거의 없어요. 다른 일들도 있지만, 자세한 얘기는 하지 않겠습니다. 한번은 여선생님 한 분이 새로 왔는데, 새 자전거를 가지고 오셨어요. 오신 지 얼마 되지 않았을 때, 길하니가 선생님의 여자 자전거를 타고 한적한 시골로 사라졌지요. 그게 얼마나 부도덕한 짓인지 아시겠어요?"

"예, 알겠어요."

"그런데 더 나쁜 일이 일어났어요. 이 젊은 선생님이 자기 자전거를 타고 어딘가 급히 가려고 했는데, 길하니의 자전거가 무슨 수를 썼는지는 몰라도, 그게 거기 기대 서 있었어요. 선생님의 자전거는 사라지고, 길하니의 자전거가 아주 작고 편안하고 매력적인 모습으로, 편하게 거기 기대어 서 있었던 거지요. 그 결과가 어땠는지, 무슨 일이 일어났는지 더 알려드려야 할까요?"

정말이지 그럴 필요는 없어. 조가 긴박하게 말했다. 이렇게 파렴치하고 방탕한 얘기는 처음이야. 물론 선생님 잘못은 아니지. 선생님은 즐기지도 않았고 알지도 못했으니까.

"그러실 필요는 없어요." 내가 말했다.

"그렇겠지요. 길하니가 숙녀용 자전거와 온종일 외출하고 그 반대도 마찬가지니까, 이 숙녀분의 숫자는 높았을 게 분명하지요. 새 자전거임에도 35나 40은 됐을 거예요. 이 교구 사람들을 단속하느라 흰 머리카락이 많이 생겼어요. 너무 오래 방치하면, 모든 게 끝장날 겁니다. 자전거들이 투표권을 원하고, 카운티 의회 의석을 차지하고, 그렇지 않아도 나쁜 도로를 자기 욕심을 채우려고 더 망치려고 할 거예요. 하지만 그에 반해 또 다른 한편으로, 좋은 자전거는 훌륭한 동반자이고, 굉장히 매력적이지요."

"사람 몸에 자전거가 많은 건 어떻게 알 수 있나요?"

"숫자가 50 이상이면, 걸음걸이를 보고 정확히 알 수 있어요. 항상 재빠르게 걷고, 절대 앉지 않고, 팔꿈치를 내민 채 벽에 기대고, 밤에도 침대로 가지 않고 그렇게 부엌에 서 있지요. 너무 천천히 걷거나 길 중간에서 멈추면, 털썩 쓰러지게 되니까요. 어떤 외부 힘이 들어 올려 다시 움직여 줘야 하죠. 집배원은 자전거를 타고 이 불행한 상태로 접어들었고, 자전거를 타고 거기에서 빠져나오지는 못할 겁니다."

"전 절대 자전거를 타지 않겠어요." 내가 말했다.

"조금 타는 건 좋아요. 몸을 튼튼하게 해 주고 철분을 보충해 주죠. 하지만 너무 멀리, 너무 자주, 너무 빨리 걷는 건 절대 안전하지 않아요. 계속해서 길에 발을 구르다 보면, 길이 일정량 사람 속으로 들어오거든요. 사람이 죽으면 흙으로 돌아간다고들 하잖아요. 그런데 너무 많이 걸으면, 자기 안에 너무 일찍 흙이 차고(또 자기 일부를 길에 묻게 되고), 자기 죽음을 마중 나가는 셈이 되죠. 한 곳에서 다른 곳으로 이동하는 가장 좋은 방법을 알기란 쉽지 않습니다."

그가 말을 마쳤을 때, 나는 수명을 늘리려고 발끝으로 민첩하고 가볍게 걷고 있는 자신을 발견했다. 내 머리는 두려움과 사소한 걱정들로 가득 찼다.

내가 말했다. "전부 처음 듣는 이야기예요. 이런 일이 벌어질 수 있다는 것조차 몰랐고요. 이건 새로운 발견인가요, 아니면 늘 있었던 태곳적 원리인가요?"

경사의 얼굴에 먹구름이 드리웠다. 그는 생각에 잠긴 채, 자기 3야드 앞 길바닥에 침을 뱉었다.

"비밀을 하나 알려 드리죠." 그가 목소리를 낮춰 아주 은

밀하게 말했다. "제 증조할아버지는 돌아가셨을 때 83이었어요. 돌아가시기 전 일 년 동안 증조할아버지는 말이었어요!"

"말이요?"

"겉모습만 빼면 모든 면에서 말이었지요. 온종일 들판에서 풀을 뜯거나 마구간에서 건초를 드셨거든요. 평상시 증조할아버지는 게으르고 조용했지만, 이따금 나가서 아주 맵시 좋게 울타리를 넘어 빠르게 말달리곤 하셨어요. 두 다리로 말달리는 남자 보셨나요?"

"아니요."

"음, 제가 듣기로는 정말 장관이었다고 하더군요. 증조할아버지는 아주 젊은 시절 그랜드 내셔널*에서 상을 받았다고 늘 말씀하셨어요. 복잡한 점프며 엄청난 점프 높이에 관한 이야기로 가족들을 귀찮게 하셨지요."

"증조할아버지가 말을 너무 많이 타서 그렇게 되신 거로군요?"

"맞아요. 증조할아버지의 늙은 말 댄은 반대가 돼서 문제를 많이 일으켰어요. 밤에는 집 안으로 들어오고, 낮에는 어린 여자들을 괴롭히고 심각한 범죄를 저지르기도 해서, 결국 총으로 쏴 죽일 수밖에 없었지요. 그 시절에는 경찰도 상황을 제대로 파악하지 못해서 호의적이지 않았어요. 경찰은 말을 없애지 않으면, 말을 체포하고 기소해서 다음 간이 재판소에 세우겠다고 했어요. 그래서 우리 가족이 말을 쐈지요. 하지만 제게 묻는다면, 그들이 쏜 건 증조할아버지였고, 클론쿤라 묘지에 묻힌 게 말이라고 하겠어요."

그러고 나서, 경사는 조상들을 회상하며 생각에 잠겼다. 우리가 경찰 막사까지 반 마일을 더 가는 동안, 그는 추억에 잠긴 표정이었다. 조와 나는 속으로 동의했다. 이 새로운 진실은 우리를 위해 준비된 최고의 깜짝 선물이고, 우리가 막사에 도착하기만을 기다리고 있었던 것이라고.

막사에 도착했을 때, 경사는 한숨을 쉬며 안으로 앞장서 들어갔다. 그가 말했다. "이 모든 게 다 카운티 의회 때문이에요."

제7장

경사와 함께 다시 막사로 들어간 직후 맞닥뜨린 극심한 충격으로 인해, 나중에 나는 철학과 종교가 고난에 처한 사람에게 줄 수 있는 크나큰 위안에 대해 생각하게 되었다. 철학과 종교는 어두운 곳을 밝혀 주고 낯선 짐을 견딜 힘을 주는 것 같다. 당연한 말이지만, 내 생각은 드 셀비에게서 멀어지지 않았다. 그의 모든 연구—특히 『금빛 시간』—에는 치유력이라고 할 만한 것이 있다. 그의 책은 흔히 술에서 떠올리는 것 같은, 기분을 북돋아 주는 효과를 발휘하며, 영혼을 소생시키고 조용히 회복시킨다. 그의 글이 가진 이런 온화한 특징이, 괴팍한 뒤 가르방디에가 말한 이유 때문이라고 치부해서는 안 될 것이다. 뒤 가르방디에는 "드 셀비의 책을 읽는 가장 큰 매력은, 모든 어리석은 자들 중에서 자기가 최악은 아니라는 행복한 확신에 빠지게 된다는 점이다"[1]라고 했다. 나는 이것이 드 셀비의 제일 매력적인 자질 가운데 하나를 과장했다고 생각한다. 내가 보기에는, 그의 사소한 결점들이 여기저기서 불쑥불쑥 튀어나와서, 그의 책에 있는 인간미 있는 세련됨이 훼손되기보다는 오히려 더 돋보이는 것 같다. 그가 이런 결점들을 한 인간으로서 자기가 가진 약점으로 받아들이기보다는, 오히려 자신의 지적 능력의 정점으로 여겼다는 점에서, 드 셀비의 결함은 더욱 안타깝다.

일상적인 삶의 과정이 환상에 불과하다고 믿었기 때문에, 그가 삶의 고난에 크게 주의를 기울이지 않은 건 당연하다. 사실 그는 역경에 대처하는 법을 별로 제안하지 않는다. 이에 관해서는, 바셋의 일화[2]를 되짚어 볼 가치가 있겠다. 바타운에서 지내던 시기에, 드 셀비는 '아마 신문을 절대 읽지 않는 걸로 알려진 사실 때문에' 그 지역에서 현인으로 약간의 명성을 얻었다. 그 마을에는 어떤 숙녀분과 관련된 문제로 무척 괴로워하는 젊은이가 있었다. 그는 이 문제가 마음을 무겁게 짓누르며 이성을 흐릴 수도 있다고 느끼고, 드 셀비에게 조언을 구했다. 청년의 마음에서 오점 한 점을 없애기는 정말 쉬웠을 것이다. 하지만 드 셀비는 그렇게 하지 않았다. 그 대신, 그는 청년의 관심을 50여 가지의 가늠할 수조차 없을 만큼 어려운 문제로 이끌었다. 이 문제들은 하나하나가 영원에 걸친 어려움을

---

1 "Le Suprème charme qu'on trouve à lire une page de de Selby est qu'elle vous conduit inexorablement a l'heureuse certitude que des sots vous n'êtes pas le plus grand."

2 『세상의 빛(Lux Mundi)』에 수록.

제기했고, 젊은 숙녀분 문제쯤은 아무것도 아닌 하찮은 것으로 만들어 버렸다. 그래서 나쁜 일 하나가 생길까 염려하며 찾아온 청년은, 떠날 때는 최악을 완전히 확신하고, 기꺼이 자살을 고민하게 되었다. 그가 평상시의 저녁 식사 시간에 맞춰 집에 도착한 것은 다행스러운 달의 개입 덕분이다. 청년은 집으로 오는 길에 항구를 지났으나, 파도가 2마일 바깥으로 물러나 있었다. 6개월 뒤, 그는 절도 및 철도 방해 관련 범죄를 포함한 총 18건의 죄목으로, 6개월의 강제 노역 징역형을 받았다. 조언자로서의 이 학자에 관한 이야기는 이쯤 해 두자.

그러나 이미 말했듯이, 쓰여 있는 것을 객관적으로 읽는다면, 드 셀비는 진정한 정신적 자양분을 제공해 준다. 『문외한의 아틀라스』[3]에서 그는 사별, 노년, 사랑, 죄, 죽음과 그 외 존재의 주요 문제를 직접적으로 다룬다. 그가 이 주제들에 여섯 줄 남짓밖에 할애하지 않은 것은 사실이다. 그러나 이는 이것들이 모두 '불필요'하다는 그의 매우 충격적인 주장 때문이다.[4] 믿기 어렵겠지만, 그는 지구가 구 모양이 아니라 '소시지

---

3 이제는 희귀본이 된 수집가 소장품. 냉소적인 뒤 가르방디에는 『아틀라스』를 처음 인쇄한 사람(왓킨스)이 이 작업을 마친 날, 벼락에 맞았다는 사실을 굉장히 강조한다. 흥미롭게도, 다른 면에서는 믿을 만한 해치조는 『아틀라스』 전체가 위조되었으며 '다른 손'이 쓴 책이라는 의견을 내놓아서, 베이컨-셰익스피어 논쟁 못지않게 자극적인 문제를 제기했다. 그는 설득력은 없어도 독창적인 주장을 많이 펼쳤다. 그중 하나는, 드 셀비가 자신이 쓰지 않은 이 책으로 상당한 인세를 받은 것으로 알려졌다는 것이다. 이것이 '이 거짓의 윤리에 부합하는 일 처리'였다고도 주장했다. 하지만 이런 이론은 진지한 학자의 인정을 받을 만한 것은 아니다.

4 뒤 가르방디에는 특유의 빈정거리는 투로, 드 셀비를 자주 불구 상태에 빠뜨렸던

모양'이라는 것을 발견했고, 이 발견의 직접적인 결론으로 그런 주장을 펼친 것이었다.

적지 않은 비평가들이 드 셀비가 이 이론과 관련해 그답지 않게 약간의 장난기를 드러낸 건 아닌지 의구심을 토로한다. 그러나 그는 아주 진지하게, 확신에 차서 이 문제를 논하는 것으로 보인다.

그는 관습적인 방식대로, 기존 관념에 있는 오류를 지적한 다음, 자신이 무너뜨렸다고 주장하는 통념 대신에 조용히 자기가 구상한 가설을 세운다.

그에 따르면, 지구가 구 모양이라고 가정하고 한 지점에 섰을 때, 움직일 수 있는 주요 방향은 네 개, 즉 북쪽, 남쪽, 동쪽, 서쪽이 있는 것 같다. 그러나 조금만 생각해 봐도, 실제로는 방향이 두 개뿐이라는 것을 알 수 있다. 왜냐하면 구 모양에서는, 북쪽과 남쪽이라는 개념은 무의미하고, **한** 방향의 움직임만 함축할 수 있기 때문이다. 이는 서쪽과 동쪽도 마찬가지다. 북-남 띠에서 어느 '방향'으로 가든지 간에 모든 지점에 도착할 수 있다. 두 '경로'의 확연한 차이라고는 시간과 거리라는 외적인 고려 사항밖에 없는데, 이 두 가지가 환상에 불과하다는 점은 이미 보여 주었다. 따라서 북-남은 한 방향이고, 동-서가 또 다른 방향이다. 방향은 넷이 아니라 둘밖에 없는 것이다. 드 셀비는 여기에 비슷한 오류가 더 내재해 있으며, 사실은 진짜

질병인 악성 쓸개 질환은 어째서 이 '불필요한 것' 목록에서 빠져 있는지 따져 물었다.

방향이라고 할 수 있는 건 하나뿐이라는 결론을 도출한다.[5] 지구의 한 지점에서 출발해 어떤 '방향'으로든 계속해서 나아가면, 결국에는 출발점에 다시 도착할 수 있기 때문이다.

이 결론을 '지구는 소시지'라는 그의 이론에 적용하면 흥미로운 사실이 드러난다. 그는 지구가 둥글다는 생각은, 인간이 (어느 방향으로든 자유롭게 움직일 수 있다고 확신하면서도) 알려진 한 방향으로만 계속 움직이기 때문이라고 본다. 이 한 방향이 사실은 소시지 모양인 지구의 둥근 둘레를 따라 도는 것이기 때문에, 지구를 구 모양으로 생각하게 되었다는 것이다. 여러 방향이 존재한다는 생각이 오류임을 인정한다면, 지구가 둥글다는 생각도 거기에서 필연적으로 따라 나오는 오류임을 반박하기 어려울 것이다. 드 셀비는 인간이 지구에서 처한 상황을 외줄 타는 사람의 처지에 빗댄다. 다른 모든 면에서는 자유롭지만, 줄 위를 계속 걸어가지 않으면 죽는다는 것이다. 이렇게 제한된 궤도에서 움직이기 때문에, 흔히 '삶'이라고 부르는 지속적인 환각이 생겨나고, 더불어 무수히 많은 제약과 고난과 기형적인 상황이 발생한다. 드 셀비는 '두 번째 방향', 즉 소시지 '통'을 길게 따라가는 방향을 발견할 수만 있다면, 인류에게 완전히 새로운 감각과 경험의 세계가 열릴 것이라고 한다. 새롭고 상상할 수 없는 차원이 현재 질서를 대신해 자리 잡고, '한 방향' 존재의 많은 '불필요한 것들'도 사라지게

---

5 어쩌면 이 주장의 유일한 약점일 것이다.

된다는 것이다.

이 새로운 방향을 정확히 어떻게 발견할 수 있을지에 관해서는 드 셀비가 다소 모호한 것이 사실이다. 그는 나침반의 알려진 지점을 미세하게 나누는 식으로는 새 방향을 확인할 수 없을 것이라고 충고한다. 또 행운이 개입해 주기를 희망하면서, 사방팔방 뛰어다니면 될 것이라는 기대도 소용없다고 한다. 그는 인간의 다리가 '천체의 세로 방향'을 종단하기에 '적합'할지 의문스럽다고 하면서, 새로운 방향이 발견될 때쯤에는 이미 죽음이 가까이 다가와 있을 것이라는 생각을 내비친다. 바셋이 제대로 지적하다시피, 이런 이야기는 이론 전체에 상당한 색채를 부여하긴 해도, 동시에 익히 알려지고 인정된 사실을 모호하고 난해하게 이야기하고 있을 뿐임을 암시하는 것 같기도 하다.

늘 그렇듯이, 그가 개인적인 실험을 했다는 증거가 있다. 한때 그는 중력이 인류의 '교도관'으로, 사람들을 한 방향밖에 모르는 무지의 줄 위에 붙들어 둔다고 생각했던 것 같다. 그는 궁극적인 자유가 상승 방향에 있다고 여겼다. 드 셀비는 비행을 해결책으로 검토했지만, 성과는 없었다. 뒤이어 그는 여러 주 동안 '수은과 전선으로 작동하는' 일종의 '기압 펌프'를 만들어서, 지구의 방대한 면적에서 중력의 영향력을 없애 보려고도 했다. 그곳 사람들이나 날아갔을지도 모를 그들의 재산을 생각하면 다행스러운 일이지만, 그가 뚜렷한 결과를 얻지는 못한 것 같다. 결국 그는 기상천외한 물상자 사건에 정신이 팔려,

이 일에 더는 집중할 수 없게 되었다.[6]

이미 암시한 대로, 플럭 경사와 함께 하얀 휴게실로 돌아온 지 2분쯤 지났을 때, 내게 이런 생각이 떠올랐다. 소시지 '통'을 따라 세로로 종단하는 길 안내 표지판을 살짝만이라도 엿볼 수 있다면, 많은 것을 기꺼이 내어 주겠노라고.

문 안으로 완전히 들어오기도 전에, 우리는 방문객이 있다는 것을 확실히 알아차렸다. 그의 가슴팍에는 고위직을 나타내는 여러 색깔의 줄무늬가 달려 있었다. 그는 푸른 경찰 제복을 입고, 머리에는 경찰 모자를 쓰고 있었다. 모자에서 높은 직책을 말해 주는 배지가 반짝였다. 그는 매우 뚱뚱하고 둥글둥글하고 팔다리가 아주 짧았다. 덤불처럼 덥수룩한 콧수염에는 고약하고 제멋대로인 성격이 뾰족뾰족 묻어 있었다. 경사가 놀란 표정으로 그에게 경례했다.

"오코키 경감님!" 그가 말했다.

"근무 시간에 경찰서가 비어 있는 게 무슨 뜻인가?" 경감이 소리 질렀다.

거친 마분지를 사포에 문지르는 것처럼 까칠한 목소리였다. 자신도 다른 사람들도 마음에 들지 않는 게 분명했다.

"긴급하고 엄중한 경찰 업무로 출동 중이었습니다." 경사가 공손히 대답했다.

"두 시간 전, 길가 도랑 깊숙한 틈에서 매더스라는 남성이

---

6 해치조의 『드 셸비 물상자 일지』를 보라. 상세한 계산과 일간 변화량이 놀랍도록 명확한 그래프로 표현되어 있다.

칼 같은 날카로운 도구에 배가 벌어진 채로 발견된 걸 알고 있나?"

놀라서 내 심장 판막에 심각한 이상이 생겼다는 말은, 시뻘겋게 달아오른 부지깽이를 얼굴에 갖다 대면 뜨겁겠다는 말이나 다를 바 없었다. 나는 너무 놀라 속으로 벌벌 떨면서, 경사와 경감을 번갈아 쳐다보았다.

우리의 친구 피누케인이 근처에 있는 모양이야. 조가 말했다.

"물론 알고 있습니다." 경사가 말했다.

이상하군. 지난 네 시간 동안 우리와 함께 자전거를 찾으러 다녔는데 어떻게?

"그럼 어떤 조치를 취했고, 몇 단계나 진행했나?" 경감이 고래고래 소리 질렀다.

"큰 걸음을 내디뎠습니다. 올바른 방향의 걸음입니다."* 경사가 침착하게 대답했다. "살인범이 누군지 알고 있습니다."

"그런데 어째서 그자가 체포되지 않은 건가?"

"체포됐습니다." 경사가 기분 좋게 말했다.

"어디 있나?"

"여기 있습니다."

두 번째 날벼락이었다. 겁에 질려 슬쩍 뒤돌아봤지만, 살인범은 보이지 않았다. 두 경찰관이 나누는 대화 주제가 바로 나라는 사실이 분명해졌다. 목소리가 나오지 않고 입이 바짝 말라서, 나는 어떤 항변도 할 수 없었다.

오코키 경감은 너무 화가 나 있어서, 경사가 한 놀라운 말에도 만족하지 않았다.

"그럼, 그놈을 감방에 처넣고 안팎에서 잠그는 열쇠와 자물쇠로 가두지 않은 이유가 뭔가?" 그가 으르렁거렸다.

처음으로 경사는 약간 풀이 죽고 창피한 기색이었다. 그의 얼굴은 더 붉어졌고, 시선은 돌바닥을 향해 있었다.

마침내 경사가 입을 열었다. "사실은, 거기 제 자전거를 뒀습니다."

"알겠네." 경감이 말했다.

그는 말을 뚝 끊더니 검은 클립으로 바짓단을 고정한 뒤 발을 바닥에 쿵쿵 굴렀다. 처음으로 나는 그가 카운터에 한쪽 팔꿈치를 기대고 있었다는 것을 알아차렸다.

"부정행위를 즉시 시정하도록!" 그가 작별 인사 대신 소리쳤다. "잘못을 바로잡고, 살인범을 감방에 집어넣게! 그놈이 온 마을을 난장판으로 만들기 전에!"

그리고 그는 사라졌다. 자갈 긁는 거친 소리가 들려와서, 경감이 자전거 뒷발판*을 딛고 올라타는 옛날 방식을 선호한다는 것을 알 수 있었다.

"자, 그럼." 경사가 말했다.

그는 모자를 벗고 의자로 가서, 공기방석처럼 펑퍼짐한 엉덩이를 내려놓았다. 그는 호주머니에서 붉은 천을 꺼내 넓적한 얼굴에서 큼지막한 땀방울을 닦아 내고, 갇혀 있던 문제를 날려 보내려는 듯 제복 단추를 풀어 젖혔다. 그러더니 경찰 부츠 밑창과 발가락을 체계적이고 세밀하게 조사하기 시작했다. 무슨 큰 문제와 씨름하고 있다는 표시였다.

"뭐가 걱정이세요?" 내가 물었다. 이제는 무슨 일이 있었는지 이야기해야 한다는 생각에 나는 몹시 초조했다.

"자전거가 걱정입니다." 그가 말했다.

"자전거요?"

"그걸 어떻게 감방 밖에 둔단 말인가요?" 그가 물었다.

"자전거를 타지 않을 땐 항상 독방에 가둬 두거든요. 자전거가 내 독창성을 해치는 사생활을 갖지 못하게 하려고요. 아무리 조심해도 지나치지 않죠. 순찰 구역을 도느라 자전거를 오래 타고 다녀야 하니까요.*"

"제가 감방에 갇혀 세상으로부터 숨어 지내야 하나요?"

"경감님의 지시 사항을 들으셨잖아요."

이게 다 장난인지 물어봐. 조가 말했다.

"이게 다 재밌자고 하는 장난인가요?"

"그렇게 받아들여 주신다면야, 나로서는 무한한 신세를 지는 셈이지요." 경사가 진지하게 말했다. "진심으로 잊지 않을 겁니다. 고인에게도 고귀한 행동이자 말할 수 없이 숭고한 일이 될 거고요."

"뭐라고요!" 내가 외쳤다.

"모든 걸 자신에게 유리하게 만드는 게 참된 지혜의 규칙 중 하나라고 제가 따로 알려드렸잖아요. 내 입장에서 이 규칙을 따랐기 때문에, 오늘 밤 당신은 살인범이 된 겁니다. 경감님은 형편없는 '보노미(*bonhomie*, 상냥함)'와 '말 데스프리(*mal d'esprit*, 비뚤어진 마음)'를 위해서 최소한으로 체포된 죄수 한 명은 있어야 했던 거예요. 그때 옆에 있었던 건 개인적으로 운이 나빴던 거지요. 내게는 개인적 행운이자 다행이었지만요. 중범죄로 목을 매다는 것 말고는 달리 방법이 없군요."

"저를 처형한다고요?"

"아침 식사 시간 전에 숨통을 매달아야죠."

"그건 부당해요." 내가 말을 더듬었다. "그건 부당하고…… 부패했고…… 사악해요." 내 목소리는 높아져서 가느다란 공포의 떨림으로 변했다.

"이 고장에서는 다 이렇게 일합니다." 경사가 설명해 주었다.

"저항할 겁니다." 내가 외쳤다. "죽을 때까지 저항할 거예요. 그러다 목숨을 잃는 한이 있더라도, 내 생존을 위해 싸울 겁니다."

경사가 말리는 듯 달래는 몸짓을 해 보였다. 그는 커다란 파이프를 꺼냈다. 경사가 입에 물자, 파이프는 큰 손도끼처럼 보였다.

"자전거 말인데요." 그가 파이프를 피우면서 말했다.

"무슨 자전거요?"

"제 자전거요. 혹시 제가 당신을 감방에 가두는 걸 소홀히 하면 불편하시겠어요? 이기적으로 굴고 싶지는 않지만, 자전거에 관해서는 신중해야 하니까요. 이 휴게실 벽은 자전거를 두기엔 적당하지 않아요."

"저는 상관없어요." 내가 조용히 말했다.

"가석방 상태로 허가증을 가지고 근처에 계시면 됩니다. 뒷마당에 높은 교수대를 지을 때까지만요."

"제가 멋지게 탈출하지 않을지 어떻게 아시나요?" 내가 물었다. 실제로 확실히 탈출하려면, 경사의 생각과 의도를 속속들이 아는 편이 좋으리라는 생각이 들었다.

그는 파이프 무게가 허락하는 한 최대한 크게 미소를 지어 보였다.

"그렇게 하지는 못할 겁니다." 그가 말했다. "명예로운 일도 아니고, 설령 명예롭다고 해도, 뒷바퀴 타이어 흔적을 추적하는 건 쉬운 일이죠. 모든 걸 떠나서, 폭스 순경이 외곽에서 혼자서도 당신을 체포할 게 확실합니다. 영장도 필요 없을 거고요."

우리 둘은 한동안 조용히 앉아 골똘히 생각에 잠겼다. 그는 자기 자전거에 대해, 그리고 나는 나의 죽음에 대해.

조가 말했다. 그건 그렇고, 우리 친구가 네 편리한 익명성 때문에, 법이 우리한테 손가락 하나도 건드릴 수 없다고 한 게 기억나는군.

"맞아." 내가 말했다. "그걸 잊고 있었어."

지금 상황을 봐서는, 그건 논쟁거리에 불과할 것 같긴 해.

"말을 꺼내 볼 가치는 있어." 내가 말했다.

그렇고말고.

내가 경사에게 말했다. "그런데 제 미국제 시계는 찾았나요?"

"그 사안은 검토 중으로, 현재 들여다보고 있습니다." 그가 공식적으로 답변했다.

"제게 이름이 없으므로, 제가 여기 있는 것도 아니라고 하신 걸 기억하세요? 제 존재가 법에는 보이지 않는다고 하셨지요?"

"그렇게 말씀드렸지요."

"그럼 설령 제가 살인을 저질렀다고 해도, 어떻게 저를 살인 죄로 매달 수 있나요? 재판도, 예비 심리도, 주의 고지도 없었고, 치안 위원 앞에서 심리도 거치지 않았는데요."

나는 경사가 놀라서 턱에서 손도끼를 꺼내고, 이마를 찡그려 깊은 주름을 만드는 것을 지켜봤다. 내 질문에 몹시 곤란해 하는 기색이 역력했다. 그는 어두운 표정으로 나를 쳐다봤다. 그러더니 첫 번째 시선을 따라 응축된 눈빛을 다시 보내며 나를 배로 응시했다.

"세상에, 이럴 수가!" 경사가 말했다.

3분 동안 그는 내 말에 골똘히 집중한 채 앉아 있었다. 그는 깊은 주름이 잡힐 정도로 미간을 찌푸렸고, 얼굴은 핏기를 잃어 거무스름하고 섬뜩해 보였다.

이윽고 그가 말했다.

"이름이 없다는 데 추호의 의심도 없습니까?" 그가 물었다.

"아주 확실합니다."

"믹 배리 아닌가요?"

"아니에요."

"샤를마뉴 오키프?"

"아니에요."

"저스틴 스펜스 경?"

"그것도 아니에요."

"킴벌리?"

"아니에요."

"버나드 팬?"

"아니에요."

"조셉 포, 아니면 놀란?"

"아니요."

"가빈 집안이나 모이니핸 집안 사람은 아닐까요?"

"그것들도 아니에요."

"로젠크란츠 오다우드?"

"아니요."

"오벤슨일까요?"

"오벤슨은 아니에요."

"퀴글리네, 멀루니네, 아니면 하우니멘네도 아닌가요?"

"아니요."

"하디멘 집안이나 메리멘 집안은요?"

"그것들도 아니에요."

"피터 던디?"

"아뇨."

"스크러치?"

"아니요."

"브래드 경?"

"그 사람도 아니에요."

"오그로니네, 오로어티네, 아니면 피니히네 사람인가요?"

"아니에요."

"그것참 굉장한 부정과 부인이네요." 그가 말했다.

그는 다시 붉은 천으로 얼굴에서 습기를 닦아 냈다.

"놀랍게도 공허한 행렬이군요." 그가 덧붙였다.

"제 이름은 젠킨스도 아니에요." 내가 장담했다.

"로저 맥휴?"

"로저는 아니에요."

"시트릭 호건?"

"아니요."

"콘로이 아닐까요?"

"아니에요."

"오콘로이도 아니에요?"

"오콘로이 아니에요."

"그럼, 당신이 가질 법한 이름이 거의 남질 않는데요." 그가 말했다. "내가 읊은 이름과 다른 건 피부가 검거나 붉은 남자가 쓸 만한 이름밖에 없거든요. 번 아닌가요?"

"아니에요."

"거참 근사한 팬케이크*로군요." 그가 침울하게 말했다. 그는 머리 뒤쪽에 남아 있는 두뇌를 총동원하려는 듯 몸을 숙였다.

"젠장, 거룩하고 고통받는 상원의원들이여!" 그가 중얼거렸다.

우리가 이긴 것 같아.

아직 안심하긴 일러. 내가 대답했다.

그래도 긴장을 풀어도 되겠어. 황금 목청을 가진 밀라노의 앵무새, 바리 씨에 대해서는 들어 보지 못한 모양이군.

말장난할 때가 아니야.

아니면 사립 탐정이자 상급 변호사인 J. 코트니 웨인도 있지. 수임장에 표시된 18,000기니. 빨간 머리 남자들의 특이한 사건.*

"오호!" 경사가 불현듯 말했다. 그는 일어나 서성거렸다.

"이 사건이 만족스럽게 해결될 것 같군요." 그가 쾌활하게 말했다. "무조건 승인될 겁니다."

나는 그의 미소가 마음에 들지 않았고, 그에게 설명을 요청했다.

그가 말했다. "당신이 범죄를 저지를 수 없는 건 사실이에요. 범죄 정도와 상관없이, 법의 정의로운 오른팔이 당신을 전혀 건드릴 수 없는 것 또한 사실이고요. 당신이 뭘 하든 전부 거짓이고, 당신에게 일어나는 어떤 일도 진실이 아니지요."

나는 편하게 고개를 끄덕여 동의했다.

경사가 말했다. "그러니까 당신을 데려가 매달아도, 당신은 교수형 당한 게 아니고 사망신고를 할 필요도 없는 거지요. 당신이 죽는 그 특수한 죽음은 죽음도 아니에요. (원래 죽음이란 게 기껏해야 하찮은 현상일 뿐이지만.) 당신의 죽음은 뒷마당을 배경으로 한, 하나의 비위생적인 추상에 불과합니다. 질식과 척추 골절로 무효가 되고 텅 비워진 한 조각의 부정적 공허일 뿐이에요. 당신이 막사 뒤에서 최후의 망치에 맞았다는 게 거짓이 아니라고 해도, 당신에게 아무 일도 없었다는 것 또한 진실인 겁니다."

"그럼, 저는 이름이 없어서 죽을 수도 없고, 경사님이 저를 죽여도 책임이 없단 말인가요?"

"대략 그런 말이지요." 경사가 말했다.

나는 너무 슬펐고 완전히 낙담했다. 눈에는 눈물이 차오르고, 목구멍에서는 이루 말할 수 없는 비통함의 덩어리가 비극적으로 부풀어 올랐다. 내 동등한 인간성이 한 조각 한 조각 강렬히 느껴지기 시작했다. 손가락 끝에서 약동하는 생명력은 진짜였으며 고통스러우리만치 강렬했다. 따스한 얼굴의 아름다움, 팔다리에 퍼진 인간성, 붉고 풍요로운 피의 활기찬 건강함도 마찬가지였다. 정당한 이유도 없이 이 모든 걸 떠난다는 것, 이 작은 제국을 잘게 부순다는 것은 너무 슬퍼서 생각을 거부할 수조차 없었다.

그다음 휴게실에서 일어난 중요한 일은 맥크루스킨 순경의 등장이다. 그는 의자로 성큼 걸어와 검은 수첩을 꺼내더니, 입술을 지갑 모양으로 비틀면서 자필 메모를 들여다보기 시작했다.

"판독했나?" 경사가 물었다.

"했습니다." 맥크루스킨이 말했다.

"읽어 보게. 내가 듣고 머릿속에서 비교해 볼 테니." 경사가 말했다.

맥크루스킨은 자신의 수첩을 뚫어져라 쳐다봤다.[7]

"10.5입니다." 그가 말했다.

"10.5. 빔 판독값은 얼만가?" 경사가 말했다.

"5.3입니다."

"레버에서는 얼마였나?"

"2.3입니다."

"2.3은 높군." 경사가 말했다. 그는 톱날 같은 누런 이 사이에 주먹을 밀어 넣고 머릿속으로 비교하기 시작했다. 5분 후, 그의 얼굴은 밝아졌고 맥크루스킨을 다시 쳐다봤다.

"떨어졌나?" 그가 물었다.

---

[7] 순경의 수첩을 우연히 잠시 살펴봐서, 일주일 동안 판독한 상대적 수치를 제공할 수 있게 되었다. 물론 수치 자체는 허구다.

예비 판독값	빔 판독값	레버 판독값	하락 양상(발생 시) 및 시각
10.2	4.9	1.25	가벼움 4.15
10.2	4.6	1.25	가벼움 18.16
9.5	6.2	1.7	가벼움 7.15 (덩어리 동반)
10.5	4.25	1.9	없음
12.6	7.0	3.73	심함 21.6
12.5	6.5	2.5	흑색 9.0
9.25	5.0	6.0	흑색 14.45 (덩어리 동반)

"5시 30분에 가벼운 하락이 있었습니다."

"가벼운 하락이라면, 5시 30분은 좀 늦어." 그가 말했다. "환기구에 숯은 잘 넣었나?"

"넣었습니다." 맥크루스킨이 답했다.

"얼마나?"

"7파운드입니다."

"8이 적당할 텐데." 경사가 말했다.

맥크루스킨이 말했다. "7도 충분했습니다. 빔 판독값이 지난 나흘 동안 떨어지고 있었으니까요. 셔틀도 확인해 봤지만, 움직이거나 헐거운 흔적은 없었습니다."

"그래도 나는 안전 제일주의로 8이라고 하겠네. 하지만 셔틀이 단단하다면야 소심하게 걱정할 필요는 없겠지." 경사가 말했다.

"그럼요." 맥크루스킨이 말했다.

경사가 얼굴에서 모든 생각을 거두고 일어나, 손바닥을 펴서 가슴 주머니를 두드렸다. "자, 그럼." 그가 말했다.

그는 몸을 숙여 발목에 클립을 꽂았다.

"나는 지금 갈 곳이 있네." 그가 맥크루스킨에게 말했다. "잠깐 밖으로 따라 나오게. 최근 사건에 대해 공식적으로 알려줄 테니."

그들은 나를 슬프고 우울한 고독 속에 남겨 두고 함께 밖으로 나갔다. 맥크루스킨이 오래 나가 있지는 않았지만, 나는 그 짧은 시간 동안 외로웠다. 다시 들어와서, 그는 내게 주머니에서 따뜻하고 꼬깃꼬깃해진 담배 한 개비를 건넸다.

"당신을 교수형에 처할 것 같군요." 그가 유쾌하게 말했다.

나는 고개를 끄덕였다.

"시기가 좋지 않아서, 비용이 많이 들 겁니다." 그가 말했다. "목재 가격이 믿을 수 없을 정도니까요."

"나무 한 그루면 족하지 않을까요?" 내가 공허한 농담을 내뱉었다.

"적합할 것 같진 않지만, 경사님께 따로 얘기해 보지요." 그가 말했다.

"고맙습니다."

"이 교구에서 있었던 마지막 교수형은 30년 전이었습니다. 맥대드라는 아주 유명한 사람이었지요. 그는 솔리드 타이어로 100마일을 간 기록을 보유하고 있었어요. 그가 솔리드 타이어 때문에 어떻게 됐는지 얘기해 드려야겠군요. 그 자전거를 교수형에 처해야 했답니다."

"자전거를 교수형에 처했다고요?"

"맥대드는 피거슨이라는 사람에게 큰 원한을 품고 있었습니다. 하지만 그는 피거슨 근처에는 가지도 않았어요. 그는 상황이 어떻게 돌아가는지 알고 있어서, 대신 피거슨의 자전거를 쇠 지렛대로 몹시 때렸지요. 그 후 맥대드와 피거슨이 싸웠고, 안경을 쓰고 인상이 어두운 피거슨은 살아서 승자를 확인하지 못했어요. 경야*를 크게 치르고, 그는 자전거와 함께 묻혔습니다. 혹시 자전거 모양의 관을 보셨나요?"

"아니요."

"굉장히 정교한 목공품이지요. 페달과 뒷발판은 말할 것도 없고, 핸들바를 잘 만들려면 일급 목수가 필요합니다. 하지만 살인은 흉악 범죄였고, 맥대드를 찾는 데 애를 먹었지요. 아니, 그의 대부분이 어디에 있는지 확신할 수 없었다고 할까요. 우린 맥대드뿐 아니라 그의 자전거도 체포해야 했습니다. 그러고는 둘을 일주일 동안 은밀히 감시했지요. 맥대드의 대부분이 어디에 있는지, 또 자전거가 대체로 맥대드의 바지 안에 '파리 파수(*pari passu*, 동일한 비율로)' 들어와 있는지 보려고요. 무슨 말인지 아시겠어요?"

"어떻게 됐나요?"

"한 주가 지나 경사님이 판결하셨지요. 경사님은 퇴근 후에는 맥대드와 아주 절친한 친구였기 때문에, 굉장히 괴로운 입장이었습니다. 경사님은 자전거에게 유죄 선고를 내렸고, 교수형 당한 것도 자전거였어요. 다른 피고와 관련해서는 일지에 '놀리 프로시콰이(*nolle prosequi*, 공소 취소)'라고 기재했고요. 저는 허약하고 비위가 아주 약해서, 교수 장면을 직접 보지는 않았어요."

그는 일어나 서랍장으로 가더니, 소리가 신비롭게 희박해져서 자기만 들을 수 있는 특허 뮤직박스를 꺼냈다. 그러고는 의자에 다시 앉아서, 손잡이 끈에 손을 넣고 음악을 즐기기 시작했다. 그가 무슨 음악을 듣고 있는지는 그의 얼굴에서 짐작할 수 있었다. 얼굴에는 행복하고, 광활하고, 투박한 만족감이 감돌았다. 왁자지껄한 헛간 노래, 돌풍이 휘몰아치는 바다의 뱃노래, 그리고 힘차게 포효하는 행진곡에 푹 빠져 있다는 표시였다. 방 안의 침묵은 유난히 고요했다. 침묵의 끝에서 완전한 고요를 마주하고 보니, 정적이 시작될 때의 조용함이 다소 시끄러웠다고 느껴질 정도였다.

얼마나 오래 이 기묘함이 지속되었는지, 얼마나 오래 우리가 고요에 귀 기울이고 있었는지는 알 수 없다. 내 눈은 움직이지 않아서 피로했고, 10시가 되어 술집이 닫히듯 스르르 감겼다. 눈이 다시 떠졌을 때, 맥크루스킨이 음악을 멈추고, 세탁물과 일요일용 셔츠를 빨래 압착 롤러*에 넣을 준비를 하는 게 보였다. 그는 벽 그늘에서 커다랗고 녹슨 압착 롤러를 가져왔다. 그는 기계를 덮고 있던 담요를 치우더니, 압력 스프링을 조이고 손잡이 바퀴를 돌리면서 능숙한 손으로 기계를 손질했다.

그런 다음 서랍장으로 가서, 서랍에서 건전지 같은 작은 물건들을 꺼냈다. 또 갈퀴 같은 도구와 전선이 담긴 유리병과 카운티 의회에서 사용하는 허리케인 램프 비슷하게 생긴 다른 투박한 물건들도 꺼냈다. 그는 이것들을 압착 롤러의 여러 부분에 넣었다. 모든 걸 제대로 조정하고 나니, 압착 롤러는 빨래 짜는 기계라기보다는 흡사 과학 기구처럼 보였다.

날은 이제 어두워지고, 붉게 물든 서쪽으로 해가 완전히 사라지면서 빛을 모두 거둬들이려 하고 있었다. 맥크루스킨은 정교한 작은 부품들을 압착 롤러에 계속 추가했다. 그는 말할 수 없이 섬세한 유리 기구들을 금속 다리 주변과 상부 구조물에 장착했다. 그가 작업을 마무리할 때쯤, 방은 거의 깜깜해져 있었다. 손바닥을 뒤집어 작업할 때면, 가끔 선명한 푸른 불꽃이 날아오르곤 했다.

압착 롤러 아래로 주철로 만든 장치 한가운데에 검은 상자가 보였고, 그 상자에서 여러 색의 전선이 뻗어 나왔다. 안에 시계라도 있는지 째깍거리는 소리가 작게 들렸다. 전체적으로 그것은 내가 이제껏 본 가장 복잡한 빨래 압착기였고, 복잡한 걸로 따지자면 증기 탈곡기 내부에도 뒤지지 않았다.

부속품을 더 가지러 내 의자 근처를 지날 때, 맥크루스킨은 내가 깨어나 그를 지켜보고 있는 것을 보았다.

"깜깜해도 걱정하지 마세요." 그가 내게 말했다. "곧 불을 켤 테니까요. 그러고 나서, 기분 전환도 하고 과학적 진리도 보여 드릴 겸, 빛을 압착 롤러에 넣어서 짜 보겠습니다."

"빛을 눌러 짠다고 하셨나요?"

"기다려 보십시오."

다음에 그가 뭘 했는지, 아니면 무슨 다이얼을 돌렸는지는 어두워서 확실히 알 수 없지만, 압착 롤러 어딘가에서 기묘한 불빛이 나타났다. 아주 넓게 퍼지지 않는 국소적인 빛이었지만, 그렇다고 해서 점 같지는 않았고, 막대 모양의 빛은 더더욱 아니었다. 빛은 완벽히 안정적이지는 않았지만, 촛불처럼 춤추지도 않았다. 이 나라에서는 좀체 보기 힘든 종류의 빛이었고, 어쩌면 해외에서 들여온 재료로 만든 것 같기도 했다. 그것은 압착 롤러 어딘가 작은 부분에서 어둠이 가시기만 한 것처럼 어둑한 빛이었다.

그다음에 벌어진 일은 놀라웠다. 압착 롤러를 조작하는 맥크루스킨의 희미한 윤곽이 보였다. 그는 잠시 그 철제 기계 아래쪽에 있는 장치들을 만지느라 몸을 숙이고, 손가락으로 솜씨 좋게 기계를 조정했다. 그러고 나서 완전히 일어서서, 압착 롤러 바퀴를 천천히 돌리기 시작했고, 삐걱거리는 소리가 막사 주위로 퍼져 나갔다. 그가 바퀴를 돌리자, 그 특이한 빛은 아주 난해하게 형태와 위치를 바꾸기 시작했다. 바퀴를 돌릴 때마다, 빛은 더 밝아지고 단단해졌다. 빛은 굉장히 섬세하게 떨리면서, 이 세상에서 본 적 없는 안정감을 찾아갔다. 바깥쪽의 미세한 떨림이, 빛이 분명히 자리한 곳의 양옆 경계를 명확히 나타내 주었다. 빛은 점점 더 날카롭고 창백하게 강렬해져서, 내 눈 속 스크린에 잔상을 남겼다. 시력을 지키려고 압착 롤러에서 멀리 시선을 돌렸는데도, 빛이 사방에서 여전히 앞에 보일 정도였다. 맥크루스킨은 계속해서 손잡이를 천천히 돌렸고, 마침내 내게 엄청난 공포를 안기며 빛이 터졌다가 사라졌다. 동시에, 커다란 외침, 사람의 목구멍에서는 도저히 나올 수 없는 어떤 비명이 방 안에 울려 퍼졌다.

나는 의자 끄트머리에 앉아, 놀란 표정으로 맥크루스킨의 그림자를 보았다. 그는 어둠 속에서 다시 몸을 숙이고, 압착 롤러의 작은 과학 부품을 미세하게 조정하면서 수리하고 있었다.

"그 고함은 뭔가요?" 내가 더듬거렸다.

"곧 말씀드리지요." 그가 말했다. "그 외침의 내용이 뭐라고 생각하는지 얘기해 주신다면요. 그 고함이 뭐라고 외쳤다고 생각하세요?"

그것은 내가 머릿속으로 이미 생각하고 있었던 질문이었다. 그 초자연적인 소리는 서너 단어를 하나의 거슬리는 고함으로 압축해 아주 빠르게 내질렀다. 그게 무슨 말이었는지는 확실치 않다. 하지만 몇몇 구절이 한꺼번에 머리에 떠올랐는데, 그 각각이 외침의 내용이었을 수도 있다. 그것은 내가 종종 들었던 일상적인 외침들, 이를테면 '티나헬리와 실레일리 방면 환승!', '필드에 2대 1!', '계단 조심!', '끝장내 버려!' 같은 말들과 섬뜩하게 닮아 있었다. 그러나 나는 그 외침이 그렇게 실없고 사소할 리 없다는 걸 알고 있었다. 그것은 중대하고도 끔찍한 것만이 할 수 있는 방식으로 내 마음을 어지럽혔기 때문이다.

맥크루스킨이 질문을 던지는 듯한 시선으로 나를 쳐다보았다.

"잘 알아듣지 못했어요." 나는 어물거리며 기운 없이 말했다. "하지만 기차역에서 나오는 말 같았어요."

"여러 해 동안 고함과 비명을 들어왔는데도, 낱말을 확실히 알아듣지는 못했습니다. '너무 세게 누르지 마시오'라고 하는 것 같았나요?" 그가 말했다.

"아니요."

"두 번째 우승 후보가 늘 이긴다?"

"그건 아니에요."

"거참 어려운 팬케이크군요." 맥크루스킨이 말했다. "아주 복잡한 수수께끼예요. 다시 해 볼 테니 기다려 보세요."

이제 그는 끼익끼익 소리가 나고 바퀴를 거의 더는 돌릴 수 없을 때까지 압착 롤러를 돌렸다. 나타난 빛은, 예리한 면도날 안쪽처럼, 상상할 수 있는 가장 가늘고도 날카로운 빛이었다. 바퀴가 돌아감에 따라 빛이 강렬해지는 과정은 너무나 섬세해서 곁눈질로도 차마 보기 힘들었다.

마침내 들린 것은, 고함이 아니라 날카로운 비명이었다. 쥐 울음소리와 다르지 않았지만, 인간이나 동물이 낼 수 있는 그 어떤 소리보다 훨씬 더 날카로운 소리였다. 이번에도 낱말들이 쓰였다는 생각은 들었지만, 무슨 뜻인지, 또 어떤 언어에 속하는지는 확실치 않았다.

"바나나 두 개 1페니?"

"바나나는 아니에요." 내가 말했다.

맥크루스킨이 멍하니 얼굴을 찡그렸다.

"이건 제가 아는 가장 압축되고 난해한 팬케이크 중 하나예요." 그가 말했다.

그는 압착 롤러를 다시 담요로 덮어 한쪽으로 치우고, 어둠 속에서 스위치를 눌러 벽에 걸린 램프를 밝혔다. 빛은 밝았지만 흔들리며 불안정했고, 글씨를 읽기에는 충분하지 않았다. 그는 의자에 앉아, 자기가 한 신기한 일에 관한 질문과 찬사를 기다리고 있는 것 같았다.

"이 모든 것에 대해 어떻게 생각하십니까?" 그가 물었다.

"뭘 하신 거예요?" 내가 물었다.

"빚을 늘렸습니다."

"무슨 말인지 모르겠어요."

"이 일의 규모와 대략적인 내용을 알려 드리지요." 그가 말했다. "당신은 이틀 뒤면 죽은 목숨이고 그때까지 아무도 모르게 갇혀 소통할 수도 없으니, 특이한 일들에 대해 좀 알아도 해로울 건 없겠지요. 옴니엄에 대해 들어 보셨나요?"

"옴니엄이요?"

"옴니엄이 정확한 이름입니다. 책에는 안 나오지만요."

"그게 정확한 이름인 게 확실한가요? 그런 단어는 라틴어밖에 들어 보지 않았는데요."

"확실합니다."

"얼마나요?"

"경사님이 그렇게 말씀하셨어요."

"옴니엄이 뭘 가리키는 정확한 이름인가요?"

맥크루스킨이 내게 너그러운 미소를 지어 보였다.

"당신은 옴니엄이고, 저도 옴니엄이고, 압착 롤러와 여기 내 부츠도 그렇고, 굴뚝에 부는 바람도 마찬가지입니다."

"그것참 도움이 되는 설명이네요." 내가 말했다.

"옴니엄은 파동으로 옵니다." 그가 설명했다.

"무슨 색인가요?"

"온갖 색이지요."

"고주파예요, 저주파예요?"

"둘 다예요."

내 호기심의 칼날은 날카로워졌지만, 나는 질문이 문제를 해소해 주기는커녕 더 의문스럽게 만들고 있다는 걸 알았다. 나는 맥크루스킨이 다시 입을 열 때까지 침묵을 지켰다.

그가 입을 열었다. "어떤 사람들은 그걸 에너지라고 부르지만, 정확한 이름은 옴니엄입니다. 뭐라고 부르든, 그 안에는 에너지 이상의 것이 있거든요. 옴니엄은 만물의 핵심 뿌리 깊숙이 숨겨져 있는, 본질적이고 내재적인 내면의 핵심이고, 항상 동일합니다."

나는 현명하게 고개를 끄덕였다.

"그건 변하지 않아요. 하지만 수백만 가지 방식으로 드러나고 항상 파동으로 옵니다. 압착 롤러의 불빛을 예로 들어보지요."

"그러시죠." 내가 말했다.

"빛은 짧은 파동일 때 같은 옴니엄이지만, 긴 파동으로 오면 소음, 즉 소리의 형태를 띱니다. 제 특허 장치로 광선을 늘려서 소리로 바꿀 수 있는 거고요."

"그렇군요."

"또 전선이 든 저 상자에 외침을 가둬 둘 때, 열이 생길 때까지 눌러 담을 수도 있어요. 그게 겨울에 얼마나 편리한지 모릅니다. 저기 벽에 있는 램프가 보이세요?"

"보여요."

"저건 특수 압축기와 저 전선 상자에 연결된 비밀 장치로 작동하는 겁니다. 상자는 소음으로 가득 차 있어요. 저와 경사님은 여름철 시간이 있을 때 소음을 모아 뒀다가, 어두운 겨울철

공직 생활에 필요한 빛과 열을 얻습니다. 그래서 빛이 위아래로 일렁이는 거예요. 어떤 소음은 다른 것보다 더 시끄러우니까요. 채석장이 돌아가던 지난 9월 순서가 오면, 우린 둘 다 눈이 멀고 말 거예요. 그게 상자 어딘가에 들어 있고, 때가 되면 반드시 나오게 되어 있거든요."

"폭파 작업인가요?"

"매우 파급력이 큰 다이너마이트 발파와 엄청난 폭발이지요. 하지만 옴니엄이야말로 만물의 최종적인 핵심입니다. 나무를 만드는 정확한 파동을 찾을 수만 있다면, 목재 수출로 한 재산 마련할 수도 있을 거예요."

"그럼, 경찰관과 소, 그들도 모두 파동으로 존재하나요?"

"전부 다 파동으로 있고, 모든 것의 배후에 옴니엄이 있습니다. 내가 저 멀리 네덜란드에서 온 네덜란드인이 아니라면 말이지요. 어떤 사람들은 그걸 신이라고 부르더군요. 그것과 똑같이 닮은 걸 부르는 다른 이름들도 있지만, 그것 역시 옴니엄입니다."

"치즈는요?"

"예. 옴니엄이지요."

"멜빵도요?"

"멜빵도요."

"그걸 보신 적이 있나요? 무슨 색이에요?"

맥크루스킨은 씁쓸한 미소를 짓고, 붉은 부채 모양으로 두 손을 펼쳤다.

"그게 최고의 팬케이크예요." 그가 말했다. "그 외침의 뜻을 알 수만 있다면, 대답의 실마리를 찾을 수도 있을 텐데요."

"폭풍, 물, 갈색 빵, 머리에 떨어지는 우박 느낌, 이런 게 전부 다른 파장의 옴니엄인가요?"

"다 옴니엄이에요."

"그걸 조금만 구해서 조끼 주머니에 넣어 다닐 수는 없을까요? 원할 때마다 세상을 마음대로 바꿀 수 있도록요."

"그거야말로 궁극적이고 피할 수 없는 팬케이크지요. 그걸 한 포대, 아니 작은 성냥갑의 반이라도 갖고 있으면, 못할 게 없으니까요. 심지어 '무엇이든'이라는 말로 다 표현할 수 없는 일까지 할 수 있을 거예요."

"알겠어요."

맥크루스킨은 한숨을 쉬고, 다시 서랍장으로 가서 서랍에서 무언가를 꺼냈다. 그는 다시 탁자에 앉아 양손을 함께 움직이기 시작했다. 바늘은 없고 맨손밖에 보이지 않았지만, 그는 흡사 뜨개질하듯이 손가락으로 복잡한 고리와 소용돌이를 만들었다.

"다시 작은 궤짝을 만드시는 건가요?" 내가 물었다.

"예." 그가 말했다.

나는 나만의 생각에 잠긴 채, 그를 멍하니 쳐다보고 앉아 있었다. 처음으로 내가 무엇 때문에 불행히도 이 기묘한 상황에 빠졌는지 떠올렸다. 시계가 아니라 검은 금고였다. 그건 어디 있나? 맥크루스킨이 대답을 알고 있다면, 내 질문에 답해 줄까? 혹시 내가 교수형에서 무사히 빠져나가지 못한다면, 그걸 볼 수나 있을까? 안에 뭐가 들어 있는지, 내가 쓸 수 없게 된 돈이 얼마나 되는지 알 수 있을까? 드 셀비에 관한 내 책이 얼마나 근사할 수도 있었는지 알 길이 있을까? 존 디브니를 다시 볼 수 있을까? 그는 지금 어디 있나? 내 시계는 어디 있나?

네겐 시계가 없어.

그건 사실이다. 여러 의문과 막막한 당혹감으로 머리가 뒤죽박죽 복잡한 느낌이었다. 내 처지에 대한 슬픔이 다시 목구멍으로 북받쳐 올랐다. 나는 완전히 혼자라고 느꼈지만, 마지막 순간에 무사히 빠져나갈 수 있으리라는 실낱같은 희망이 있었다.

나는 그에게 금고에 관해 아는 것이 있는지 물어보리라 마음먹었다. 그런데 바로 그때, 나는 또 다른 놀라운 일에 주의를 빼앗기고 말았다.

문이 벌컥 열리고, 길하니가 들어왔다. 그는 울퉁불퉁한 길 때문에 붉게 상기된 얼굴로 숨을 헐떡였다. 멈춰 서거나 앉지 않은 채 그는 휴게실 안을 불안하게 서성거렸고, 내게는 관심을 보이지 않았다. 맥크루스킨은 작업의 까다로운 지점에 이르러, 손가락을 정확하게 움직이고 큰 실수를 하지 않으려고 머리를 탁자에 붙이다시피 하고 있었다. 어려운 지점을 통과하자, 그는 고개를 들어 길하니를 바라보았다.

"자전거 때문에 오셨습니까?" 그가 무심하게 물었다.

"목재 때문에요." 길하니가 말했다.

"목재 소식은 어떤가요?"

"네덜란드 카르텔이 가격을 올려놔서, 쓸만한 교수대는 비용이 상당해요."

"역시 네덜란드 카르텔답군요." 맥크루스킨이 목재 거래를 속속들이 안다는 투로 말했다.

"좋은 트랩도어*와 쓸 만한 계단이 있는 3인용 교수대는 10파운드가 족히 들어요. 밧줄과 인건비는 별도고요." 길하니가 말했다.

"교수대 하나에 10파운드라니 큰돈이군요." 맥크루스킨이 말했다.

"기계식 트랩도어 없이 밀어서 떨어뜨리는 장치가 있고, 계단 대신 사다리가 있는 2인용 교수대는 6파운드면 될 거예요. 밧줄은 추가 비용이고요."

"그것도 비싼 거죠." 맥크루스킨이 말했다.

"그래도 10파운드짜리 교수대가 더 완성도와 격조가 있어요." 길하니가 말했다. "잘 만들어지고 만족스러운 교수대에는 매력이 있지요."

나는 이 비정한 대화를 듣는 데 눈까지 집중하고 있었기 때문에, 이후에 일어난 일을 제대로 보지는 못했다. 하지만 놀라운 일이 또 벌어졌다. 길하니는 진지하게 이야기를 해 보려고 맥크루스킨에게 다가갔고, 서서 균형을 유지하기 위해 계속 움직이지 않고, 완전히 멈춰 서는 실수를 해 버린 것 같았다. 그 결과, 그는 절반은 엎드린 맥크루스킨 위로, 다른 절반은 탁자 위로 넘어졌다. 그는 맥크루스킨과 탁자를 함께 쓰러뜨렸고, 고함과 다리들과 혼란이 한 무더기로 뒤엉켜 바닥에 쏟아졌다. 순경의 얼굴은 차마 보기 무서운 광경이었다. 그것은 격노로 짙은 자두색으로 변해 있었다. 눈은 이마에서 횃불처럼 타올랐고, 입에는 거품 섞인 분비물이 부글부글 끓어올랐다. 그는 한동안 아무 말도 하지 않았다. 야생의 분노, 거친 신음, 적개심에 찬 흉포한 소리가 들릴 뿐이었다. 길하니는 벽 쪽으로 움츠러들었다가, 벽에 의지해 몸을 일으켜 세운 후 문 쪽으로 물러섰다. 맥크루스킨이 말을 되찾았을 때, 그는 세상에서 가장 지저분한 언어를 사용했으며, 세상에서 가장 더러운 말보다 더 더러운 말을 만들어 쏟아 냈다. 그는 차마 입에 담을 수 없고 역겨워서, 존재하는 글자로는 옮길 수도 없는 악담을 길하니에게 퍼부었다. 격분해서 잠시 정신을 잃은 듯했다. 급기야 그는 자기 물건을 모두 보관하는 서랍장으로 달려가, 특수 권총을 꺼내 방 안 여기저기에 휘두르며, 우리 둘과 집 안에 있는 깨뜨릴 수 있는 모든 물건을 위협했다.

"바닥에 무릎 꿇고 엎드려! 둘 다!" 그가 고래고래 소리 질렀다. "떨어뜨린 궤짝을 발견할 때까지 계속 찾으라고!"

길하니는 즉시 무릎을 꿇었고, 나도 똑같이 했다. 순경의 얼굴은 굳이 쳐다보지 않았는데, 마지막으로 본 모습을 똑똑히 기억하고 있었기 때문이다. 우리는 힘없이 바닥을 기어다니며, 느낄 수도 볼 수도 없고, 사실 너무 작아서 잃어버릴 수도 없는 무언가를 찾아 눈을 부릅뜨고 손을 더듬었다.

참 재밌군. 살해하지 않은 사람을 살해한 죄로 매달리게 될 텐데, 이젠 아주 작은 걸 못 찾아서 총에 맞게 생겼군. 어쩌면 그건 존재하지도 않고, 어쨌거나 네가 잃어버린 것도 아닌데.

그래도 마땅해. 경사의 말을 빌리자면, 난 여기 존재하지 않으니까.

얼마나 오래 우리가, 그러니까 길하니와 내가, 이 기이한 일을 하고 있었는지는 잘 기억나지 않는다. 10분, 아니 어쩌면 10년이었을 수도 있다. 맥크루스킨은 우리 곁에 앉아, 그 쇠붙이를 만지작거리며 엎드린 우리를 사납게 노려보고 있었다. 그리고 나는 길하니가 내게 슬쩍 얼굴을 보이고 몰래 윙크하는 것을 알아차렸다. 곧이어 그는 벌어진 이를 드러내 웃으며, 손가락을 오므리고, 문고리를 짚고 일어나, 맥크루스킨에게 다가갔다.

"여기 있습니다." 그가 움켜쥔 손을 뻗으며 말했다.

"탁자에 놓으세요." 맥크루스킨이 침착하게 말했다.

길하니가 탁자에 손을 내려놓고 펼쳤다.

"이제 가도 됩니다." 맥크루스킨이 그에게 말했다. "이제 여길 떠나 목재를 알아보러 가세요."

길하니가 떠났을 때, 나는 경찰관의 얼굴에서 화가 거의 사그라든 것을 보았다. 그는 잠시 조용히 앉아 있다가, 특유의 한숨을 내쉬고는 자리에서 일어났다.

"전 오늘 밤 할 일이 남아 있습니다." 그가 내게 정중히 말했다. "이제, 깜깜한 밤에 주무실 곳을 안내해 드리지요."

그는 나지막한 소음이 가득한 작은 상자와 전선으로 연결된 기묘한 불빛을 밝히고, 흰 침대 두 개 외에는 아무것도 없는 방으로 나를 안내했다.

"길하니는 자기가 영리한 지략가인 줄 알고 있어요." 그가 말했다.

"그럴 수도 있고 아닐 수도 있겠지요." 내가 중얼거렸다.

"우연의 일치를 별로 고려하지 않으니까요."

"별로 신경 쓸 사람 같지는 않더군요."

"궤짝을 찾았다고 했을 때, 그는 나를 얼간이로 만들고 내 눈을 속였다고 생각했을 겁니다."

"그렇게 보이긴 하더군요."

"하지만 드문 우연으로, 그는 우연히 **진짜** 궤짝 위에서 손을 오므렸어요. 그렇게 그가 탁자 위 제자리에 돌려놓은 건 다름 아닌 궤짝이었습니다."

침묵이 흘렀다.

"어느 침대죠?" 내가 물었다.

"이쪽입니다." 맥크루스킨이 말했다.

제8장

맥크루스킨은 노련한 간호사처럼 발뒤꿈치를 들고 조심스럽게 방에서 나가 소리 없이 문을 닫았다. 그리고 나는 침대 옆에 서서, 멍청하게도 어떻게 해야 할지 고민하고 있었다. 몸은 피곤하고 머리는 멍했다. 왼쪽 다리에는 묘한 느낌이 있었다. 말하자면, 그게 번지고 있다는 생각이 들었다. 다리에 있는 나무의 성질이 서서히 몸 전체로 퍼지고, 마른 목재의 독이 조금씩 나를 죽이는 것만 같았다. 머지않아 내 머리는 완전히 나무로 변하고, 그러면 나는 죽게 될 것이다. 침대마저 금속이 아니라 나무로 만들어져 있었다. 그 위에 누우면⋯⋯.

제발 좀 앉지 그래. 멍청하게 거기 서 있지 말고. 갑자기 조가 말했다.

서 있지 않으면 뭘 해야 할지 모르겠어. 내가 대답했다. 하지만 나는 부탁대로 침대에 앉아 주었다.

침대는 어려울 게 없어. 아이도 침대 쓰는 법을 아는걸. 옷

을 벗고 침대로 들어가 누우면 되지. 멍청한 느낌이 들어도 그냥 누워 있어야 해.

나는 이 말에 일리가 있다고 생각하고 옷을 벗기 시작했다. 너무 지쳐서 이 간단한 일조차 힘겨웠다. 옷을 모두 바닥에 놓고 보니 생각보다 훨씬 더 많았고, 내 몸은 놀랍도록 희고 야위어 있었다.

나는 꼼꼼하게 이불을 펼쳐서 한가운데에 눕고, 조심스럽게 이불을 다시 덮은 다음 행복과 휴식의 한숨을 내뱉었다. 하루의 모든 피로와 당혹감이 마치 무거운 이불처럼 내 위로 기분 좋게 내려앉아, 나를 따뜻하고 나른하게 해 주는 것 같았다. 무릎은 풍성한 햇살을 받은 장미꽃 봉오리처럼 벌어져, 정강이를 침대 바닥 쪽으로 2인치 더 밀어냈다. 온몸의 관절은 풀려 진정한 쓸모를 잃어버린 것 같았다. 몸 구석구석이 매 순간 무거워져, 침대에 가해진 총 하중이 50만 톤은 되었을 것이다. 이 무게는 침대의 네 나무다리에 고르게 분산되었고, 침대는 이제 우주의 필수적인 부분이 되었다. 눈꺼풀은 각각 4톤은 족히 나갈 무게로 육중하게 안구 위에 떨어졌다. 가느다란 정강이는 이완의 고통 속에서 더 근질거리고 내게서 점점 더 아득히 멀어지더니, 급기야 행복한 발가락이 침대 틀에 바짝 붙었다. 내 몸은 완전히 수평으로 뻗어, 육중하고, 절대적이며, 반박의 여지 없이 확실했다. 침대와 합체된 채로, 나는 중요하고도 우주적인 존재가 되었다. 침대에서 멀리 떨어진 곳에, 바깥 밤 풍경이 마치 벽에 걸린 그림처럼 창틀에 가지런히 들어와 있는 것이 보였다. 구석에 밝은 별이 하나 떠 있고, 작은 별들이 여기저기 장엄하게 흩뿌려져 있었다. 멍한 눈으로 조용히 누워, 나는 밤[1]이 얼마나 새로운지, 그 개성이 얼마나 독특하

---

1 심지어 쉽게 믿는 크라우스조차 예외 없이 (그의 『드 셀비의 삶(De Selby's Leben)』을 보라), 모든 평론가가 밤과 잠에 관한 드 셀비의 논문을 상당히 유보적으로 취급해 왔다. 이는 그다지 놀랍지 않은데, 그가 다음과 같은 주장을 펼쳤기 때문이다. (a) 어둠은 '검은 공기'가 쌓인 것에 불과하다. 즉, 어둠은 너무 미세해서 맨눈에는 보이지 않는 화산 분출, 그리고 석탄 타르 부산물 및 식물성 염료와 관련된 어떤 '유감스러운' 산업 활동이 가져온 대기의 얼룩일 뿐이다. (b) 잠은 (a)로 인한 부분 질식이 가져온 연속적인 실신에 불과하다. 해치조는 다소 안이하고 뻔한 위조설을 제기하면서, 『금빛 시간』의 세 번째 이른바 '산문칸토'*의 첫 부분에 나오는 낯선 구문 구조를 지적한다. 그러나 그도 『문외한의 아틀라스』에 나오는 드 셀비의 똑같이 해로운 호언장담이 위조라고 하지는 않는다. 여기에서 드 셀비는 "6시 이후 곳곳에 만연한 비위생적 상태"에 대해 거친 독설을 퍼붓고, 죽음은 "평생의 발작과 실신의 부담이 초래한 심장 이상"에 불과하다는 유명한 실수를 저질렀는데도 말이다. 바셋은 (『세상의 빛(Lux Mundi)』에서) 상당한 수고를 들여 이 구절들이 작성된 시기를 밝히고, 드 셀비가 적어도 이 구절들을 쓰기 직전에는, 오랜 쓸개 질환으로 인해 '오르 드 콩바(hors de combat, 전투 불능 상태)'였다는 점을 보여 준다. 바셋의 엄청난 연대표와 이를 뒷받침하는 당시 신문 발췌, 즉 거리에서 발작을 일으킨 후 도움을 받아 귀가한 이름 모를 '노인'을 다룬 기사를 가볍게 넘기기는 힘들다. 균형을 유지하고 싶은 사람들에게는, 헨더슨의 『해치조와 바셋』이 쓸모없지 않을 것이다. 보통은 비과학적이고 신뢰할 수 없는 크라우스도 이런 점에서는 읽어 볼 만하다(『삶(Leben)』, 17~37쪽).

드 셀비의 다른 많은 개념과 마찬가지로, 그의 추론 과정을 이해하거나 그의 특이한 결론을 반박하기란 힘들다. 편의상, '화산 분출'은 라듐 같은 물질의 가시 영역 밖 활동에 비유할 수 있다. 그것은 주로 '저녁'에 발생하며, '낮' 동안의 매연과 산업 연소에 의해 촉진된다. '화산 분출'은, 더 나은 용어가 없어 궁여지책으로 '어두운 곳'이라고 부를 수 있는 특정 장소에서 심해진다. 여기서 한 가지 난점은 정확히 이 용어의 문제. '어두운 곳'이 어두운 이유는, 단지 그곳에서 어둠이 '싹트기' 때문이다. '저녁'이 어둑어둑한 이유는, 그을음이 화산 작용을 촉진해서 '낮'이 약해지기 때문이다. 드 셀비는 어째서 지하실 같은 '어두운 곳'이 어두워야 하는지 설명하려고 하지 않는다. 또, 만약 이 이론이 성립하기 위해서는 모든 장소에 균일하게 있어야 할 대기, 물리, 혹은 광물학적 조건을 정의하지도 않는다. 바셋의 풍자적인 표현을 쓰자면, '유일한 지푸

고 낯선 것인지 곰곰이 생각했다. 밤은 시각이 주는 안도감을 앗아 가고, 내 육체적 자아를 색채, 냄새, 기억과 욕망—세속적이고 영적인 존재의 이상하고 셀 수 없는 그 모든 본질—의 흐름으로 해체했다. 나는 윤곽도 위치도 크기도 잃고, 내 존재

라기'는 '검은 공기'가 불이 상당히 잘 붙어서, 아주 작은 불꽃, 심지어 진공 상태로 고립된 전깃불조차도 엄청난 양의 공기를 태워 버릴 수 있다는 주장이다. 바셋은 "이것은 성냥만 켜도 생길 충격으로부터 이 이론을 보호하려는 시도로서, 위대한 두뇌가 제대로 작동하지 않았다는 최종적인 증거로 간주할 수 있다"고 한다.

이 문제의 중요한 특징은, 드 셀비가 자기 생각을 뒷받침하기 위해 항상 시도했던 실험에 관한 권위 있는 기록이 없다는 점이다. 크라우스(아래 참조)가 40쪽에 걸쳐 어떤 실험을 설명하고 있는 건 사실이다. 이 설명은 주로 특정량의 '밤'을 병에 담으려는 시도, 그리고 문 잠긴 침실에서 요란한 망치질 소리가 들렸던 부단한 실험에 관한 것이다. 그는 병 실험이 '명백한 이유에서' 검은 유리로 만든 병으로 행해졌다고 설명한다. 불투명한 도자기 병도 사용되어 '약간의 성공'을 거두었다고 쓰여 있다. 바셋의 냉정한 표현을 빌리자면, "안타깝지만, 이런 정보는 진지한 드셀비아나(원문 오류)*에 보탬이 되지 않는다."

크라우스나 그의 삶에 대해서는 알려진 바가 거의 없다. 이제는 구식이 된『드 셀비 서지 목록(Bibliographie de de Selby)』에 간단한 약력이 실려 있기는 하다. 그는 함부르크 인근 아렌스부르크에서 태어나, 젊은 시절에는 북독일에서 잼 사업을 크게 했던 아버지의 사무실에서 일했다고 한다. 그는 해치조가 쉽헤이븐의 한 호텔에서 체포된 후, 사람들의 시야에서 완전히 사라진 것으로 알려졌다. 해치조는『더 타임스』의 드 셀비 편지 스캔들 폭로 직후에 체포되었는데,『더 타임스』는 함부르크에서 있었던 크라우스의 '불명예스러운' 음모를 신랄하게 언급하며 그의 연루를 분명히 시사했다. 이런 사건들이『컨트리 앨범』이 격주로 연재되기 시작한 운명적인 6월에 일어났음을 기억할 때, 이 모든 일의 의미는 분명해진다. 이후 해치조가 무죄로 밝혀져, 정체가 불분명한 크라우스에 대한 의혹은 더욱 커져만 갔다.

최근 연구도 크라우스의 정체나 그의 마지막 운명에 대해 많은 것을 밝혀내지는 못했다. 사후에 출간된 바셋의『회고록』은 크라우스가 전혀 존재하지 않았다는 흥미로운 주장을 담고 있다. 그 이름이 실은 악명 높은 뒤 가르방디에가 '비방 캠페인'을 위해 사용한 가명 중 하나라는 것이다. 그러나『삶(Leben)』은 이런 추측을 뒷받침하기에는 어조가 지나치게 우호적인 것 같다.

의 의미는 아주 작아졌다. 거기 누워 있으니 끝없이 펼쳐진 모래 위에서 파도가 물러나듯이, 고단함이 썰물처럼 내게서 서서히 빠져나가는 느낌이었다. 그 느낌이 너무 기분 좋고 심오해서, 나는 행복의 한숨을 다시 한번 길게 내쉬었다. 거의 동시에, 또 다른 한숨 소리가 들려왔다. 조가 만족에 차 횡설수설하며 중얼거리고 있었다. 그의 목소리는 가까이 있었지만, 내 안 익숙한 곳에서 나오는 것 같지는 않았다. 조가 분명 침대 위 내 옆에 누워 있으리라는 생각에, 나는 혹시라도 그와 닿지 않도록 두 손을 옆구리에 조심스럽게 두었다. 왠지 그의 자그마한 몸에 사람의 손길이 닿으면 소름이 끼칠 것 같았다. 장어처럼 비늘로 덮여 미끈거리거나, 고양이 혀처럼 거슬리게 까끌까끌할 것만 같았기 때문이다.

그건 별로 논리적이지 않아. 칭찬도 아니고. 그가 불쑥 말했다.

뭐가?

내 몸 말이야. 어째서 비늘로 덮여 있다는 거지?

그냥 농담이야. 내가 나른하게 웃었다. 넌 몸이 없잖아. 내

뒤 가르방디에는, 영어와 프랑스어의 특징을 혼동하는 척하면서, 집요하게 'black air(검은 공기)'를 'black hair(검은 머리)'라고 바꿔 쓰곤 했다. 매일 밤 잠자리에 들면서 세상을 풍성한 머리카락으로 뒤덮는 천상의 검은 머리 여인을 아주 정교하게 조롱하면서 말이다.

이 문제에 가장 현명하게 대처한 사람은, 잘 알려지지 않은 스위스 작가 르 클레르크일 것이다. 그는 이렇게 말한다. "이 문제는 양심적인 평론가의 영역을 벗어나는 것이다. 너그럽거나 쓸모 있는 어떤 말도 할 수 없으므로, 침묵을 지킬 수밖에 없다."

몸 말고는.

그런데 어째서 비늘로 덮여 있다는 거야?

모르겠어. 이런 생각이 떠오르는 이유를 어떻게 알겠어?

비늘이 있다는 소리는 절대 못 참아.

그의 목소리는 뜻밖에도 짜증으로 날카로워졌다. 말이 아니라 이후의 침묵을 통해, 그는 세상을 원망으로 가득 채우는 듯했다.

자, 이봐, 조. 내가 달래듯 중얼거렸다.

문제를 원한다면, 어디 한번 배부르게 가져 봐. 그가 쏘아붙였다.

네겐 몸이 없어, 조.

그런데 어째서 내게 몸이 있다는 거야? 그것도 비늘투성이로?

여기에서 나는 드 셀비 못지않은 이상한 생각을 떠올렸다. 어째서 조는 육체가 있다는 암시에 이토록 동요하는가? 그에게 정말 육체가 **있다면**? 몸 안에 또 다른 몸이 있고, 그렇게 수천 개의 몸이 양파 껍질처럼 겹겹이 포개어져, 상상할 수 없는 어떤 궁극을 향해 안으로 계속 물러난다면? 나도 결국 가늠할 수 없는 존재들의 거대한 연쇄에서 하나의 연결 고리에 불과하고, 내가 알던 세계는 다른 존재의 내부일 뿐이며, 나는 그의 내적 목소리라면? 그 중심부에 있는 건 누구 혹은 무엇이며, 아무도 품을 수 없는 제일 바깥에 있는 거인은 도대체 어떤 괴물인가? 신? 없음(Nothing)? 이런 엉뚱한 생각들은 '아래에서' 전해진 건가, 아니면 내 안에서 새로 빚어져 '위로' 전달되는 건가?

'아래에서.' 조가 소리 질렀다.

고마워.

난 떠나.

뭐라고?

사라진다고. 누가 비늘로 덮여 있는지 곧 알게 되겠지.

이 몇 마디 말은 곰곰이 따져 봐야 뜻을 알 수 있을 중대한 것이었지만, 순식간에 나를 공포로 병들게 했다.

이 비늘 아이디어, 어디서 온 거지? 내가 소리쳤다.

'위에서.' 그가 외쳤다.

어리둥절하고 겁에 질린 채, 나는 나의 중간자적 의존성과 연쇄의 불완전성뿐 아니라 위험한 보조적 위치와 당혹스러운 비고립의 복잡성을 이해해 보려고 했다. 혹시라도…….

이봐. 가기 전에 말해 줄게. 난 네 영혼이고, 네 모든 영혼이야. 내가 가면 넌 죽게 돼. 과거의 인류는 새로 태어난 모든 사람에게 깃들어 있을 뿐만 아니라, 그 사람 안에 실제로 담겨 있어. 인류는 점점 넓어지는 나선형이고, 삶은 연속적인 고리 하나하나에서 잠시 빛을 발하는 빛줄기지. 모든 인류는 처음부터 마지막까지 이미 존재하지만, 빛줄기가 아직 너를 넘어 비추지 않았을 뿐이야. 네 지상의 후계자들은 말없이 기다리며, 너와 나, 그리고 내 안의 모든 이들이 그들을 인도하고, 지켜 주고, 빛을 전해 주리라 믿고 있어. 네 어머니가

너를 몸속에 품고 있었을 때 정점에 있지 않았듯이, 너는 인류의 계보에서 더는 정점에 있지 않아. 널 떠날 때, 난 널 너로 만드는 걸 모두 가져가. 네 모든 의미와 중요성, 이제껏 축적된 인간적인 본능과 욕구와 지혜와 품위를 모두 가지고 가는 거지. 넌 아무것도 남길 것 없이, 기다리는 이들에게 줄 거라고는 아무것도 없이 남겨질 거야. 그들이 널 찾을 때, 넌 화를 면치 못할 거야! 안녕!

나는 그의 연설이 조금 억지스럽고 우스꽝스럽다고 생각했다. 하지만 그는 갔고, 나는 죽었다.

장례식은 일사천리로 준비되었다. 담요로 덮인 어두운 관에 누워, 나는 뚜껑에 못질하는 강렬한 망치질 소리를 들을 수 있었다.

그 망치질이 플럭 경사의 솜씨라는 사실이 곧 드러났다. 그는 문간에서 내게 미소 지으며 서 있었다. 크고, 생생했고, 놀랍게도 아침을 배불리 먹은 모습이었다. 그는 꽉 끼는 제복 깃 위로 붉은 살덩어리를 띠처럼 두르고 있었는데, 세탁소에서 갓 찾아온 것처럼 산뜻하고 장식적으로 보였다. 그의 콧수염은 방금 마신 우유로 축축했다.

제정신으로 돌아와서 다행이군. 조가 말했다.

그의 목소리는 낡은 양복 주머니처럼 친근하고 안도감을 주었다.

"이 아침에 좋은 아침입니다." 경사가 유쾌하게 인사했다.

나는 그에게 공손하게 인사하고, 내 꿈 이야기를 들려주었다. 그는 문설주에 기대어 들으며, 어려운 부분도 노련한 귀로 잘 들어주었다. 내가 이야기를 마치자, 그는 연민과 유쾌함이 섞인 미소를 지어 보였다.

"꿈을 꾼 모양이군요." 그가 말했다.

나는 의아하게 그를 바라보다가 창문으로 시선을 돌렸다. 밤은 흔적도 없이 사라지고, 대신 저 멀리 언덕이 하늘을 배경으로 살포시 놓여 있었다. 흰 구름과 잿빛 구름이 언덕의 베개가 되어 주었고, 완만한 어깨 위로 나무와 바위가 보기 좋게 늘어서서 풍경에 사실성을 더해 주었다. 아침 바람이 거침없이 세상을 가로지르는 소리가 들려왔다. 낮의 온갖 잔잔한 소리가 마치 새장 속 새처럼 밝게 들썩이며 내 귀에 와 닿았다. 나는 한숨을 내쉬고, 경사를 다시 쳐다보았다. 그는 여전히 문설주에 기댄 채, 무표정한 얼굴로 조용히 이를 쑤시고 있었다.

그가 말했다. "6년 전, 다가올 11월 23일에 꾼 꿈이 아직도 생생히 기억나는군요. 악몽이라고 해야겠지요. 구멍으로 바람이 조금씩 빠지는 꿈을 꿨답니다."

"놀랍군요." 내가 무심하게 말했다. "하지만 그렇게 놀랄 일은 아니죠. 압정 때문이었나요?"

"압정이 아니라 탄수화물 과다였어요." 경사가 말했다.

내가 비꼬는 투로 말했다. "길에 풀을 먹이는 줄은 몰랐군요."

"길이 아니고, 놀랍게도 카운티 의회 잘못도 아니에요. 꿈에서, 3일 동안 자전거를 타고 출장 중이었어요. 갑자기 안장이 단단해지고 내 밑이 울퉁불퉁한 느낌이 들지 뭡니까. 내려서 타이어를 살펴봤지만, 별 이상이 없고 공기도 가득 차 있더군요. 그래서 과로로 인한 신경쇠약인가 생각했지요. 자격 있는 의사가 있는 집에 찾아갔더니, 철저한 진찰 끝에 문제가 뭔지 알려 주더군요. 내 구멍에서 바람이 조금씩 빠졌던 거예요."

그는 거칠게 웃음을 터뜨리고, 거대한 엉덩이를 반쯤 내 쪽으로 돌렸다.

"여기요." 그가 웃었다.

"그렇군요." 내가 중얼거렸다.

그는 크게 킬킬대며, 잠시 저쪽으로 갔다가 다시 돌아왔다.

"식탁에 귀리죽을 차려 뒀습니다." 그가 말했다. "우유는 소 젖주머니에서 막 나와서 아직 따끈해요."

옷을 입고 아침을 먹으러 휴게실로 갔더니, 경사와 맥크루스킨이 수치에 관한 이야기를 나누고 있었다.

"6.963 순환 중입니다." 맥크루스킨이 말했다.

"높군." 경사가 말했다. "너무 높아. 지열이 있는 게 틀림없어. 하락에 대해 말해 보게."

"자정에 중간 정도의 하락이 있었고, 덩어리는 없었습니다."

경사가 미소를 짓더니 고개를 가로저었다.

"덩어리는 없어야지." 그가 껄껄 웃었다. "정말 지열이 있는 거라면, 내일 레버 쪽이 아수라장이 될 거야."

맥크루스킨이 의자에서 벌떡 일어났다.

"숯 0.5헌드레드웨이트*를 넣어야겠습니다." 그가 말했다. 그는 계산을 웅얼거리며 곧장 건물을 나갔고, 앞은 보지도 않고 검은 수첩 한가운데만 빤히 들여다보며 걸어갔다.

나는 귀리죽 한 그릇을 거의 다 먹고, 몸을 뒤로 젖혀 경사를 똑바로 바라보았다.

"언제 나를 매달 작정인가요?"겁도 없이 나는 그의 큰 얼굴을 보며 물었다. 나는 기력을 되찾았고, 이제 어려움 없이 탈출할 수 있으리라 자신했다.

"내일 아침에요. 교수대가 제때 준비되고 비가 오지 않는다면요. 비가 오면 새 교수대가 얼마나 미끄러운지 상상도 못 하실 거예요. 미끄러지고 목이 부러져서는, 자기 목숨이 어떻게 되는지, 어떤 식으로 목숨을 잃었는지도 모르게 된다니까요."

"좋아요." 내가 단호하게 말했다. "24시간 안에 죽을 목숨이라면, 맥크루스킨의 검은 수첩에 있는 이 숫자들이 뭔지 설명해 주시겠어요?"

경사가 인자한 미소를 지어 보였다.

"판독값이요?"

"예."

"확실히 죽을 목숨이라면야, 그 제안을 들어주는 데 해결할 수 없는 장애물은 없다고 봐야겠지요." 그가 말했다. "하지만 말로 하는 것보다는 보여 주는 게 쉽습니다. 따라오세요."

그는 뒤편 통로에 있는 문으로 가서, 엄청난 비밀이라도 폭로할 기세로 문을 열어젖혔고, 내가 온전히 잘 볼 수 있도록 정중히 옆으로 비켜섰다.

"어떻게 생각하세요?" 그가 물었다.

방 안을 들여다봤지만, 별다른 생각이 들지 않았다. 어두침침하고 그다지 깨끗하지 않은 작은 침실이었다. 방은 마구 어질러져 있는 데다 냄새가 진동했다.

"맥크루스킨의 방입니다." 그가 설명해 주었다.

"볼 게 많지는 않은데요." 내가 말했다.

경사가 느긋하게 미소 지었다.

"딴 데를 보고 있으니까요." 그가 말했다.

"볼 만한 데는 전부 둘러봤어요." 내가 말했다.

경사가 바닥 가운데로 가서, 가까이에 있는 지팡이를 집어 들었다.

그가 말했다. "숨을 일이 있으면, 전 항상 나무 위로 올라갈 겁니다. 사람들은 올려다보는 재주가 없으니까요. 높은 곳은 잘 살펴보지 않죠."

나는 천장을 봤다.

"저기도 볼 게 없는데요." 내가 말했다. "죽은 것 같은 파리 한 마리밖에는요."

경사가 위를 올려다보며 지팡이로 가리켰다.

"저건 파리가 아니에요." 그가 말을 이었다. "고가티의 별채입니다."

나는 혼란스러운 표정으로 그를 쳐다봤다. 그는 개의치 않고 천장에 있는 다른 작은 자국들을 가리켰다.

"저건 마틴 번들의 집이에요. 저건 티어나힌 가족의 집이고, 저기 있는 저건 결혼한 자매가 사는 곳이고요. 그리고 여기는 티어나힌의 집에서 간선도로로 가는 샛길이에요." 지팡이는 희미한 실금이 꾸불꾸불하게 이어지다 더 깊은 균열과 만나는 것을 따라가며 가리켰다.

"지도군요!" 내가 흥분해 소리쳤다.

"그리고 여기가 막사고요." 그가 덧붙였다. "아주 분명하지요."

천장을 유심히 보니, 매더스 씨의 집과 내가 아는 길과 집들, 그리고 내가 모르는 그물 같은 샛길과 동네까지 모두 표시되어 있었다. 그것은 완벽하고, 믿을 만하고, 놀라운 교구 지도였다.

경사는 나를 보고 다시 미소 지었다.

"이게 굉장히 흥미로운 팬케이크라는 데 동의하시겠지요. 참을 수 없는 수수께끼이자, 지극히 드문 현상이란 걸요." 그가 말했다.

"경사님이 만들었나요?"

"제가 만든 게 아닙니다. 다른 사람이 만들지도 않았고요. 늘 저기 있던 거예요. 맥크루스킨은 그 이전부터 이미 있었을 거라고 믿고 있어요. 균열은 자연적으로 생겼고, 실금도 마찬가지예요."

나는 눈을 가늘게 뜨고, 길하니가 덤불에서 자전거를 찾았을 때 우리가 지나온 길을 찾아보았다.

"재밌는 건, 맥크루스킨이 누워서 저 천장을 쳐다본 지 2년이 지나서야, 저게 최고로 기발한 지도라는 걸 알았다는 겁니다."

"미련했군요." 내가 웅얼거렸다.

"그리고 지도를 5년이나 더 쳐다본 후에야, 저게 영원으로 가는 길을 보여 준다는 걸 알게 됐지요."

"영원으로요?"

"그럼요."

"거기서 다시 돌아올 수도 있을까요?" 내가 속삭였다.

"물론이지요. 리프트가 있어요. 저 지도의 비밀을 보여 줄 테니 기다려 보세요."

그는 다시 지팡이를 집어 들고 막사를 나타내는 자국을 가리켰다.

"우리는 여기 간선도로 상에 있는 막사에 있어요." 그가 말했다. "이제 마음속 상상력을 발휘해서, 막사에서 나가 큰길을 따라가면, 왼쪽에서 처음 만나는 길이 뭔지 말해 보세요."

이걸 생각해 내기는 어렵지 않았다.

"자비스의 별채에서 큰길과 만나는 길이죠." 내가 말했다. "자전거를 찾아 돌아올 때 지나온 곳이잖아요."

"그럼, 저게 왼편으로 꺾어지는 첫 번째 길인가요?"

"예."

"그러면 여기군요, 여기."

그는 지팡이로 왼쪽 길을 가리키고, 모퉁이에 있는 자비스 씨의 별채를 두드렸다.

그가 엄숙하게 말했다. "이제, 이게 뭔지 말해 보십시오."

그는 막사와 자비스 씨의 집이 있는 길의 대략 중간 지점에서 큰길과 만나는 실금을 따라 지팡이를 움직였다.

"저건 뭐라고 하시겠어요?" 그가 재차 물었다.

"저긴 길이 없어요." 내가 흥분해서 소리쳤다. "자비스네 집에서 왼쪽으로 꺾는 길이 첫 번째 길이에요. 전 바보가 아니라고요. 저긴 길이 없어요."

세상에나, 지금은 아닐지 몰라도 바보가 되고야 말겠군. 이 신사분의 말을 더 듣다가는 큰일 나겠어.

"하지만 저기 길이 **있습니다**." 경사가 의기양양하게 말했다. "제대로 찾는 법만 안다면요. 아주 오래된 길이지요. 같이 가서 봅시다."

"이게 영원으로 가는 길인가요?"

"그렇습니다. 푯말이 없을 뿐이지요."

그는 독방에 홀로 갇혀 있는 자기 자전거를 풀어 줄 기색은 없어 보였지만, 능숙하게 바지에 클립을 채우고 아침 한가운데로 무겁게 발걸음을 내디뎠다. 우리는 함께 길을 걸어 내려갔다. 둘 다 아무 말이 없었고, 상대방이 무슨 말을 할지 귀 기울이지도 않았다.

매서운 바람이 내 얼굴을 때렸다. 바람은 언덕 위의 비구름을 몰아내듯이, 내 머릿속에 자리 잡은 어두운 의심과 두려움과 의구심을 날려 버렸다. 내 모든 감각은 경사의 존재를 상대해야 하는 괴로움에서 해방되어, 이 온화한 날을 나 자신에게 이롭게 해석하는 데 초자연적으로 집중했다. 세상은 내 귓가에서 하나의 거대한 작업장처럼 울려 퍼졌다. 사방에서 기술과 화학의 탁월한 성취가 뚜렷하게 느껴졌다. 땅은 눈에 보이지 않는 부지런한 활동으로 들썩였다. 나무들은 서 있는 자리에서 활발히 움직이며 강인함의 증거를 여실히 보여 주었다. 비길 데 없는 풀들은 언제나 곁에 있으면서, 저마다의 독특한 개성을 우주에 보탰다. 눈에 보이는 모든 게 어우러져 상상하기 어려운 패턴이 생겨났으며, 더할 나위 없는 다채로움이 합쳐져 천상의 조화를 이루었다. 새하얀 셔츠가 눈에 띄는 남자들이, 저 멀리 습지의 갈색 토탄과 헤더 꽃 사이에서 열심히 움직이며 일하는 모습이 조그맣게 보였다. 참을성 있는 말들이 유용한 수레 곁에 있었고, 그 너머 언덕에는 바위 사이로 작은 양 떼가 흩어져 풀을 뜯고 있었다. 큰 나무 속에 숨어 나뭇가지들을 달싹거리며 요란하지 않게 지저귀는 새들의 소리가 들렸다. 길옆 들판에서는 당나귀 한 마리가 조용히 서서, 서두르지 않고 아침 풍경을 하나하나 찬찬히 살펴보고 있는 듯했다. 당나귀는 꼼짝도 하지 않고, 고개를 높이 든 채 입으로 허공을 씹고 있었다. 그 모습을 보니 이 설명할 수 없는 세상의 기쁨을 온전히 이해하고 있는 것 같았다.

내 눈은 만족할 줄 모르고 두리번거렸다. 경사와 함께 영원으로 가는 좌회전을 하기 전까지는 충분히 봤다고 할 수 없었고, 내 생각은 눈앞에 보이는 것에 얽매여 떠나지 못했다.

이 영원 타령을 믿는다는 건 아니겠지?

어쩌겠어? 어제 이후로 뭐든 의심하는 건 어리석은 짓이야.

좋아, 하지만 나도 영원 문제에 대해서는 권위자라고 주장할 수 있다고 생각해. 이 신사분의 원숭이 재주에도 한계가

있어.

그런 건 없는 게 분명해.

터무니없는 소리. 사기가 꺾였구나.

난 내일이면 매달릴 신세야.

그건 모르는 거지. 하지만 피할 수 없다면, 우리 의연한 모습을 보여 주자.

우리?

물론이지. 내가 끝까지 함께할게. 그때까지는, 영원이란 게 시골 경찰의 침실 천장에 생긴 균열을 보고 찾아간 샛길 끝에 있는 게 아닌 걸로 정하자.

그럼, 그 길 끝에는 뭐가 **있어**?

모르겠어. 만약 영원이 길 끝에 있다고만 했으면, 나도 그렇게 심하게 반발하진 않았을 거야. 그런데 리프트를 타고 돌아온다니…… 글쎄, 그가 나이트클럽을 천국과 혼동하는 게 아닌가 싶어. 리프트라니!

내가 반박했다. 영원이 샛길 끝에 있다는 데 동의한다면, 리프트 문제는 사소한 거야. 말과 수레는 삼키면서 벼룩은 걸러 내는 꼴이지.*

아니. 리프트는 안 돼. 저세상에 대해서라면, 리프트를 타고 돌아올 수 없다는 것 정도는 나도 알아. 게다가, 이제 근처에 왔는데도, 구름 위로 올라가는 리프트 통로도 안 보이잖아.

길하니에게는 핸들바가 없었어. 내가 지적했다.

'리프트'라는 단어에 특별한 뜻이 있다면야 또 모르지. 교수대를 이야기할 때 '드롭'이라고 하는 것처럼. 무거운 삽으로 턱 밑을 올려 치는 걸 '리프트'라고 부를 수도 있겠지. 만약 그런 거라면, 확실히 영원으로 데려다 줄 테니, 너나 실컷 가져.

그래도 난 전기 리프트가 있다는 생각이 들어.

내 관심은 이 대화에서 멀어져 경사에게로 옮겨 갔다. 그는 이제 걸음을 늦추고, 지팡이로 뭔가 찾고 있었다. 길은 양쪽으로 땅이 솟아오른 곳에 이르렀고, 발치에는 풀과 가시덤불이 무성했다. 그 뒤로 더 큰 식물들이 뒤엉켜 있고, 그 너머로는 키 큰 갈색 덤불이 푸른 덩굴식물로 뒤덮여 있었다.

"여기 어디쯤이에요." 경사가 말했다. "바로 옆 근처 어딘가에 있을 거예요."

그는 풀 가장자리를 따라 지팡이를 끌며, 가려진 땅바닥을 탐색했다.

"맥크루스킨은 여기 풀을 따라 자전거를 타고 간답니다." 그가 말했다. "그게 더 쉬운 팬케이크죠. 굳은살 박인 손보다야 바퀴가 더 확실하고 안장이 더 민감하니까요."

조금 더 걷고 탐색한 끝에, 그는 찾고 있던 것을 발견했다. 그는 갑자기 나를 덤불로 끌고 가서, 노련한 손으로 나뭇가지로 된 푸른 커튼을 갈랐다.

"이게 그 숨겨진 길이에요." 앞에서 그가 뒤쪽으로 소리쳤다. 이곳을 길이라고 하는 게 맞는지는 말하기 쉽지 않다. 작은 상처가 생기는 것을 무릅쓰고, 나뭇가지가 팽팽히 당겨졌다가 되돌아와 찰싹 때릴 때의 따끔거림을 참아 가며, 힘겹게 조금씩 조금씩 나아가야 했기 때문이다. 그래도 땅은 디디기에 평탄했고, 양쪽 멀리 어렴풋한 곳에 바위와 그늘과 축축한 초목이 쌓여 바닥이 가파른 둑처럼 솟아오른 것이 보였다. 후텁지근한 냄새가 났고, 각다귀류의 파리가 들끓었다.

1야드 앞에서, 경사가 고개를 숙인 채 맹렬히 돌진하고 있었다. 그는 지팡이로 어린 풀들을 마구 쳐내고, 팽팽해진 나뭇가지를 내 쪽으로 풀어놓기 전에 잘 들리지도 않는 경고를 보내 주었다.

얼마나 오래, 얼마나 멀리 간 건지는 모르겠다. 그러나 공기와 빛이 점점 더 옅어졌고, 나는 우리가 거대한 숲 깊숙한 곳에서 길을 잃었다고 확신했다. 땅은 여전히 걷기에 평탄했지만, 축축하고 썩어 가는 가을 낙엽으로 덮여 있었다. 요란하게 앞서가는 경사를 맹목적으로 믿고 따라가다 보니, 힘이 거의 남아 있지 않았다. 나는 걷기보다는 휘청거리며 나아갔고, 잔인한 나뭇가지에 어찌할 바를 몰랐다. 몹시 아팠고 기진맥진했다. 죽을 지경이라고 그에게 막 소리치려는 찰나, 나는 덤불이 옅어진 것을 알아차렸다. 경사가 저 앞 보이지 않는 곳에서 도착했다고 내게 소리쳤다. 그가 있는 곳에 와 보니, 그는 작은 돌 건물 앞에 서서, 몸을 굽혀 바지에서 클립을 풀고 있었다.

"이겁니다." 그가 몸을 숙인 채 작은 집 쪽으로 고갯짓했다.

"이게 뭐라는 건가요?" 내가 중얼거렸다.

"거기로 가는 입구예요." 그가 대답했다.

그 구조물은 흡사 작은 시골 교회 현관 같았다. 어둠과 나뭇가지로 혼란스러워서, 뒤편으로 더 큰 건물이 있는지는 분간하기 힘들었다. 작은 현관은 낡아서, 돌은 초록색으로 얼룩지고 틈새에는 온통 이끼가 돋아 있었다. 문은 교회 경첩과 철제 장식이 있는 낡은 갈색 문이었다. 틀 안쪽 깊숙이 들어앉아 있었고, 꼭대기가 뾰족한 틀에 딱 들어맞았다. 이게 영원으로 가는 문이다. 나는 이마에 흐르는 땀을 손으로 훔쳐 냈다.

경사는 열쇠를 찾아 자기 몸을 더듬었다.

"후텁지근하군요." 그가 정중하게 말했다.

"이게 저세상으로 가는 입구인가요?" 내가 웅얼거렸다. 목소리는 피로와 두려움 때문에 생각보다 낮게 나왔다.

"그래도 계절에 맞는 날씨니까 불평할 수는 없겠지요." 내 질문에는 아랑곳하지 않고, 그가 큰 소리로 덧붙였다. 어쩌면 기운이 없어서, 내 목소리가 그의 귀에 가 닿지 않았을 수도 있었다.

그는 열쇠를 찾아 쳇소리를 내며 열쇠 구멍에 밀어 넣은 후 문을 열어젖혔다. 그가 깜깜한 안으로 들어가는가 싶더니, 손을 다시 바깥으로 뻗어 내 외투 소매를 잡아채 안으로 당겼다.

불 좀 켜 봐!

거의 동시에, 경사는 벽에서 스위치와 전선이 있는 상자를 찾았고, 그가 뭘 했는지는 몰라도 놀라운 빛이 뿜어져 나왔다. 하지만 어둠 속에 서 있었던 그 짧은 시간은, 내 평생 제일 놀라운 일을 경험하기에 충분한 시간이었다. 바닥 때문이었다. 바닥을 디디는 순간, 내 발은 화들짝 놀랐다. 바닥은 작은 징이 많이 박힌 판으로 이루어져 있어서, 증기기관 바닥이나 거대한 인쇄기 주변의 난간 있는 통로 바닥과 비슷했다. 그것은 경사의 징 박힌 부츠 밑에서 유령처럼 공허한 소리를 내며 울렸다. 경사는 쨍그랑거리며 이 작은 방 반대편으로 가서, 열쇠 꾸러미로 법석을 떨다가 벽에 숨겨져 있던 또 다른 문을 열어젖혔다.

"물론 소나기가 한바탕 오면 공기가 좋아지겠지요." 그가 소리쳤다.

나는 그가 작은 벽장 안에서 무엇을 하고 있는지 보려고 조심스럽게 다가갔다. 여기서 그는 깜박이는 불빛 상자를 하나 더 켰다. 그는 나를 등지고 서서 벽에 있는 패널을 살펴봤다. 성냥갑처럼 작은 패널이 두 개 있었는데, 하나에는 숫자 16이, 다른 패널에는 10이 보였다. 그는 한숨을 쉬고 벽장에서 나와 슬픈 표정으로 나를 쳐다봤다.

"걸으면 줄어든다고들 하지요." 그가 말했다. "그런데 내 경험으로는, 걸으면 오히려 더 늘어나고, 더 튼튼해지고, 식욕도 더 생기더군요."

이쯤에서 나는 단순하고 당당한 호소가 통하지 않을까 싶었다.

"내일이면 죽을 목숨이니…… 여기가 어딘지, 지금 뭘 하는 건지 부디 알려 주시겠어요?" 내가 물었다.

"몸무게를 재고 있어요." 그가 대답했다.

"몸무게를 잰다고요?"

"거기 상자 안으로 들어가 보세요. 얼마가 찍히는지 분명한 기록으로 봅시다." 그가 말했다.

나는 벽장 안 철판 위로 조심스럽게 올라섰고, 숫자가 9와 6으로 바뀌는 것을 보았다.

"9스톤* 6파운드, 부러운 몸무게군요. 살덩어리를 줄일 수만 있다면, 내 인생의 10년이라도 내어 줄 텐데요."

그는 다시 나를 등진 채, 다른 벽에 있는 또 다른 벽장을 열고 불빛 상자 쪽으로 익숙하게 손가락을 뻗었다. 흔들리는 빛이 들어왔고, 그가 벽장 안에 서서 커다란 손목시계를 보면서 무심하게 시계를 감고 있는 것이 보였다. 불빛이 그의 턱 옆쪽으로 솟아올라, 흉측한 얼굴에 섬뜩한 그림자를 드리웠다.

이윽고 그가 소리쳤다. "이리 들어오세요. 혼자 남아 있고 싶지 않다면요."

내가 강철 벽장 안으로 걸어 들어가 조용히 그의 옆에 서자, 그는 정확히 맞아떨어지는 딸깍 소리를 내며 문을 닫고 생각에 잠겨 벽에 몸을 기댔다. 내가 막 몇 가지 설명을 부탁하려는데, 공포의 비명이 내 목구멍에서 터져 나왔다. 아무 소리도 경고도 없이, 바닥이 아래로 떨어졌다.

"하품이 나올 만도 하지요." 경사가 대수롭지 않은 대화를 나누듯 말했다. "굉장히 후텁지근한 데다가 환기도 좋지 않으니까요."

"비명을 질렀던 겁니다." 내가 퉁명스럽게 말했다. "이 상자가 어떻게 된 거예요? 어디⋯⋯."

내 목소리는 점점 잦아들어, 겁에 질린 닭의 메마른 울음소리로 변했다. 바닥이 너무 빨리 떨어진 탓에 한두 번은 내가 떨어질 수 있는 것보다 바닥이 더 빨리 떨어져서, 발이 바닥과 천장 사이 어딘가에 잠시 떠 있는 느낌이 들 지경이었다. 나는 겁에 질린 나머지, 오른발을 들어 체중을 전부 실어 힘껏 쿵 굴렀다. 발은 바닥을 쳤지만, 시시하게 땡그랑거릴 뿐이었다. 나는 욕을 하고 신음했으며 눈을 감고 행복한 죽음을 빌었다. 물이 가득 든 젖은 축구공처럼, 위장이 내 속에서 구역질 나게 이리저리 튀어다녔다.

주여, 우리를 구하소서!

경사가 즐겁게 말했다. "조금씩 돌아다니면서 이런저런 구경을 하는 건 해로울 게 없어요. 식견을 넓히는 건 좋은 거죠. 넓은 정신은 위대하고, 항상 앞을 내다보는 발명으로 이어지거든요. 페달 자전거를 발명한 월터 롤리 경과 증기 엔진의 조지 스티븐슨 경과 나폴레옹 보나파르트, 조르주 상드, 월터 스콧을 보세요. 하나같이 위대한 남자들이지요.*"

"아직⋯⋯ 아직 영원은 멀었나요?" 내가 벌벌 떨며 말했다.

"아직은 아니지만, 거의 다 와 갑니다." 그가 대답했다. "귀를 활짝 열고 딸깍 소리를 잘 들어 보세요."

내 처지를 뭐라고 해야 할까? 나는 몸무게가 16스톤이나 되는 경찰관과 강철 통에 갇혀, 끝없이 무섭게 추락하는 동안 월터 스콧 이야기를 들으면서 딸깍 소리에 귀 기울이고 있었다.

딸깍!

마침내 날카롭고도 소름 끼치는 소리가 들렸다. 거의 동시에 추락에도 변화가 있었다. 일시에 멈춘 건지, 아니면 훨씬 느려진 건지는 확실치 않았다.

"예, 이제 도착했군요." 경사가 밝게 말했다.

나는 아무것도 알아차리지 못했다. 다만 우리가 타고 있던 것이 거칠게 덜컹거렸고, 바닥이 갑자기 내 발을 밀어내는 것 같았으며, 그 느낌이 영원할 것 같았을 뿐이다. 경사는 문에 달린 다이얼 비슷한 기구들을 만지작거리더니, 잠시 후 문을 열고 밖으로 나갔다.

"저게 리프트예요." 그가 말했다.

가늠할 수 없을 만큼 끔찍하고 파괴적인 일을 기대했다가 그것이 실현되지 않을 때, 안도하기보다는 오히려 실망하게 되는 건 이상한 일이다. 무엇보다도, 나는 눈이 멀 정도의 불빛을 기대했었다. 그 밖에 다른 무엇을 기대했는지는 딱히 떠오르지 않는다. 이런 찬란한 빛 대신에, 집에서 만든 조잡한 소음기로 띄엄띄엄 불을 밝힌 긴 통로가 보였는데, 사실 빛보다는 어둠이 더 많았다. 통로 벽은 볼트로 연결된 철판으로 이루어진 것 같았고, 화덕이나 용광로 문, 아니면 은행 금고처럼 생긴 작은 문들이 줄지어 있었다. 내 시야에 들어온 천장은 온통 전선 뭉치였는데, 특히 굵은 전선이나 흡사 파이프처럼 생긴 것들이 보였다. 거슬린다고는 할 수 없는, 완전히 새로운 소음이 줄곧 들려왔다. 때로는 지하에서 졸졸 흐르는 물소리 같기도 하고, 때로는 외국어로 나지막이 속삭이는 소리 같기도 했다.

경사는 철판을 묵직하게 디디며, 통로를 따라 이미 앞으로 나아가고 있었다. 그는 쾌활하게 열쇠를 흔들며 노래를 흥얼거렸다. 나는 작은 문의 개수를 세면서, 그를 바짝 뒤따랐다. 문은 벽 2야드마다 여섯 개씩 네 줄로 합쳐서 수천 개는 될 듯했다. 여기저기 계기판 같기도 하고 시계와 다이얼이 복잡하게 얽힌 제어판 같기도 한 장치가 보였는데, 사방에서 굵은 전선 다발이 모여들었다. 나는 아무것도 이해하지 못했지만, 그 광경이 워낙 현실적이어서 내가 느낀 공포가 근거 없는 것이었다는 생각이 들었다. 누가 보더라도 현실적인 경사 옆에서 나는 단호하게 발을 내디뎠다.

우리는 불빛이 조금 더 밝게 비추는 통로 교차로에 도착했다. 강철 벽이 반짝이는, 더 깨끗하고 밝은 통로가 양옆으로 이어지다가, 저 멀리 벽과 바닥과 천장이 하나의 어두운 점으로 모이는 곳에서 사라졌다. 쉭 거리는 증기 소리, 그리고 거대한 톱니바퀴가 한 방향으로 돌다 멈추었다 다시 돌아가는 듯한 소음이 들리는 것 같았다. 경사는 벽에 있는 시계를 보려고 잠시 멈추었다가, 왼쪽으로 갑자기 방향을 틀고 내게 따라오라고 했다.

우리가 걸어간 통로를 일일이 열거하지는 않겠다. 또 포트홀 같은 둥근 문이 있는 통로라든가, 경사가 벽 속으로 손을 넣어 성냥갑을 꺼낸 통로 얘기도 하지 않겠다. 우리가 적어도 1마일 정도 철판을 걸어간 후, 불빛이 환하고 바람이 잘 통하는 홀에 도착했다는 것만 얘기해도 충분할 것이다. 그곳은 완벽한 원형 홀로, 기계와 매우 비슷하면서도 난해한 기계만큼 복잡하지는 않은, 뭐라고 묘사하기 힘든 물건들로 가득했다. 바닥 곳곳에는 값비싸 보이는 대형 캐비닛들이 보기 좋게 놓여 있었다. 둥근 벽에도 이런 발명품들이 많았는데, 작은 계기판이라든가 계량기 같은 것들이 여기저기 달려 있었다. 바닥 주변을 제외한 사방에서, 수백 마일의 굵직한 전선이 보였다. 경첩이 튼튼하게 달린 화덕 문처럼 생긴 문이 수천 개 있고, 미국 현금 출납기를 연상시키는 다이얼과 자판이 배열되어 있었다.

경사는 많은 시계 중 하나에서 숫자를 읽고, 작은 바퀴를 아주 조심스럽게 돌렸다. 제일 복잡해 보이는 기기가 밀집해 있는 홀의 저쪽 끝에서 갑자기 요란한 망치질 소리가 들려와 정적을 갈라 놓았다. 깜짝 놀라, 순식간에 내 얼굴에서 핏기가 사라졌다. 경사를 봤더니, 그는 여전히 참을성 있게 시계와 바퀴를 살피고 있었고, 숨죽여 숫자를 읊을 뿐 신경 쓰지 않는 모습이었다. 망치질이 멈췄다.

나는 쇠막대 같은 매끈한 물건 위에 앉아, 흩어진 지혜를 모으며 생각해 보았다. 그것은 쾌적하게 따뜻하고 편안했다. 하지만 생각이 채 떠오르기도 전에, 다시 망치질 소리가 터져 나왔고, 정적, 그리고 격정적으로 욕설을 내뱉는 듯한 낮고 격렬한 소음, 그리고 다시 정적, 마침내 기계로 가득찬 높은 캐비닛들 뒤에서 다가오는 무거운 발걸음 소리가 들렸다.

척추에서 힘이 빠지는 것을 느끼면서, 나는 재빨리 경사 곁으로 가서 서 있었다. 그는 벽에 있는 구멍에서 길쭉한 온도계나 지휘봉처럼 생긴, 기다랗고 하얀 도구를 꺼냈다. 경사는 굉장히 몰두한 듯 찡그린 표정으로 눈금을 살폈다. 그는 나도, 또 보이지 않게 다가오는 숨은 존재도 신경 쓰지 않았다. 철컹하고 발소리가 마지막 캐비닛을 도는 소리가 들렸을 때, 나는 나도 모르게 고개를 번쩍 들어 올려다보았다. 맥크루스킨 순경이었다. 그는 얼굴을 잔뜩 찡그린 채 주황색의 큰 지휘봉인지 온도계인지를 들고 있었다. 곧장 경사에게 간 그는, 이 도구를 보여 주며 붉은 손가락으로 눈금을 가리켰다. 그들은 거기 조용히 서서 서로의 도구를 살펴보았다. 경사는 곰곰이 생각하더니 약간 안심한 기색이었고, 방금 맥크루스킨이 온 데로 걸어갔다. 곧 망치질 소리가 들렸는데, 이번에는 부드럽고 리듬감이 있었다.

맥크루스킨은 경사가 지휘봉을 꺼낸 벽 구멍에 자신의 지휘봉을 집어넣었다. 순경은 나를 돌아보며 구겨진 담배를 인심 좋게 건넸다. 상상도 할 수 없는 대화가 시작된다는 신호였다.

"마음에 드세요?" 그가 물었다.

"멋지군요." 내가 답했다.

"이게 얼마나 편리한지 모르실 겁니다." 그의 말은 수수께끼 같았다.

경사가 불그레한 손을 수건으로 닦으며 아주 흡족한 표정으로 돌아왔다. 나는 두 사람에게 날카로운 시선을 던졌다. 그들은 내 시선을 받아 슬쩍 서로 교환한 후 그냥 흘려보냈다.

"이게 영원인가요?" 내가 물었다. "어째서 이걸 영원이라고 하는 거예요?"

"내 턱을 만져 보세요." 맥크루스킨이 알 수 없는 미소를 지으며 말했다.

경사가 설명했다. "여기서는 나이 들지 않으니까요. 여기를 떠날 때, 나이도, 키도, 몸집도 들어올 때와 똑같을 거예요. 여기에도 특수 균형 장치가 있는 8일 시계가 있지만, 움직일 일이 없죠."

"여기서는 나이 들지 않는다는 걸 어떻게 확신할 수 있나요?"

"내 턱을 만져 보세요." 맥크루스킨이 다시 말했다.

"간단해요." 경사가 말했다. "수염이 자라지 않고, 배가 부른 상태라면 고파지지 않고, 배가 고프면 더 굶주리지 않지요. 온종일 담배를 피워도 파이프가 가득 차 있고, 위스키는 아무리 마셔도 그대로 있어요. 어차피 맨정신을 취하게 만들지도 못하니까 얼마를 마시든 상관없지만요."

"그렇군요." 내가 중얼거렸다.

"오늘 아침 여기 오래 있었는데, 턱이 아직도 여자 등처럼 매끈하잖아요. 어찌나 편한지 기가 막히지요. 낡은 면도기를 쓸 일이 없다는 건 굉장한 일이에요."

"이곳은 얼마나 큰가요?"

"크기가 없어요." 경사가 설명했다. "이 안에서는 어디든 차이가 없고, 어디까지 변함없이 동일한지 가늠할 수도 없으니까요."

맥크루스킨이 담배에 성냥불을 붙인 후 성냥개비를 아무렇지 않게 철판 바닥에 던졌다. 그것은 굉장히 중요하고 외롭게 바닥에 놓여 있었다.

"자전거를 가져와서 타고 전체를 다 돌아보면서 지도를 그릴 수는 없나요?" 내가 물었다.

경사는 아기를 보듯이 나를 보며 웃었다.

"자전거야 간단하지요." 그가 말했다.

놀랍게도, 그는 큰 화덕 하나로 가서, 다이얼을 조작해 거대한 철문을 당겨 연 다음 새 자전거를 꺼냈다. 그것은 삼단 기어와 오일 바스가 달린 자전거였고, 밝은 부분에는 아직도 바셀린이 반들거리는 것이 눈에 띄었다. 그는 앞바퀴를 내려놓고, 뒷바퀴를 공중에서 솜씨 좋게 회전시켰다.

"자전거야 간단한 팬케이크지요." 그가 말했다. "하지만 그런 건 소용도 없고 중요하지도 않아요. 와 보세요. '레스 입사(*res ipsa*, 그 자체)'를 보여 드리지요."

자전거는 남겨 둔 채, 경사는 정교한 캐비닛들 사이를 지나고, 다른 캐비닛들 뒤를 돌아 문을 통과해 가며 길을 안내했다. 내가 본 광경으로 인해, 머릿속 뇌는 고통스럽게 쪼그라들고 심장은 얼어붙는 듯 오싹했다. 이 다른 홀이 모든 면에서 방금 떠나온 곳과 정확히 같아서만은 아니었다. 이미 힘든 내 눈이, 벽에 있는 캐비닛 문 하나가 열려 있고, 새 자전거가 벽에 기대어 서 있는 걸 보았다. 그것은 이전 자전거와 완전히 똑같았으며, 심지어 같은 각도로 기울어져 있었다.

"돌아오지 않고도 이곳과 똑같은 곳에 한 번 더 가 보고 싶다면, 다음 문으로 가 보셔도 좋아요. 헛수고겠지만요. 우리가 여기 남아 있어도, 거기서 기다리고 있는 걸 보게 될 겁니다."

여기서 나는 비명을 내지르고 말았다. 다 탄 성냥이 바닥에 또렷하게 놓여 있었기 때문이다.

"면도를 안 하는 것에 대해 어떻게 생각하세요?" 맥크루스킨이 뽐내듯 물었다. "그만둘 수 없는 실험인 게 확실하지요?"

"피할 수 없지만 매우 까다로운 실험이지요." 경사가 말했다.

맥크루스킨은 중앙에 있는 캐비닛의 다이얼을 살펴보고 있었다. 그는 고개를 돌려 내게 말했다.

"이리 와 보세요. 친구들에게 얘기할 거리를 좀 보여 드릴 테니."

나중에 나는 이것이 그가 하는 드문 농담 중 하나라는 걸 알게 되었다. 그가 보여 준 것은, 누구한테 말할 수도 없고, 의미를 전달할 적당한 말이 이 세상에 존재하지도 않는 것이었기 때문이다. 이 캐비닛에는 낙하산 모양의 입구가 있었고, 그것보다 1야드쯤 밑에 검은 구멍 같은 다른 큰 입구가 있었다. 그는 타자기 자판 같은 빨간 버튼 두 개를 누르고, 커다란 다이얼을 자기 반대편으로 돌렸다. 곧 비스킷 상자 수천 개가 계단에서 굴러떨어지는 것 같은 요란한 소음이 우당탕 들렸다. 떨어지는 것들이 금방이라도 낙하산에서 쏟아져 나올 것만 같았다. 그리고 실제 그런 일이 벌어졌고, 물체들은 잠깐 공중에 나타났다가 밑에 있는 검은 구멍으로 사라져 버렸다. 뭐라고 해야 할까? 색깔은 희지도 검지도 않았고, 그 중간색도 분명 아니었다. 그것들은 어둡지도, 밝지도 않았다. 그러나 이상하게도, 내 관심을 가장 사로잡은 건 그 유례 없는 색조가 아니었다. 눈을 크게 뜨고, 목이 바짝 마르고, 숨도 멈춘 채 바라보게 되는 다른 특징이 있었다. 이 특징을 도대체 어떻게 묘사해야 할지 엄두가 나지 않는다. 한참 시간이 흐른 후 몇 시간이나 곰곰이 생각한 끝에, 나는 어째서 이 물체들이 그토록 놀라웠는지 깨달았다. **그것들에는 모든 알려진 사물이 갖고 있는 본질적 속성이라는 게 없었다.** 그것을 형태나 형상이라고 할 수는 없다. 형태가 없었다는 말은 아니기 때문이다. 이 물체들은 서로 닮은 모양이 하나도 없었고, 어떤 알려진 치수에도 속하지 않았다는 것만은 말할 수 있다. 물체들은 정사각형도, 직사각형도, 원형도 아니고, 단순히 불규칙한 형태도 아니었다. 또 물체들의 끝없는 다양성이 치수가 달라서였다고 할 수도 없었다. 단순히, 그것들의 외양을, 외양이라는 말조차 써도 될지 모르겠지만, 눈이 이해할 수가 없었고, 어쨌거나 묘사할 수가 없었다. 이 정도만 말해 두자.

맥크루스킨이 버튼에서 손을 떼자, 경사는 내게 뭐가 더 보고 싶은지 정중히 물었다.

"뭐가 더 있나요?"

"뭐든지요."

"말만 하면 뭐든 보여 주실 수 있나요?"

"그럼요."

경사가 적어도 8파운드 10실링은 있어야 살 수 있는 자전 거를 얼마나 쉽게 만들어 내는지 보고 나니, 내 머릿속에서 어 떤 생각들이 연달아 꿈틀거렸다. 내가 본 것으로 인해, 두렵고 불안했던 마음은 황당함과 허무함으로 크게 줄어들었고, 나는 이제 영원의 상업적 가능성에 관심이 생겼다.

내가 천천히 말했다. "문을 열고 0.5톤짜리 금괴를 꺼내는 모습을 보고 싶습니다."

경사가 미소를 띠며 어깨를 으쓱했다.

"그건 불가능해요. 매우 부당한 요구예요." 그가 말했다. "괴 롭힘이고 비양심적인 일입니다." 그가 법률가처럼 덧붙였다.

이 말에 내 심장이 덜컥 내려앉았다.

"하지만 **뭐든지**, 라고 하셨잖아요."

"그랬지요. 그래도 이성의 뜰 안에 있는 것에는 한계와 경계 란 게 있습니다."

"실망스럽군요." 내가 중얼거렸다.

맥크루스킨이 조심스럽게 끼어들었다.

"경사님이 금괴를 들어 올리실 때 제가 도와드려도 된다 면……."

"뭐라고요! 어려운 게 그거예요?"

"내가 수레 끄는 말은 아니니까요." 경사가 소박한 품위를 풍기며 말했다.

"그래도, 아무튼." 그는 이렇게 덧붙였고, 우리는 모두 그의 증조할아버지를 떠올렸다.

"그럼, 모두 함께 들어 올리죠." 내가 외쳤다.

우리는 그렇게 했다. 다이얼을 조작하자 문이 열렸고, 우리는 잘 만든 나무 상자에 든 금괴를 온 힘을 다해 들어 올려 바닥에 놓았다.

"금은 흔한 물건인 데다 구경할 게 별로 없습니다." 경사가 말했다. "비밀스러운 것, 평범하게 훌륭한 것보다 더 굉장한 것을 요청해 보세요. 이를테면, 돋보기가 더 낫죠. 그걸 들여다보면, 완전히 새로운 제삼의 것을 볼 수 있으니까요."

맥크루스킨이 다른 문을 열어 내게 돋보기를 건넸는데, 그것은 뼈로 만든 손잡이가 있는 매우 평범해 보이는 도구였다. 그걸로 내 손을 봤더니, 아무것도 알아볼 수 없었다. 다른 것도 여러 개 더 봤지만, 아무것도 선명하게 보이지 않았다. 맥크루스킨이 그것을 되가져 가면서, 어리둥절해하는 내 눈을 보고 웃었다.

"그 돋보기는 보이지 않을 정도로 확대해 줍니다." 그가 설명했다. "모든 걸 너무 크게 만들어서, 돋보기가 물건의 극히 일부분밖에 담아내지 못하지요. 다른 것과 구분해 줄 만큼 충분히 보여 주지 못하는 거예요."

내 시선은 설명하고 있는 그의 얼굴에서 금덩이로 옮겨 갔다. 내 관심이 정말로 금덩이를 떠난 적은 없었지만 말이다.

내가 신중히 말했다. "이제 제가 보고 싶은 건 1파운드짜리 금덩이 오십 개예요."

맥크루스킨은 숙련된 웨이터처럼 고분고분하게 가더니, 말 없이 이 물건들을 벽에서 꺼낸 후 바닥에 가지런히 놓았다. 경사는 한가롭게 어슬렁거리며, 여기저기 시계를 살펴보고 수치를 확인했다. 그사이 내 머리는 냉철하고 재빠르게 움직였다. 나는 위스키 한 병, 20만 파운드 상당의 보석, 바나나, 만년필, 필기도구, 그리고 마지막으로 실크 안감이 있는 푸른 모직 양복 한 벌을 주문했다. 이것들이 모두 바닥에 펼쳐졌을 때, 나는 빠뜨린 물건들을 기억해 냈고, 속옷, 신발, 지폐, 그리고 성냥한 통을 주문했다. 맥크루스킨은 육중한 문을 다루느라 땀을 뻘뻘 흘리면서 덥다고 불평하더니, 잠시 멈추고 앰버 에일 맥주를 마셨다. 경사는 조그만 톱니가 달린 작은 바퀴를 조용히 딸깍거리고 있었다.

"다 된 것 같아요." 마침내 내가 말했다.

경사가 와서 물건 더미를 바라보며 중얼거렸다.

"세상에, 하느님 맙소사."

"이것들을 가지고 갈 겁니다." 나는 선언하듯 말했다.

경사와 맥크루스킨은 슬쩍 시선을 주고받았다. 그리고 그들은 미소 지었다.

"그럼 크고 튼튼한 가방이 필요하겠군요." 말을 끝마친 경사는 다른 문으로 가서, 시장에서 50기니는 족히 줘야 할 돼지가죽 가방을 가져다주었다. 나는 조심스럽게 내 소지품을 챙겼다.

맥크루스킨이 벽에 담배를 비벼 끄는 것을 보고, 나는 30분 전 불붙였을 때와 길이가 같은 걸 알아차렸다. 내 담배도 조용히 타고 있었지만 전혀 줄어들지 않았다. 나는 그것도 꺼서 호주머니에 넣었다.

막 가방을 닫으려는데 한 가지 생각이 떠올랐다. 나는 몸을 일으켜 경찰관들을 향했다.

"한 가지 더 청할 게 있어요. 호주머니에 넣고 다니다가, 언제든지 제 목숨을 앗아 가려는 사람이 있으면, 그게 누구든 또 몇 명이든 모조리 없앨 수 있는 작은 무기가 있으면 좋겠어요."

경사는 아무 말 없이 손전등같이 생긴 작고 검은 물건을 가져다주었다.

"그걸 겨누고 단추를 누르면, 그 즉시 누구든 몇 명이든 회색 가루로 바뀔 겁니다. 회색 가루가 마음에 들지 않으면, 좋아하는 색을 알려 주세요. 보라색 가루나 노란 가루, 아니면 다른 색 가루도 모두 가능하니까요. 벨벳색은 어떤가요?"

"회색이 좋습니다." 내가 간단히 말했다.

나는 이 살인 무기를 넣고, 가방을 닫은 후 다시 일어섰다.

"이제 집에 가시죠." 나는 무심한 듯 말하고, 경찰관들의 얼굴을 보지 않도록 조심했다. 놀랍게도 그들은 흔쾌히 동의했고, 우리는 발걸음 소리를 울리며 출발했다. 나는 무거운 가방을 들고, 경찰관들은 그들이 확인한 수치에 대해 조용히 얘기하면서, 우리는 다시 끝없는 복도를 지났다. 나는 행복했고 내가 보낸 하루에 만족했다. 나는 달라지고 되살아난 느낌이었고, 새로운 용기로 충만했다.

"이건 어떻게 작동하는 거예요?" 나는 친근한 대화나 나눠 보려고 기분 좋게 물었다. 경사가 나를 쳐다봤다.

"헬리컬 기어*가 설치되어 있습니다." 그가 알려 주었다.

"전선을 못 보셨나요?" 맥크루스킨이 조금 놀란 듯 나를 향해 몸을 돌리며 물었다.

"숯이 얼마나 중요한지 알면 놀랄 겁니다." 경사가 말했다. "중요한 건 빔 판독값을 최대한 낮게 유지하는 것이고, 예비 수치가 안정적이면 굉장히 잘하고 있다는 뜻이지요. 하지만 빔이 올라가게 두면, 레버가 어떻게 되겠어요? 숯 공급을 게을리 하면, 빔이 치솟아 심각한 폭발로 이어질 수밖에 없습니다."

맥크루스킨이 말했다. "낮은 예비값, 작은 낙폭." 그는 자기 말이 속담이라도 되는 양 간결하고 지혜로운 투로 말했다.

경사가 이어 말했다. "하지만 결국 비결은 매일 판독하는 거예요. 매일 판독하면, 양심이 일요일 아침의 말끔한 셔츠처럼 깨끗해지지요. 저는 매일 판독해야 한다고 굳게 믿고 있습니다."

"중요한 건 제가 다 본 건가요?"

이 말에 경찰관들은 놀라 서로 쳐다보며 대놓고 웃음을 터뜨렸다. 그들의 시끌벅적한 웃음소리가 복도 위아래로 퍼져 나갔다가, 멀리서 창백한 메아리로 되돌아왔다.

"냄새가 단순하다고 생각하시는 모양이군요?" 경사가 웃으며 말했다.

"냄새요?"

"냄새는 세상에서 가장 복잡한 현상입니다. 인간의 코로는 냄새의 신비를 풀거나 제대로 이해할 수가 없어요. 개는 우리보다 냄새를 더 잘 다루긴 하지만요."

"하지만 개는 자전거를 잘 못 타잖아요." 맥크루스킨이 다른 면을 비교하면서 말했다.

"냄새를 하위 냄새와 중간 냄새로 쪼개는 기계가 있어요." 경사가 계속 말했다. "유리 도구로 빛줄기를 쪼개는 것과 비슷하지요. 이게 아주 흥미롭고 유익해요. 아름다운 산백합 향기 안에 얼마나 더러운 냄새가 있는지 믿기 어려울 겁니다."

"그리고 맛을 쪼개는 기계도 있답니다." 맥크루스킨이 끼어들었다. "생각도 못 했겠지만, 튀긴 고기 맛의 40퍼센트는……."

그는 얼굴을 찡그리며 침을 뱉고 세심하게 말을 아꼈다.

"촉감도 있습니다." 경사가 말했다. "여자 등처럼 매끈한 게 없다고 생각하실 거예요. 하지만 쪼개서 느껴 보면, 여자 등을 좋아하지 않을 거라고 파슬리를 걸고 맹세하겠어요. 그 매끈함 속에 포함된 절반은 황소 엉덩이 못지않게 거칠거든요."

"다음에 오시면, 놀라운 것들을 보여 드리지요." 맥크루스킨이 약속했다.

지금껏 본 것과 가방에 넣어 온 것을 생각하면, 누가 이런 말을 한다는 것 자체가 놀라웠다. 그는 호주머니를 더듬어 담배를 찾아 다시 불을 붙인 후 내게 성냥을 내밀었다. 무거운 가방 때문에 내 담배를 찾는 데 시간이 조금 걸렸는데도, 성냥은 여전히 끄트머리에서 고르고 밝게 타올랐다.

우리는 조용히 담배를 피우며 어둑어둑한 통로를 거쳐 다시 리프트에 도착했다. 열린 리프트 옆에 아까는 보지 못했던 시계판 혹은 계기판이 있었고, 옆에 또 한 쌍의 문이 있었다. 나는 금과 옷과 위스키가 든 가방으로 매우 지쳤고, 마침내 리프트에 올라 가방을 내려놓을 생각으로 다가갔다. 막 문턱을 넘어서려는데, 거의 여자 비명 같은 경사의 외침이 내 발걸음을 붙잡았다.

"들어가지 마세요!"

다급한 그의 말투에 내 얼굴에서 핏기가 사라졌다. 나는 고개를 돌리고, 마치 걷는 도중에 몰래 사진에 찍힌 사람처럼 한 발을 다른 발 앞으로 내민 채 꼼짝도 하지 않고 서 있었다.

"왜요?"

"바닥이 발밑으로 무너질 거예요. 아무도 간 적 없는 아래로 떨어질 겁니다."

"어째서요?"

"가방 때문에요."

"간단합니다." 맥크루스킨이 침착하게 말했다. "들어올 때 무게와 같지 않으면 리프트를 탈 수 없어요."

"만약 타면, 무조건 당신 목숨을 송두리째 앗아 갈 거예요." 경사가 말했다.

나는 다소 거칠게 가방을 바닥에 내려놓았고, 병과 금덩이가 땡그랑거렸다. 수백만 파운드의 값어치가 나가는 가방이었다. 나는 철판 바닥에 서서 철판 벽에 몸을 기댄 채, 이성과 이해와 역경 속에서 위안을 얻을 지혜를 짜내 보았다. 내가 이해할 수 있는 거라고는, 내 계획이 물거품이 되었다는 것과 영원에 방문한 게 소득 없는 재앙이 되었다는 것뿐이었다. 축축한 이마를 손으로 닦고 두 경찰관을 멍하니 바라보니, 그들은 미소를 띤 채 지혜롭고 태평해 보였다. 거대한 감정이 목구멍을 타고 부풀어 올랐고, 내 마음을 크나큰 비애와 슬픔으로 가득 채웠다. 바다가 저 멀리 물러난 저녁 무렵 드넓은 해변보다 더 아득하고 황량한 슬픔이었다. 나는 고개를 숙여 망가진 내 신발 두 짝을 내려다봤다. 내 두 눈에서 터져 나오는 굵은 눈물방울 속에서 신발이 헤엄치다 녹아내리는 것이 보였다. 나는 벽으로 몸을 돌려 목메어 크게 흐느끼다가, 완전히 무너져 아기처럼 목 놓아 울었다. 얼마나 오래 울었는지는 모르겠다. 두 경찰관이 숙련된 병원 의사처럼 동정적인 말투로 내 이야기를 하는 소리가 들려왔다. 나는 고개를 들지 않은 채, 바닥 저쪽에서 내 가방을 가지고 멀어지는 맥크루스킨의 두 다리를 보았다. 그리고 화덕 문이 열리고 가방이 불길 속으로 거칠게 내던져지는 소리가 들렸다. 여기에서 나는 다시 큰 소리로 울었고, 리프트 벽으로 몸을 돌려 크나큰 비탄에 완전히 굴복했다.

마침내 나는 어깨를 부드럽게 이끌려 무게를 재고 리프트 안으로 안내되었다. 거대한 두 경찰관이 내 옆에 바짝 붙어 서는 것을 느꼈고, 그들의 인간성이 속속들이 스며든 푸른 제복의 짙은 냄새를 맡았다. 내 발이 리프트 바닥의 저항을 느끼기 시작했을 때, 고개를 돌린 내 얼굴 앞으로 빳빳한 종잇장이 바스락거리는 느낌이 들었다. 희미한 불빛 속에 고개를 들어 보니, 내 옆에 조용히 우뚝 선 경사의 가슴을 가로질러, 맥크루스킨이 말없이 온화하게 내게 손을 뻗고 있었다. 손에는 작고 흰 종이봉투가 있었다. 그 안을 힐끗 들여다보니, 동전 크기의 둥글고 알록달록한 것들이 보였다.

"크림 사탕입니다." 맥크루스킨이 친절하게 말했다.

그는 먹어 보라는 듯 봉지를 흔들었고, 이 사탕에 거의 초자연적인 쾌락이라도 있는 것처럼 씹고 소리 내어 빨기 시작했다. 나는 웬일인지 다시 흐느껴 울기 시작하면서, 봉투에 손을 넣었다. 하나를 꺼내니, 경찰관의 호주머니 속 열기로 달라붙은 서너 개가 끈적한 한 덩어리로 붙어 나왔다. 나는 어설프고 어리석게 그것들을 떼어 내려고 했으나 완전히 실패했고, 그걸 한꺼번에 입에 쑤셔 넣고는 흐느끼고 빨고 훌쩍이며 서 있었다. 나는 경사의 무거운 한숨 소리를 들었고, 한숨에 맞춰 그의 넓은 옆구리가 멀어지는 것을 느꼈다.

"이런, 난 단게 정말 좋아." 그가 웅얼거렸다.

"하나 드십시오." 맥크루스킨이 봉지를 바스락대며 미소 지었다.

"무슨 말인가?" 경사가 맥크루스킨의 얼굴을 돌아보며 소리쳤다. "제정신인가? 하나라도—하나가 아니라 4분의 1 조각의 귀퉁이 반쪽이라도—먹으면, 위장이 지뢰처럼 터지고 끔찍한 소화불량과 속쓰림으로 욕을 퍼부어 대며 보름 내내 침대에서 몸부림치게 될 게 뻔해. 날 죽일 셈인가?"

"보리 사탕은 아주 부드러워요." 맥크루스킨이 불룩한 입으로 어색하게 말했다. "아기에게도 주고 장에도 좋다니까요."

경사가 말했다. "단것을 조금이라도 먹는다면, 난 '카니발 모둠'을 먹을 걸세. **그게** 바로 사탕이지. 빨아 먹는 맛도 좋고 풍미가 기분을 북돋우고, 하나면 30분은 먹을 수 있거든."

"'감초 동전' 사탕 먹어 보셨습니까?" 맥크루스킨이 물었다.

"그건 안 먹어 봤네. 하지만 '4펜스 커피-크림 모둠'은 굉장히 맛있더군."

"'돌리 모둠'은 먹어 보셨어요?"

"아니."

"다들 '돌리 모둠'이 최고고, 앞으로도 그걸 뛰어넘지는 못할 거라고 하더군요. 정말 배가 아플 때까지 계속 먹을 수 있다니까요."

"그럴지도 모르지." 경사가 말했다. "그래도 건강이 허락한다면, 난 '카니발 모둠'으로 자네와 겨뤄 보겠네."

그들이 사탕에 대해 옥신각신하다가 초콜릿 바와 막대사탕으로 넘어갈 때, 바닥 밑에서 강한 압력이 느껴졌다. 압력에 변화가 있었고, 딸깍 소리가 두 번 들렸다. 경사가 맥크루스킨에게 '주-주브' 사탕과 젤리 사탕, 그리고 '터키시 딜라이트'에 관한 생각을 늘어놓으며 문을 열기 시작했다.

축 처진 어깨와 말라붙은 눈물 때문에 뻣뻣해진 얼굴로, 나는 리프트에서 돌로 된 작은 방으로 지친 발을 내디뎠고, 그들이 시계를 확인하기를 기다렸다. 나는 그들을 따라 울창한 덤불로 들어갔고, 그들이 나뭇가지의 공격에 맞서 싸울 때 뒤로 물러나 있었다. 나는 별로 개의치 않았다.

우리는 숨을 헐떡이고 손에 피를 흘리면서, 큰길의 풀 가장자리에 도착했다. 그제야 나는 이상한 일이 일어났다는 것을 깨달았다. 경사와 내가 여행을 시작한 지 두세 시간이 지났는데도, 시골 모습과 나무와 주변의 모든 소리는 아직도 새벽의 기운을 띠고 있었다. 사방에 말로 표현할 수 없는 이른 기운, 깨어나고 시작하는 느낌이 있었다. 아무것도 아직 자라거나 무르익지 않았고, 시작한 것은 끝나지 않았다. 노래하는 새는 아직 선율의 마지막 굽이를 돌지 않았다. 나타나고 있는 토끼는 꼬리를 드러내기 전이었다.

경사는 딱딱한 잿빛 도로 한중간에 기념비처럼 서서, 몸에서 작은 지푸라기를 조심스럽게 떼어 냈다. 맥크루스킨은 무릎 높이의 풀밭에서 허리를 숙이고 서서, 암탉처럼 몸을 세차게 털어 댔다. 나는 녹초가 되어 환한 하늘을 쳐다보며, 드높은 아침의 경이로움에 감탄하고 있었다.

준비를 마쳤을 때 경사는 엄지손가락으로 정중한 신호를 보냈고, 우리 둘은 함께 경찰 막사로 출발했다. 맥크루스킨은 뒤에 있었지만, 금세 조용한 자전거에 가만히 앉아서 소리 없이 우리 앞에 나타났다. 우리를 지나칠 때, 그는 아무 말도 하지 않았고, 숨결도 미동도 느껴지지 않았다. 그는 우리에게서 멀어져, 굽이진 곳이 조용히 그를 맞이할 때까지 완만한 언덕을 굴러 내려갔다.

경사와 걸을 때, 나는 여기가 어딘지, 길에서 무엇을 지나쳤는지, 그게 사람인지, 짐승인지, 아니면 집인지 알아차리지 못했다. 내 머릿속은 제비가 가까이서 날아다니는 담쟁이덩굴 같았다. 새들이 새까맣고 요란하게 하늘을 뒤덮듯이, 이런저런 생각들이 내 주위를 휙휙 날아다녔다. 그러나 어떤 생각도 내 머릿속으로 들어오거나 다가오지 않았다. 무겁게 닫히는 문의 딸깍 소리, 느슨한 잎사귀를 이끌고 재빠르게 튀어 오르는 나뭇가지의 윙윙 소리, 그리고 철판 위를 걷는 징 박힌 부츠의 쨍그랑 소리가 계속 귓가에 맴돌았다.

막사에 도착해서, 나는 그 무엇도, 그 누구도 신경 쓰지 않고, 곧장 침대로 가 누웠고, 깊고 단순한 잠에 빠졌다. 이 잠에 비한다면, 죽음은 안달복달, 평화는 야단법석, 어둠은 한바탕 터지는 빛이나 다를 바 없었다.

제9장

다음 날 아침 나는 창밖에서 들리는 큰 망치질[1] 소리에 잠에

---

1 르 클레르크는 (거의 잊혀진 『확장과 분석』에서) 드 셀비 변증법에서 망치질이 차지하는 중요성에 주목하고, 이 물리학자의 실험이 대부분 매우 소란스러웠다는 것을 보여 주었다. 불행히도 망치질은 항상 닫힌 문 뒤에서 이뤄졌고, 무엇을, 무슨 목적으로 망치질했는지는 어떤 평론가도 짐작조차 할 수 없었다. 아마도 인간이 만든 가장 섬세하고 깨지기 쉬운 도구일 그 유명한 물상자를 만들 때도 드 셀비는 육중한 석탄 망치 세 개를 박살 냈다고 알려져 있다. 또 그는 바닥 들보가 변형되고 천장이 파손됐다고 주장한 집주인(그 악명 높은 포터)과 볼썽사나운 법적 소송에 휘말리기도 했다. 그가 '망치 작업'에 상당한 중요성을 부여한 것만은 분명하다(『금빛 시간』 48~49쪽). 『문외한의 아틀라스』에서 그는 망치질의 본질에 관한 자신의 연구를 다소 모호하게 설명했다. 그는 공기가 미세한 풍선들로 이루어졌다고 보고, 격렬한 타격 소리가 '대기 풍선'을 터뜨렸기 때문이라는 과감한 생각을 펼쳤다. 그러나 이런 견해는 이후의 과학적 연구로 뒷받침되지 않는다. 다른 곳에서 그는 밤과 어둠의 본질을 논하면서, '공기 껍질', '공기 풍선', 그리고 '공기 주머니'의 팽창을 간단히 언급한다. 그의 결론은 '망치질은 겉보기와는 다르다'는 것이었다. 이런 진술은 명백하게 반박할 수는 없어도, 불필요하며 별 도움이 되지 않는 것 같다.

　해치조는 시끄러운 망치질이, 드 셀비가 자신의 진짜 실험을 드러낼 수 있는 소음을 가리기 위해 사용한 장치였다는 생각을 내놓았다. 바셋도 두 가지 유보 사항을 덧붙이기는 했지만, 이 시각에 동의했다.

서 깼다. 잠에서 깨자마자—이런 회상이 부조리한 역설이기는 하지만—내가 어제 다음 세상, 그러니까 저세상에 있었다는 사실이 떠올랐다. 반쯤 깬 채로 누워 있으니, 자연스럽게 내 생각은 드 셀비에게로 향했다. 다른 모든 위대한 사상가들과 마찬가지로, 그에게도 존재의 여러 주요 난제에 대한 길잡이가 되어 주리라는 기대가 있었다. 유감스럽게도 평론가들은 그가 남긴 방대한 저술의 보고에서, 영적 믿음과 실천에 관한 일관되고 응집력 있고 포괄적인 내용을 추출하는 데 성공하지 못했다. 그래도 천국에 관한 그의 생각은 자못 흥미롭다. 그 유명한 드 셀비 '코덱스'[2]의 내용 이외에도, 『시골 아틀라스』와 『컨

---

2 독자들이라면 이 아리송한 자필 원고와 관련된 소동을 이미 잘 알고 있을 것이다. (바셋이 그의 기념비적인 『드 셀비 개론』에서 처음 이름 붙인) '코덱스'는 2,000여 장의 큰 인쇄 용지 묶음으로, 양면에 손글씨가 빼곡히 쓰여 있다. 이 원고의 중요한 특징은, 단 한 글자도 알아볼 수가 없다는 것이다. 다른 곳보다 덜 난해해 보이는 구절을 해독하려는 논평가들의 시도마저도 엄청난 불일치를 보였는데, 이는 (의문의 여지가 없는) 어떤 구절의 의미가 아니라, 도출된 난센스의 유형에서 드러났다. 바셋이 "노년에 관한 통렬한 논문"으로 묘사한 어떤 구절을 (바셋의 전기 작가인) 헨더슨은 "어느 농장에서 양을 분만하는 과정을 그린, 추하지 않은 묘사"라고 한다. 솔직히 말해, 이런 불일치는 두 저자 모두의 평판을 높이는 데 그다지 도움이 되지 않는다.

해치조는 다시 위조설을 제기했는데, 이는 학문적 통찰력보다는 눈치 빠른 영리함을 보여 주는 것 같다. 그는 똑똑한 사람이 '그토록 조잡한 속임수'에 속을 수 있었다니 놀랍다고 주장했다. 흥미로운 언쟁이 벌어져, 바셋은 이 경솔한 발언에 근거를 대라고 하고, 해치조는 '코덱스'의 열한 페이지가 모두 '88'쪽으로 매겨져 있다고 대수롭지 않게 말했다. 바셋은 놀라서 독자적인 확인 작업을 했으나, 이 번호가 매겨진 페이지를 발견할 수는 없었다. 뒤이은 논쟁 끝에 놀라운 사실이 밝혀졌는데, 두 논평가 모두 '유일한 코덱스 진본'을 개인적으로 소장하고 있다고 주장한 것이다. 이 논쟁이 채 정리되기도 전에 또 다른 충격적인 일이, 이번에는 멀리 떨어진 함부르크에서 벌어졌다. 노르트도이체 출판사가 베일에 싸인 크라우스의 책을 출판했는데, 이 책은 '코덱

트리 앨범』의 소위 '실질적인' 부록에서 천국에 관한 주된 언

스' 진본에 기초한 정교한 주해를 표방했으며, 그 문서에 사용된 난해한 암호의 음역이 실려 있다고 했다. 설령 크라우스의 존재를 믿는다고 하더라도, 거창하게 '코덱스'라고 이름 붙은 이 책은 사랑, 인생, 수학 등등에 관한 유치한 격언 모음에 불과하며, 서툴고 비문법적인 영어로 쓰인 데다, 드 셀비 특유의 난해함과 모호함을 전혀 찾아볼수 없다. 바셋과 다수의 논평가는 이 특이한 책을 뒤 가르방디에의 또 다른 분노 표출로 치부하면서 들어 본 적도 없는 체했다. 사실, 바셋은 이 책이 나오기 여러 달 전에, 십중팔구는 의심스러운 방법으로, 이 책의 교정쇄를 이미 입수했다고 알려져 있는데도 말이다. 오직 해치조만 이 책을 무시하지 않았다. 그는 한 신문 기사에서, 크라우스의 '착오'가 외국인이 두 영어 단어, 즉 코드와 코덱스를 혼동한 데서 비롯되었다고 건조하게 지적했다. 또 그는 이 독일인의 책 및 유사한 '사기 행각'을 효과적으로 무력화시킬 '소책자'를 펴낼 계획을 밝혔다. 이 책이 나오지 못한 것은, 대체로 함부르크에서 크라우스가 꾸민 음모와 장시간에 걸친 대륙 간 소통 때문으로 알려져 있다. 어쨌거나 불쌍한 해치조는 다시 체포되었는데, 이번에는 자신의 출판사가 회사 책상의 부품 몇개를 훔쳤다는 절도 혐의로 그를 고소했기 때문이었다. 이 사건은 해외에서 익명의 증인들이 출석하지 않아서 연기되었다가 결국에는 기각되었다. 이 기상천외한 혐의에 근거가 없었다는 게 분명한데도, 해치조는 당국으로부터 어떤 보상도 받지 못했다.

'코덱스'와 관련한 상황이 만족스럽다고는 할 수 없으며, 시간이나 연구가 이 문서에 새로운 빛을 던져 줄 것 같지도 않다. '코덱스'는 읽을 수도 없을뿐더러, 진본임을 주장하는, 하나같이 무의미한 판본이 적어도 네 개나 존재하기 때문이다.

이 사건에서 재미있는 해프닝 하나가 온순한 르 클레르크에 의해 뜻하지 않게 벌어졌다. 그는 바셋의 권위 있는 『개론』이 출판되기 몇 달 전 '코덱스'에 관해 듣고 '코덱스'를 읽은 척 꾸며 냈다. 그는 『취르허 타게블라트(Zuercher Tageblatt)』에 실은 글에서, '예리함', '설득력 있는 새로운 주장', '신선한 시각' 등등을 거론하면서 모호한 평을 내놓았다. 이후 그는 이 글을 부인한 후, 해치조에게 개인적으로 편지를 보내 그것을 위조로 비난해 달라고 부탁했다. 해치조의 답장은 남아 있지 않다. 그러나 그는 불운한 '코덱스'와 관련된 속임수에 더는 가담하지 않겠다면서, 이 부탁을 따뜻하게 거절한 것으로 여겨진다. 이 문제에 뒤 가르방디에가 어떤 공헌을 했는지는 따로 언급할 필요가 없을 것이다. 그는 『라브니르(l'Avenir)』에 실은 글 한 편으로 만족했는데, 이 글에서 자기가 '코덱스'를 해독했다고 주장했다. 그 책이 음란한 수수께끼, 성적인 모험담 및 에로틱한 사색을 담고 있으며, "너무 한심해서 대략적으로라도 반복할 수 없다"는 것을 알게 됐다는 것이다.

급을 찾아볼 수 있다. 그는 행복한 상태는 '물과 무관하지 않으며', '완전히 만족스러운 상황에 물이 없는 경우는 거의 없다'고 간단히 말한다. 그는 물과 관련된 이 낙원을 더 자세히 정의하지는 않고, 다른 곳에서 이 주제를 더 상세하게 다루었다고만 언급한다.[3] 불행히도, 비 오는 날이 건조한 날보다 더 즐겁다는 뜻인지, 아니면 긴 목욕이 마음의 평화를 얻는 믿을 만한 방법이라는 뜻인지 명확하지 않다. 그는 물의 평형, 포용성, 균등성, 공평함을 높이 평가하고, '남용되지만 않으면'[4] 물은 '절대적인 우월성'을 가질 수 있다고 선언한다. 이것 말고는, 모호하고 본 사람도 없는 그의 실험에 관한 기록밖에 남아 있지 않다. 이 기록은 지방 당국이 물 낭비에 대해 연달아 제기한 기소에 관한 것이다. 한 심리에서 그가 하루에 9천 갤런을, 또 다른 경우에는 일주일에 거의 8만 갤런을 사용했다는 사실이 드러났다. 여기서 '사용했다'는 단어가 중요하다. 지방 공무원들이 하루에 도로 수도관에서 이 집으로 들어가는 물의 양을 확인하고 호기심에 하수구를 지켜봤다고 한다. 그들은 **막대한 양의 물이 들어갔는데도, 단 한 방울도 집에서 나오지 않았다**는 놀라

---

3 '코덱스'에 관한 언급으로 생각된다.

4 물론, 물 '남용'이 무엇을 의미하는지는 설명되어 있지 않다. 하지만 이 학자가 물을 '희석'할 만족스러운 방법을 찾느라 수개월을 보냈다는 사실은 주목할 만하다. 그는 자신이 시도하려는 여러 새로운 사용법에는 물이 '너무 강하다'고 주장했다. 바셋은 드 셀비 물상자가 바로 이런 목적으로 고안되었다고 주장하면서도, 그 섬세한 기계가 어떻게 작동했는지는 설명하지 못한다. 너무 많은 황당한 임무가 이 불가사의한 기계에 부여되었기 때문에(크라우스의 황당무계한 소시지 이론을 보라), 바셋에게 권위가 있다고 해서 그의 추측에 지나친 무게를 두어서는 안 될 것이다.

운 사실을 발견했다. 논평가들은 이 통계에 열렬히 달려들었지만, 여느 때처럼 해석은 갈렸다. 바셋의 견해로는, 물이 특수 물상자에서 처리되고 희석되어, 하수도를 본 문외한에게는—어쨌든 물의 모습으로는—보이지 않았을 거라고 한다. 이와 관련해서는, 해치조의 이론이 조금 더 일리가 있다. 그는 물이 끓어서, 아마 물상자를 통해 미세한 증기 분출물로 변환되었고, 위 창문을 통해 밤에 방출됐다고 본다. 이렇게 해서, 대기의 '껍질' 혹은 '공기 주머니'에 묻은 검은 '화산' 얼룩을 씻어 내고, 혐오스럽고 '비위생적인' 밤을 없애려고 했다는 것이다. 억지스러워 보이는 이론이지만 이 과학자가 40실링의 벌금형을 받았던 이전 재판을 떠올리면 의외로 설득력이 있다. 물상자를 만들기 2년 전쯤 있었던 이 사건에서, 드 셀비는 밤에 집 위쪽 창문에서 소방 호스를 작동해 여러 행인을 홀딱 젖게 한 혐의를 받았다. 또 다른 사건에서[5] 그는 물을 모았다는 특이한 혐의를 받았다. 경찰은 욕조에서부터 장식용 달걀 컵 세트 세 개에 이르기까지, 그의 집에 있는 모든 용기에 액체가 그득했

5 드 셀비가 휘말린 많은 사소한 소송들은 거의 한결같이, 위대한 정신이 둔한 일반인의 평범한 지성을 상대해야 할 때 당하는 굴욕의 예를 보여 준다. 물 낭비에 관한 재판에서 재판부는 피고인이 "그렇게 무절제하게 목욕을 계속해야만 한다면," 어째서 산업용 미터 요율을 이용하지 않았느냐는 어리석은 질문을 하고야 말았다. 드 셀비의 유명한 반론이 나온 것은 바로 이때였다. 그는 "천국이 도시 상수도 용량의 제약을 받는다거나, 인간의 행복이 네덜란드의 노예 노동자가 제조한 수도계량기의 제한을 받는다는 시각을 쉽게 받아들일 수는 없다"고 했다. 이후 실시된 강제 진찰이 오늘날까지도 의료계의 공로로 평가될 만큼 계몽적이었다는 점은 다소 위안이 된다. 드 셀비는 아무 조건없이 완전하게 석방되었다.

다고 증언했다. 또 그 학자가 천상의 물 연구에서 중요한 통계를 찾다가 실수로 익사할 뻔했다는 이유만으로, 자살 미수라는 날조된 혐의가 적용되기도 했다.

당시 신문을 보면, 물에 관한 그의 탐구에 갈릴레오 이후로 유례를 찾기 힘든 박해와 법적인 괴롭힘이 따랐던 게 분명하다. 여기에 책임 있는 하수인들은 그들의 잔인하고 야만적인 계략 때문에, 후손들이 이런 실험의 의미를 명확히 기록한 자료를 갖지 못하게 되었다는 것에서 약간의 위안을 얻을지도 모르겠다. 어쩌면 그것은 우리가 겪는 세상의 고통과 불행을 상당 부분 없애 줄 신비로운 물 학문의 입문서가 될 수도 있었는데 말이다. 이 주제에 관한 드 셀비의 연구에서 남은 거라고는 사실상 그의 집밖에 없다. 마음이 더 연약한 새로운 세대가 수도관을 잠가 두기는 했지만, 이 집의 수많은 수도꼭지가[6] 아직 그대로 남아 있다.

물? 이 단어는 뇌리에서만 맴돈 것이 아니라 귀에도 들려왔

---

6 해치조는 (매우 유용한 『드 셀비 변증법 개요』에서) 이 집을 "세상에서 수도 파이프가 가장 많은 건물"로 묘사했다. 심지어 거실에도 대략 열 개가 넘는 농가 수도꼭지가 있었다. 일부는 아연 물받이 통과 같이 있었고, 일부는 (천장이나 벽난로 근처 개조된 가스관에서 튀어나온 것처럼) 맨바닥을 향하고 있었다. 계단에도 3인치짜리 수도관이 난간을 따라 고정되어 있었고, 1피트 간격으로 수도꼭지가 달려 있었다. 계단 아래와 생각할 수 있는 온갖 숨길 곳에, 물탱크와 저장탱크가 정교하게 늘어서 있었다. 가스관조차도 이 급수 시설과 연결되어 있어서, 불을 켜려고 하면 물이 세차게 뿜어져 나왔다.

이에 대해, 뒤 가르방디에는 가축 우리와 관련된 거칠고 냉소적인 발언을 참지 못했다.

다. 비가 창문에 내리치기 시작했다. 가볍고 상냥한 비가 아니라, 유리창에 세차게 튀기는 크고 성난 빗방울이었다. 하늘은 잿빛인 데다 폭풍우가 몰아쳤으며, 그 속에서 억센 깃털로 바람을 가르며 고군분투하는 야생 거위와 오리 들의 거친 외침이 들려왔다. 검은 메추라기는 은신처에서 날카롭게 울어 댔고, 불어난 시냇물은 미친 듯이 재잘대며 흘러내렸다. 나무들도 빗속에서 모나게 굴며 성질이 고약해지고, 바위도 차갑게 번득이리라는 걸 알 수 있었다.

바깥에서 큰 망치질 소리만 들리지 않았다면, 나는 바로 다시 잠을 청했을 것이다. 나는 일어나 차가운 바닥을 딛고 창가로 갔다. 어깨에 자루를 둘러맨 남자가 막사 마당에서 망치질하며 나무 틀을 세우고 있었다. 그는 얼굴이 붉고 팔이 건장했으며, 큰 걸음으로 뻣뻣하게 절뚝거리며 일하고 있었다. 입에는 못을 가득 물고 있었는데, 콧수염 그림자 밑에서 강철 송곳니가 뾰족하게 곤두선 것처럼 보였다. 그는 못을 하나씩 꺼내 젖은 나무에 정확하게 박았다. 남자는 기둥을 세게 시험해 보다가 그만 망치를 떨어뜨리고 말았다. 그는 어색하게 몸을 숙여 망치를 집어 들었다.

눈치챈 거 없어?

없어.

망치 말이야.

평범해 보이는데. 그게 뭐 어쨌다는 거야?

눈이 멀었어? 발에 떨어졌잖아.

그래서?

그런데 눈 하나 깜짝하지 않았잖아. 기색만 봐서는 깃털 하나가 떨어진 것 같았어.

여기서 나는 말뜻을 알아차리고 날카로운 소리를 내질렀다. 나는 곧장 창문을 밀어 올린 후, 험악한 날씨 속으로 몸을 내밀고 흥분해서 그를 불렀다. 그는 호기심 어린 표정으로 나를 쳐다보더니, 의아한 듯 친근하게 얼굴을 찡그리며 다가왔다.

"이름이 뭡니까?" 내가 그에게 물었다.

"오페르사예요. 둘째지요." 그가 대답하고, 뒤이어 말했다. "이리 나와서 비 오는 날 목공 작업 좀 도와주시겠어요?"

"다리가 나무인가요?"

대답 대신 그는 왼쪽 허벅지를 망치로 세게 내리쳤다. 소리가 빗속에서 공허하게 울려 퍼졌다. 그는 자기가 낸 소리를 유심히 듣는 시늉을 하며, 우스꽝스럽게 손을 귀에 갖다 댔다. 그러고는 미소 지었다.

"높은 교수대를 만드는 중이이에요. 땅이 고르지 않은 곳에서는 힘든 작업이죠. 솜씨 좋은 조수의 도움이 필요해요." 그가 말했다.

"마틴 피누케인을 아시나요?"

그는 한 손을 들어 거수경례하고는 고개를 끄덕였다.

"거의 친척이나 마찬가지예요." 그가 말했다. "완전히 친척은 아니지만요. 제 사촌과 가깝게 지냈는데, 결혼은 하지 않았죠. 그럴 겨를이 없었답니다."

여기서 내가 다리를 벽에 세게 부딪쳤다.

"들으셨어요?" 내가 그에게 물었다.

그는 깜짝 놀라 내 손을 잡고, 형제처럼 충실한 모습으로 왼쪽인지 오른쪽인지 물었다.

어서 쪽지를 써서 도움을 요청해. 허비할 시간이 없어.

나는 즉시 그렇게 했다. 마틴 피누케인에게 내가 교수대에서 목이 졸려 죽기 전에 구하러 오라고, 부디 서두르라고 당부했다. 그가 약속한 대로 와 줄지는 알 수 없었다. 하지만 지금처럼 위험한 때에는 무엇이든 시도할 가치가 있었다.

나는 오페르사 씨가 안개 사이로 서둘러 멀어져, 들판에 휘몰아치는 매서운 바람을 헤치며 조심스럽게 걸음을 옮기는 것을 보았다. 그는 고개를 숙이고, 어깨에는 자루를 매고, 마음은 결의로 가득 차 있었다.

침대로 돌아간 나는 불안을 떨쳐 내려고 애썼다. 그의 형제가 가족 자전거를 타고 외출하지 않았기를 기도했다. 외다리 남자들의 대장에게 내 메시지를 빨리 전하려면 자전거가 필요할 것이다. 그리고 나는 내 안에서 희망이 간간이 불붙는 것을 느끼며 다시 잠 속으로 빠져들었다.

제10장

다시 잠에서 깼을 때, 두 가지 생각이 서로 달라붙어 있는 것처럼 한꺼번에 머릿속에 떠올랐다. 어느 생각이 먼저였는지는 확실하지 않았고, 둘을 따로 떼어 내 생각하기도 어려웠다. 하나는 날씨에 대한 행복한 생각으로, 찌푸렸던 날씨가 갑자기 화창해졌다는 것이다. 또 다른 생각은, 어쩌면 같은 날이 아니라 전혀 다른 날이 되었고, 심지어 궂은날의 다음 날조차 아닐지 모른다는 것이었다. 나는 그 문제를 결정할 수 없었고, 결정하려고 하지도 않았다. 대신 누워서 여느 때처럼 창밖을 내다보았다. 어느 날이었든지 간에, 날은 온화했다. 포근하고 마법 같고 때 묻지 않은 날이었다. 잔잔한 물 위를 떠다니는 위엄 있는 백조들처럼, 평온하고 범접할 수 없는 흰 구름이 높은 하늘에서 위대한 항해를 하고 있었다. 태양도 가까이에서, 살아 있지 않은 사물들의 면면을 물들이고 살아 있는 것들의 마음을 들뜨게 하면서, 슬그머니 자기 매력을 나누어 주었다. 하늘은 가깝지도 멀지도 않고, 거리를 느낄 수 없이 온통 옅은 푸른색이었다. 나는 하늘을 바라보고 꿰뚫어 보고 그 너머를 응시하며, 허공의 섬세한 자태를 한없이 더 또렷하고 더 가까이 볼 수 있었다. 가까이서 새 한 마리가 독창했고, 어두운 울타리 안에서 영리한 지빠귀가 자기 언어로 감사를 표했다. 나도 귀 기울여 들으며 전적으로 동의했다.

다른 소리가 근처 부엌에서 들려왔다. 경찰관들이 뭘 하는지는 몰라도 부산스럽게 움직이고 있었다. 큰 부츠 한 켤레가 바닥을 가로질러 쿵쿵거리며 걸어갔다가, 잠시 멈춘 후 쿵쿵 돌아왔다. 다른 한 켤레는 다른 곳으로 쿵쿵대며 걸어가서, 좀 더 오래 머물렀다가, 무거운 물건을 옮기기라도 하는지 무겁게 쿵쿵대며 다시 돌아왔다. 그리고 부츠 네 짝이 뭉쳐 함께 앞문으로 멀어지며 쿵쿵거리더니, 곧이어 길에 물줄기를 길게 뿌렸고, 물이 크게 한 덩이로 날아가 마른 땅에 철퍼덕 떨어졌다.

나는 일어나 옷을 입기 시작했다. 창문을 통해 원목 교수대가 하늘 높이 우뚝 솟아 있는 것이 보였다. 그것은 오페르사가 비를 뚫고 차분하게 길을 나서기 전에 남겨 둔 그대로가 아니었다. 교수대는 어두운 운명을 맞이할 준비를 완벽하게 마쳤다. 그 광경을 보고, 나는 울지도 않았고 한숨을 짓지도 않았다. 그냥 슬프다는, 너무나 슬프다는 생각이 들었다. 구조물 버팀대 사이로 아름다운 시골 경치가 보였다. 교수대 꼭대기에서 보는 경치는 어느 날이나 장관이겠지만, 오늘은 공기가 깨끗해서 아름다운 경치가 5마일은 늘어날 것이었다. 눈물이 날까 봐, 나는 옷 입는 데 특별히 집중하기 시작했다.

내가 거의 준비를 마쳤을 때, 경사가 아주 조심스럽게 문을 노크하고 매우 정중하게 들어와 아침 인사를 건넸다.

"다른 침대에서 누가 주무신 것 같군요." 내가 말문을 열었다. "경사님인가요, 아니면 맥크루스킨인가요?"

"폭스 순경일 겁니다. 맥크루스킨과 저는 여기서 자지 않아요. 대가가 너무 크거든요. 그랬다가는 일주일 안에 죽게 될 테니까요."

"그럼 어디서 주무세요?"

"저 아래…… 저기…… 저 너머에서요."

그는 갈색 엄지손가락으로 내 시선이 향해야 할 방향을 가리켰다. 길을 따라 내려가면 숨겨진 왼쪽 갈림길이 나오고, 문과 화덕이 가득한 천국으로 이어지는 쪽이었다.

"어째서요?"

"수명을 지키기 위해서지요. 저 아래에서는 자고 나와도 자러 갈 때처럼 젊고, 잠든 사이에 늙지 않으니까요. 양복이나 부츠는 믿을 수 없을 만큼 오래가고, 옷을 벗을 필요도 없고요. 그게 맥크루스킨을 매료시키는 거죠. 그것과 면도를 안 하는 것이요." 그는 동료 생각에 다정하게 웃었다. "재밌는 재주꾼이죠." 그가 덧붙였다.

"폭스는요? 그 사람은 어디서 지내나요?"

"아마 저 너머에서요." 그가 다시 왼쪽으로 몸을 홱 돌렸다. "낮에는 저기 어디 있을 텐데, 거기 있는 걸 본 적은 없어요. 어쩌면 다른 집의 또 다른 천장에서 찾은 특이한 구역에 있을지도 모르죠. 사실 레버 수치가 지나치게 올라가는 걸 봐서는, 업무에 무단 간섭이 있는 것 같기도 하거든요. 그는 아주 제정신이 아니에요. 확실히 특이한 성격에다, 통제할 수 없이 제멋대로지요."

"그런데 그 사람은 어째서 여기서 자나요?" 나는 이 유령 같은 사람이 밤사이 나와 같은 방에 있었다는 것이 전혀 유쾌하지 않았다.

"다 쓰고 모조리 풀어내기 위해서지요. 그걸 전부 영원히 안 쓴 채 갖고 있지 않으려고요."

"무엇을요?"

"수명을요. 그는 근무 시간이든 초과 시간이든 최대한 많이, 최대한 빨리 없애서 가능하면 빨리 죽고 싶어 하거든요. 맥크루스킨과 나는 더 현명해서, 아직 자신인 것이 지겹지 않아요. 그래서 수명을 아끼는 거고요. 폭스는 저 길에서 오른쪽으로 꺾는 길이 있다고 믿고 그걸 찾는 것 같아요. 그걸 찾으려면, 죽어서 피에서 왼쪽 성질을 다 없애야 한다는 생각이지요. 나는 오른쪽 길이 있다고 믿지 않아요. 그런 게 있다면, 밤낮으로 판독값을 관리하는 데만 혈기 왕성한 남자 십여 명은 있어야 할 거예요. 잘 아시다시피, 오른쪽은 왼쪽보다 훨씬 더 까다로우니까요. 오른쪽에 함정이 얼마나 많은지 알면 놀랄 겁니다. 오른쪽에 대해서는 이제 막 알기 시작하는 단계인데, 부주의한 사람들에게 그보다 더 기만적인 건 없지요."

"전 몰랐어요."

경사는 놀라 눈을 크게 떴다.

"평생 한 번이라도 자전거를 오른쪽에서 올라탄 적이 있나요?" 그가 물었다.

"아니요."

"왜요?"

"모르겠어요. 한 번도 생각해 보지 않았어요."

그는 너그럽게 웃었다.

"거의 풀 수 없는 팬케이크지요." 그가 미소 지었다. "알 수 없는 가능성으로 가득한 수수께끼, 참 난감한 문제예요."

그는 침실에서 부엌으로 나를 안내했다. 탁자에는 나를 위해 김이 모락모락 나는 귀리죽과 우유가 차려져 있었다. 유쾌하게 그것을 가리킨 그는, 한 숟가락 가득 떠서 입에 가져가는 시늉을 한 후, 세상의 진미 중에서도 최고로 맛있는 걸 먹기라도 하는 것처럼 입술로 후루룩 소리를 냈다. 그러고는 꿀꺽 삼킨 후, 불그레한 손을 황홀하게 배에 얹었다. 이런 격려에, 나는 앉아서 숟가락을 들었다.

"그런데 폭스는 어쩌다 미쳤나요?" 내가 물었다.

"그거야 알려 드리지요. 맥크루스킨의 방 벽난로 선반에 작은 상자가 있어요. 이야기인즉, 어느 6월 23일 맥크루스킨이 자전거를 조사하러 자리를 비웠는데, 폭스가 들어가서 궁금증을 참지 못해 상자를 열고 안을 들여다봤다고 하더군요. 그날부터 지금까지……."

경사는 머리를 절레절레 흔들고 손가락으로 이마를 세 번 두드렸다. 귀리죽이 부드러웠는데도, 나는 이 손가락 소리에 목이 멜 뻔했다. 그것은 손톱으로 빈 깡통 물뿌리개를 두드리는 것처럼, 가벼운 쇳소리가 섞인 크고 공허한 울림이었다.

"상자 안에 뭐가 있었나요?"

"그건 쉽게 말할 수 있어요. 담배 카드* 크기만 한 골판지로 만든 카드랍니다. 더 좋지도 더 두껍지도 않고요."

"알겠어요." 내가 말했다.

나는 알지 못했다. 하지만 나는 느긋한 무관심이 경사를 자극해 설명을 부추기리라 확신했다. 경사는 식탁에서 묵묵히 먹고 있는 나를 이상하다는 듯 조용히 쳐다봤다. 그리고 그의 설명이 이어졌다.

"색깔이에요." 그가 말했다.

"색깔이요?"

"어쩌면 아닐 수도 있고요." 그는 당혹스러운 표정으로 생각에 잠겼다.

나는 가볍게 묻는 듯한 눈길로 그를 쳐다봤다. 그는 생각에 잠겨 얼굴을 찡그리더니, 천장 구석을 올려다봤다. 마치 자신이 찾는 단어들이 색색의 불빛으로 거기 매달려 있기를 기대하는 듯했다. 이런 생각이 떠오르자, 나도 반쯤은 단어들을 기대하면서 위를 힐끗 올려다보았다. 하지만 단어들은 없었다.

"카드는 빨간색은 아니었어요." 마침내 그가 미심쩍어하면서 말했다.

"초록색인가요?"

"초록은 아닙니다. 아니에요."

"그럼 무슨 색깔인가요?"

"사람 머릿속에 있는 색깔이 아니었어요. 눈으로 본 적 있는 그 어떤 색과도 같지 않았어요. 그건…… 달랐어요. 맥크루스킨은 파란색도 아니라고 하는데, 그 말이 맞을 겁니다. 파란 카드가 사람 혼을 빼놓을 리 없잖아요. 파란색은 자연스러우니까요."

"가끔 달걀에서 그런 색을 봤어요." 내가 말했다. "이름 없는 색깔 말이에요. 어떤 새들이 낳은 알은 너무 미묘해서 눈 말고는 어떤 도구로도 알아차릴 수 없는 색조를 띠고 있지요. 말은 거의 존재하지 않는 그런 것에 굳이 소리를 찾아 주려고 애쓰지 않잖아요. 말하자면, 초록빛이 감도는 완벽한 흰색이랄까요. 그게 그런 색이었을까요?"

"아닐 겁니다." 경사가 곧바로 대답했다. "새들이 사람 정신을 빼놓는 알을 낳는다면, 들판에 곡식이 남아 있지 않을 테니까요. 들판마다 허수아비들만 집회라도 하는 양 북적이고, 산비탈에는 허수아비 수천 개가 중절모를 쓰고 모여 서 있지 않겠어요? 그건 완전히 미친 세상이지요. 사람들은 길에 자전거를 뒤집어 세워 두고, 페달을 밟아 기계적으로 새들을 교구에서 쫓아내려고 할 거예요." 그는 질색하며 이마를 만졌다. "그건 아주 부자연스러운 팬케이크가 되겠죠." 그가 덧붙였다.

이 새로운 색깔이 좋지 않은 대화 주제라는 생각이 들었다.

그것의 새로움이 너무 새로운 나머지 사람 머리가 놀란 충격으로 멍청해졌다는 것이다. 그 정도면 충분히 알았고, 믿기에도 꽤 충분했다. 나는 있을 법하지 않은 이야기라고 생각했지만, 금이나 다이아몬드를 준다고 해도 침실에 있는 그 상자를 열어 안을 들여다보지는 않을 것이다.

경사의 눈가와 입가가 즐거운 회상으로 주름졌다.

"여행하다가 앤디 가라 씨를 만났습니까?" 그가 내게 물었다.

"아니요."

"그 사람은 항상 혼자 웃고 있어요. 밤에 잘 때도 조용히 웃고, 길에서 사람을 만나면 크게 폭소를 터뜨리는데, 굉장히 기운이 빠지는 광경이라서 예민한 사람에게는 아주 해롭지요. 이 모든 게 맥크루스킨과 내가 자전거 분실 조사를 하던 어느 날로 거슬러 올라간답니다."

"그래서요?"

"십자형 프레임 자전거였어요." 경사가 설명했다. "그런 사건 신고는 매일 있는 일이 아니에요. 사실 굉장히 드문 일이라, 그런 자전거를 찾는다는 건 영광이지요."

"앤디 가라의 자전거인가요?"

"앤디의 것은 아니에요. 당시 앤디는 정신은 있었지만, 호기심도 많은 사람이었어요. 우리를 보낸 뒤, 영리한 일을 해 볼 생각을 했지요. 그는 대놓고 법을 어기고 여기 막사에 침입했어요. 귀한 시간을 써 가며, 창문을 판자로 막아 맥크루스킨의 방을 밤처럼 깜깜하게 만들었죠. 그런 다음 상자에 몰두했어요. 들여다보지는 못해도 상자 속 감촉이 어떤지 알고 싶었던 거예요. 그는 손을 집어넣더니, 크게 웃음을 터뜨렸어요. 굉장히 즐거웠던 게 분명해요."

"감촉이 어땠나요?"

경사는 어깨를 크게 으쓱였다.

"맥크루스킨은 매끈하지도 거칠지도, 모래알 같지도 벨벳 같지도 않다고 하더군요. 쇠처럼 차가울 거라는 생각은 오산이고, 담요 같을 거라는 생각도 착각이고요. 오래된 습포제의 눅눅한 빵* 같을까 싶었지만, 맥크루스킨은 그게 바로 세 번째 착각이라고 했어요. 그렇다고 해서 그릇에 가득 담긴 마른 완두콩 같지도 않고요. 모순된 팬케이크였던 게 분명해요. 살짝 끔찍하지만, 그것만의 기묘한 매력이 없지 않은."

"암탉 날개 밑 깃 같은 감촉 아닌가요?" 내가 예리하게 물었다. 경사는 멍하니 고개를 가로저었다.

"하지만 십자형 프레임 자전거가 없어진 건 놀라운 일이 아니에요." 그가 말했다. "아주 뒤죽박죽된 자전거였거든요. 바버리라는 사람이 덩치가 큰 아내와 함께 썼는데, 바버리 부인을 한 번이라도 본 사람에게는 따로 이런 설명을 할 필요도 없지요."

그는 마지막 짧은 단어를 내뱉다 말고 멈추더니, 눈을 부릅뜨고 탁자를 쳐다보았다. 나는 식사를 마치고 빈 그릇을 밀쳐 뒀었다. 재빨리 그의 시선을 따라가 보니, 그릇이 있던 자리에 작은 종이가 접힌 채 놓여 있었다. 경사가 소리를 지르며 놀랍도록 가볍게 튀어 올라 종이를 낚아챘다. 그는 창가로 가서 종이를 펼치고, 잘 안 보이는지 멀찍이 들어 올렸다. 그는 한동안 어리둥절하고 창백한 얼굴로 종이를 응시했다. 그러더니 창밖에 시선을 고정한 채, 내게 종이를 던져 주었다. 나는 그것을 집어 들어 휘갈겨 쓴 메시지를 읽었다.

"외다리 남자들이 죄수를 구하러 오는 중. 발자국 계산 결과 일곱 명으로 추정. 이상 보고 드림. ― 폭스."

내 안에서 심장이 미친 듯이 뛰기 시작했다. 경사를 보니, 그는 여전히 눈을 부릅뜬 채 5마일은 족히 떨어진 저 너머에 있는 대낮의 한가운데를 응시하고 있었다. 그는 가볍게 구름 긴 하늘과 비할 데 없는 시골의 갈색, 초록색, 흰 바위 색의 완벽함을 영원히 기억하려는 사람 같았다. 나는 들판을 구불구불 가로지르는 샛길을 따라, 내 진정한 형제 일곱 명이 다리를 절뚝거리고 튼튼한 지팡이를 함께 움직이며, 나를 구하려고 발길을 재촉하는 모습을 마음속으로 볼 수 있었다.

경사는 시선을 여전히 5마일 너머에 고정한 채, 기념비처럼 서 있던 자세를 살짝 움직였다. 그러고는 내게 말을 건넸다.

"나가서 한번 살펴보는 게 좋겠군요. 필수적이고 피할 수 없는 지경이 되기 전에, 필요한 일을 해 두는 게 좋으니까요."

그가 이 단어들에 입힌 소리는 놀랍고 낯설었다. 말 한마디 한마디가 자그마한 방석 위에 놓인 듯, 부드럽고 다른 단어들과 멀찍이 떨어져 있었다. 그가 말을 멈추자 포근하고 매혹적인 침묵이 흘렀다. 이해할 수 없을 만큼 황홀한 음악의 마지막 선율이, 없어진 걸 제대로 알아차리기 한참 전에 이미 사그라들고 사라져 버린 것 같았다. 그는 앞장서 마당으로 나갔고, 나는 머릿속에 어떤 생각도 없이 넋을 잃고 그를 뒤따랐다. 이윽고 우리 둘은 침착하게, 서두르지 않는 걸음으로 사다리를 올라갔고, 돛처럼 솟은 막사의 박공 옆 높은 곳에 서 있었다. 높은 교수대에 우리 둘은, 나는 희생자, 그는 사형 집행인으로 함께 섰다. 나는 사방을 멍하니 하지만 유심히 바라봤고, 한동안 서로 다른 것들 사이의 차이를 보지 못한 채, 변함없이 똑같은 것을 구석구석 꼼꼼히 살펴보았다. 곁에서 다시 중얼거리는 그의 목소리가 들렸다.

"어쨌든 날씨는 좋군요."

이제 공중에서, 또 야외에서 들으니, 그의 말에는 또 다른 포근하고 숨 막힐 듯한 둥근 느낌이 있었다. 그의 혀에 솜털 가시라도 깔린 것 같았다. 그의 말은 거품 방울처럼 가볍게 흘러나왔고, 아주 보드라운 공기 중에 홀씨에 실려 오는 조그만 것들처럼 내게 날아왔다. 나는 나무 난간으로 가서 무거운 손을 얹고, 손의 미세한 솜털을 서늘하게 스치는 산들바람을 오롯이 느꼈다. 땅 위 높은 곳에서 부는 산들바람은 사람 얼굴 높이에서 부는 것과는 다르다는 생각이 들었다. 이곳 공기는 더 새롭고, 더 초자연적이고, 천국과 더 가깝고, 땅의 영향을 덜 받는다. 이 위에서는 하루하루가 늘 똑같으며, 항상 고요하고 서늘

할 것 같았다. 바람의 띠가 인간의 땅을 우주의 이해할 수 없는 광대함으로부터 떼어 놓을 것이다. 여기서는 폭풍우가 몰아치는 어느 가을 월요일에 내 얼굴을 스치는 억센 잎사귀도, 강풍에 윙윙거리는 벌도 없을 것이다. 나는 슬프게 한숨을 내쉬었다.

"높은 곳을 찾는 사람은 이상한 깨달음을 얻게 되는군요."
내가 중얼거렸다.

내가 왜 이런 이상한 말을 했는지는 모르겠다. 내 말도 숨결이 없는 것처럼 보드랍고 가벼웠다. 경사가 내 뒤에서 굵은 밧줄로 작업하는 소리가 들렸는데, 등 뒤가 아니라 거대한 홀 저쪽 끝에 있는 것 같았다. 그의 목소리가 바닥을 알 수 없는 계곡을 가로질러 나지막이 메아리치듯 들려왔다.

"관측을 하려고 풍선을 타고 하늘 높이 올라간 남자 이야기를 들은 적이 있습니다. 매력이 넘쳤지만, 독서에 아주 미친 사람이었죠. 사람들은 망원경으로 봐도 그가 완전히 안 보일 때까지 밧줄을 풀었답니다. 최고 수준의 관찰을 위해, 이후에도 밧줄을 10마일이나 더 풀었다고 해요. 시간이 되어 사람들이 다시 풍선을 당겼는데, 놀랍게도 바구니에 사람이 없었다는 겁니다. 그 후에도, 살아서든 죽어서든 시체도 발견되지 않았고요."

여기서 나는 고개를 치켜들고 두 손은 아직 나무 난간에 얹은 채 허탈한 웃음소리를 내고 말았다.

"하지만 사람들이 영리하게도, 보름 후에 다시 풍선을 올려

보냈다가 두 번째로 다시 끌어 내렸어요. 그런데 세상에나, 그 남자가 털끝 하나 다치지 않고 바구니에 앉아 있더랍니다. 믿기 어렵겠지만요."

나는 다시 소리를 냈고, 마치 내가 주요 발표자인 공개회의에서 구경꾼이 된 것처럼 내 소리를 들었다. 나는 경사의 말을 들었고 속속들이 이해했다. 하지만 그의 말보다 더 의미심장한 것은, 공기 중에 항상 들끓고 있는 선명한 소리, 이를테면 멀리서 들리는 갈매기 울음소리, 산들바람이 불 때의 떨림, 언덕 아래로 떨어지는 물소리 같은 것이었다. 죽은 사람들이 가는 지하 세계로 나도 곧 가게 될 것이다. 그리고 어쩌면 건강하게, 온갖 인간적인 혼란에서 자유롭고 순수해져서 거기서 다시 돌아올지도 모른다. 어쩌면 나는 4월에 부는 한 줄기 바람의 선선함, 혹은 꿋꿋하게 흐르는 강줄기의 본질적인 일부분이 될 수도 있다. 아니면 멀리 푸른 곳에 영원히 자리 잡고 마음을 압도하는 높은 산의 변치않는 완벽함에 관여하게 될지도 모르겠다. 아니면 참을 수 없이 숨 막히는 샛노란 날 풀숲의 움직임 같은 더 작은 것, 제 할 일로 분주한 눈에 띄지 않는 어떤 존재가 나로 인한 것이거나 내가 중요한 역할을 한 것일 수도 있으리라. 그것도 아니면, 저녁을 아침과 구분해 주는 헤아릴 수 없는 차이, 완성되고 무르익은 하루의 냄새와 소리와 광경, 이런 것들에 내 개입이나 나의 지속적인 현존이 연루되어 있을 수도 있다.

"그래서 사람들은 그가 어디 있었는지, 어째서 바로 돌아오지 못했는지 물었지요. 그는 속 시원하게 대답해 주지 않고 앤디 가라처럼 웃음을 터뜨렸어요. 그리고 집에 가서 틀어박혀 지냈지요. 어머니에게는 누가 와도 자기가 집에 없고 손님 방문이나 접대를 사절한다고 말하도록 일러뒀고요. 사람들은 굉장히 화를 내고, 심지어 법의 테두리를 넘어설 정도로 흥분했어요. 그들은 회의를 열고 이 남자만 빼고 모두가 참석한 가운데, 다음 날 엽총을 꺼내 그 남자 집으로 쳐들어가기로 했답니다. 가서 엄중하게 위협하고 그를 묶은 후, 부지깽이를 불에 달궈 하늘에 올라가 있을 때 무슨 일이 있었는지 실토하게 만들기로 했지요. 이게 바로 당신들이 말하는 법과 질서고, 민주적 자기 통치에 대한 훌륭한 고발이며, '자치'*에 대한 멋진 논평이랄 수 있지요."

어쩌면 나는 물속에 퍼져 있는 어떤 힘, 저 멀리 바다에서 온 무언가, 아무도 모르고 본 적 없는 태양과 빛과 물의 어떤 배열, 아주 흔치 않은 무언가가 될 수도 있다. 광대한 세계에는 유동적이고 수증기 같은 존재의 소용돌이가 있다. 이들은 자신만의 영원한 시간 속에 존재하며, 관찰되지도 해석되지도 않고, 오직 자신의 본질적이고 이해할 수 없는 신비 속에서만 유효하다. 이 존재들은 눈도 마음도 없는 측정 불가능성 속에서만 정당화되며, 실질적인 추상성 속에서 그 무엇의 공격도 받지 않는다. 때가 되면, 나는 이런 것의 내적인 본질이 될 수도 있을 것이다. 쓸쓸한 해변에 속하거나, 절망 속에서 해안에 부딪혀 터져 나오는 바다의 고뇌가 될 수도 있으리라.

"하지만 그런 계획을 세우고 나서 이튿날 아침이 되기 전에 폭풍우 치는 밤이 있었지요. 요란한 바람이 뿌리 깊은 나무를 뒤흔들고, 부러진 나뭇가지로 길을 어지럽히는 밤, 뿌리 식물에도 나쁜 장난을 친 밤이었어요. 다음 날 남자들이 풍선 사내의 집에 도착했을 때, 놀랍게도 침대가 비어 있었어요. 산 채든 죽은 채든, 벌거숭이든 외투를 입었든 간에, 그의 흔적은 어디서도 발견되지 않았지요. 풍선이 있던 곳에 가 보니, 바람이 풍선을 땅 위로 불어 올렸고, 밧줄은 도르래에서 느슨하게 풀려 있었어요. 풍선은 구름 속에 있어 맨눈에는 보이지도 않았고요. 사람들이 밧줄을 8마일이나 끌어당겨 풍선을 내려보니, 놀랍게도 바구니가 또 비어 있더랍니다. 그들은 모두 남자가 그걸 타고 올라가 내려오지 않았다고 했지만, 그건 풀 수 없는 수수께끼로 남았지요. 그의 이름은 퀴글리, 다들 그가 퍼매너* 사람이었다고 하더군요."

경사가 일하느라 움직이고 있었기 때문에, 이 대화의 부분부분이 서로 다른 방향에서 들려왔다. 이번에는 오른쪽, 이번에는 왼쪽, 또 교수대 꼭대기에 밧줄을 고정하려고 사다리 위에 있을 땐 위쪽에서 들렸다. 그는 내 등 뒤에 있는 세상의 절반을 자신의 존재—그의 움직임과 소리—로 지배하고 가장 먼 구석까지 가득 채우는 것 같았다. 내 앞에 놓인 세상의 나머지 절반은 날카롭거나 둥근 모양이었고, 그것은 흠잡을 데 없이 본성에 아름답게 들어맞았다. 그러나 내 뒤에 있는 절반은 검고, 사악했으며, 끈질기고 정중하게 나의 죽음을 준비하는 위협적인 경찰관으로 가득했다. 그의 작업은 이제 거의 마무리되었다. 앞을 응시하는 내 눈은 불안정하게 흔들리며, 멀리 있는 건 파악하지 못하고 가까운 것에서 느끼는 기쁨은 줄어들었다.

해 줄 말이 별로 없어.

그렇겠지.

용감하게 맞서고 영웅적인 체념의 정신을 가지라는 말밖에는.

그건 어렵지 않아. 기운이 없어서 지탱할 게 없으면 서 있을 수도 없으니까.

한편으론 다행이야. 사람들은 소란을 싫어하거든. 모두를 더 힘들게 할 뿐이니까. 자기 죽음을 준비할 때조차 타인의 감정을 배려하는 사람은 모든 계층의 존경을 자아내는 고귀한 성품을 보여 주는 거야. 유명한 시인도 "투스카니의 병사들도 환호를 참지 못했다"*고 노래했잖아. 게다가, 죽음 앞에서 태연한 건 그 자체로 가장 인상적인 도전의 몸짓이기도 하고 말이야.

소란 피울 기력도 없다고 했잖아.

알았어. 그 얘긴 그만하자.

내 뒤에서 삐걱대는 소리가 들렸다. 경사가 방금 고정한 밧줄을 시험하려고 붉은 얼굴로 공중에서 그네라도 타는 것 같았다. 크고 징 박힌 그의 부츠가 플랫폼 바닥으로 다시 내려올 때 쨍그랑거리는 소리가 들렸다. 그의 엄청난 몸무게를 버티는 밧줄이 내 몸무게에 기적적으로 끊어지는 일은 없을 것이다.

내가 곧 널 떠난다는 건 알고 있겠지?

보통 그렇잖아.

가기 전에, 너와 인연을 맺게 되어 기뻤다는 기록을 남기고 싶어. 네게서 항상 최고의 예우와 배려를 받았다고 해도 틀린 말이 아니야. 네게 작은 감사의 표시를 줄 수 없어 유감스러울 뿐이야.

고마워, 이렇게 오래 함께했는데 헤어지게 되니 나도 아쉬워. 내 시계를 찾으면, 네가 가져도 좋아. 그걸 받을 방법만 찾아낸다면.

그렇지만 네겐 시계가 없잖아.

깜박했군.

어쨌든 고마워. 이 모든 게 끝나면…… 어디로 가는지 모르지?

몰라, 전혀.

나도 몰라. 이런 경우 나 같은 존재는 어떻게 되는 건지 나도 모르겠어. 기억이 안 나는 것일 수도 있고. 어떨 땐…… 세상의 한 조각이 되는 게 아닐까 싶기도 해. 무슨 말인지 알겠어?

알아.

내 말은, 바람이라든가. 그 일부라든가. 아니면 킬라니 호수처럼 아름다운 곳에 깃든 풍경의 정신이라든가, 네가 이해할지는 모르겠지만, 그 내적 의미 같은 것.

알아.

아니면 바다와 관련된 것일지도. "바다에도 땅에도 없었던 빛, 농부의 희망과 시인의 꿈."* 이를테면, 망망대해의 큰 파도 같은 아주 쏠쏠하고 정신적인 것 말이야. 그 일부일 수도 있고.

이해해.

아니면 꽃향기일지도.

이때 내 목구멍에서 날카로운 외침이 터져 나와 비명으로 커졌다. 경사가 소리 없이 내 뒤에서 다가와, 큰 손으로 내 팔을 단단히 휘감고 부드럽지만 무자비하게 나를 끌고 플랫폼 중앙으로 데려갔다. 기계 장치로 열리는 트랩도어가 있는 곳이었다.

침착해!

내 두 눈은 머릿속에서 미친 듯이 춤추면서, 이제 영원히 떠나게 될 세상을 마지막으로 격렬히 경험하는 두 마리 산토끼처럼 위아래로 뛰어다녔다. 다급하고 두려운 와중에도, 내 눈은 저 길 아래 모든 게 고요한 가운데 시선을 끄는 움직임 하나를 놓치지 않았다.

"외다리 남자들이다!" 내가 소리쳤다.

나는 내 뒤에 있는 경사도 저 길 아래 움직임을 봤다는 것을 알 수 있었다. 그의 손아귀 힘이 완전히 풀리지는 않았지만, 나를 더 잡아당기지는 않았기 때문이다. 나는 그의 날카로운 시선이 내 시선과 나란히 저 멀리 달려 나갔고, 두 시선이 서서히 좁혀지다가, 마침내 4분의 1마일 앞에서 만난 것을 거의 느낄 수 있었다. 그 움직임이 다가와 선명해지는 걸 지켜보는 동안, 우리는 숨 쉬는 것 같지도, 살아 있는 것 같지도 않았다.

"맙소사, 맥크루스킨이군요!" 경사가 나지막이 말했다.

들뜬 내 마음은 고통스럽게 가라앉았다. 모든 교수형 집행인에게는 조수가 있다. 맥크루스킨의 도착으로, 이미 확실한 내 파멸은 배로 더 확실해졌다.

그가 가까이 다가오자 몹시 서두르고 있으며 자전거를 타고 있는 것이 보였다. 그는 바람을 뚫고 나아가려고, 엉덩이를 머리보다 살짝 높게 치켜들고 자전거 위에 엎드리다시피 했다. 그 어떤 눈도 맹렬히 자전거를 내달릴 때 날아가는 듯한 그의 다리 속도를 좇아갈 수는 없을 것이다. 막사에서 20야드쯤 떨어진 지점에 다다랐을 때 그는 고개를 들어 처음으로 얼굴을 드러냈고, 우리가 교수대 꼭대기에 서서 온 신경을 곤두세우고 그를 지켜보고 있는 걸 보았다. 그는 복잡한 동작으로 뛰어올라 자전거에서 내렸고, 절묘하게 자전거를 돌려 핸들바에 앉을 자리를 마련하면서 동작을 마무리했다. 조그맣게 보이는 그는 두 다리를 벌리고 서서, 우리를 올려다보며 두 손을 동그랗게 모아 입에 갖다 대고는 숨 가쁜 메시지를 쏘아 올렸다.

"레버— 9.69!" 그가 소리쳤다.

처음으로 나는 용기를 내 경사를 돌아보았다. 그의 얼굴은 피가 모조리 빠져나간 것처럼 순식간에 잿빛으로 변했고, 텅 빈 가죽만 남아 흉하게 늘어져 있었다. 아래턱도 장난감 인형의 기계 턱 마냥 축 처졌다. 터진 주머니에서 공기가 빠져나가 듯, 그의 손아귀에서 목적과 활기가 새어 나가는 것이 느껴졌 다. 그는 나를 보지도 않고 말했다.

"돌아올 때까지 여기 계셔도 됩니다." 그가 말했다.

그는 나를 거기 혼자 세워 두고 체중에 걸맞지 않게 놀라운 속도로 떠났다. 한달음에 사다리까지 간 그는 팔과 다리로 사 다리를 휘감고 부리나케 시야에서 사라져 땅으로 미끄러졌는 데, 그 속도가 추락과 다를 바 없었다. 다음 순간 그는 맥크루 스킨의 자전거 핸들바에 앉아 있었고, 어느새 둘은 4분의 1마 일을 지나 사라지고 있었다.

그들이 사라지자, 갑자기 엄청난 피로가 나를 덮쳐 하마터 면 쓰러질 뻔했다. 나는 온 힘을 끌어모아 조금씩 조금씩 사다 리를 내려왔고, 막사 부엌으로 돌아와 난롯불 옆 의자에 맥없 이 주저앉았다. 내 몸이 납덩이 같았기 때문에, 나는 의자가 튼 튼할지 걱정스러웠다. 팔다리는 너무 무거워서 늘어뜨린 채 움직일 수 없었고, 눈꺼풀은 새빨간 난롯불의 작은 번득임을 받아들일 정도만 간신히 들어 올릴 수 있었다.

한동안 나는 잠들지 않았지만, 그렇다고 깨어 있지도 않았 다. 나는 시간이 흐르는 것도 몰랐고, 머릿속으로 어떤 문제를 생각하지도 않았다. 하루가 저물어 가는 것, 난롯불이 사그라 드는 것, 내 기력이 서서히 회복되는 것조차 나는 느끼지 못했 다. 악마나 요정, 심지어 자전거가 내 앞 돌바닥에서 춤춘다고 해도, 나는 당황하거나 의자에서 옴짝달싹하지 않았을 것이다. 나는 죽은 것이나 다름없었다.

다시 정신을 차렸을 때, 긴 시간이 흘렀고 난롯불이 거의 꺼져 있었다. 맥크루스킨이 막 자전거와 함께 부엌으로 들어와서 급히 침실로 끌고 간 뒤 혼자 나와서 나를 내려다보고 있었다.

"어떻게 됐나요?" 내가 기운 없이 소곤거렸다.

"겨우 제때 레버에 도착했습니다." 그가 대답했다. "우리가 힘을 합치고 계산을 3페이지나 하면서 고생한 끝에 마지막 순간에 겨우 판독값을 내렸어요. 덩어리가 얼마나 거칠고 큰 하락이 심하게 왔는지 알면 놀랄 겁니다."

"경사님은 어디 있나요?"

"경사님이 늦어지는 걸 너그럽게 양해해 달라고 하셨습니다. 지금 공익을 위해 법과 질서를 수호하기로 그 자리에서 선서한 임시 순경 여덟 명과 잠복 중이시거든요. 하지만 그들이 많은 걸 할 수는 없을 거예요. 수적으로 열세인 데다가, 결국 측면으로 포위당하게 될 테니까요."

"외다리 남자들을 기다리는 건가요?"

"맞아요. 그들이 폭스를 크게 속였어요. 폭스는 이 일로 본부로부터 엄중한 문책을 받게 될 겁니다. 그자들은 일곱이 아니라 열네 명이에요. 행진하기 전에, 나무다리를 벗고 2인 1조로 몸을 묶어, 다리 둘에 사람 두 명이 되도록 한 거지요. 러시아에서 철군하는 나폴레옹을 떠올리게 하는 군사 기술의 결작이랄까요."

이 소식은 화끈한 최고급 브랜디 한 잔보다 더 나를 소생시켜 주었다. 나는 몸을 일으켜 앉았다. 내 눈이 다시 빛났다.

"그럼, 그들이 경사님과 경찰관들을 이기게 될까요?" 내가 간절히 물었다.

맥크루스킨은 알 수 없는 미소를 지어 보인 후, 호주머니에서 큰 열쇠를 꺼내 부엌에서 나갔다. 경사의 자전거가 있는 감방을 여는 소리가 들렸다. 그는 금방 다시 나타났는데, 페인트공이 집을 칠할 때 쓰는 마개 달린 큰 깡통을 들고 있었다. 자리를 비운 사이, 음흉한 미소는 사라지기는커녕 얼굴에 더 깊게 새겨졌다. 그는 깡통을 침실로 가져갔다가, 손에 큰 손수건을 들고 여전히 미소를 띤 채 다시 나왔다. 그런 다음 말없이 내 의자 뒤로 와서, 내 동요와 놀람은 아랑곳하지 않고, 손수건으로 내 눈을 가리고는 단단히 묶었다. 어둠 속에서 그의 목소리가 들려왔다.

"껑충거리는 그자들이 경사님을 이기지는 못할 겁니다." 그가 말했다. "제가 돌아가기 전에 그자들이 경사님과 부하들이 매복하고 있는 곳까지 오더라도, 제가 자전거를 타고 도착할 때까지 경사님이 군사 기동과 가짜 경보로 시간을 끌 테니까요. 지금도 경사님과 부하들은 당신처럼 눈을 가리고 있어요. 매복할 때 그러는 게 이상하긴 해도 하는 수 없지요. 제가 언제 자전거를 타고 올지 모르니까요."

나는 무슨 말인지 모르겠다고 중얼거렸다.

"제 침실에 있는 저 상자에 개인 특수 장비가 있어요." 그가 설명했다. "저 깡통에 그게 더 있고요. 제가 자전거를 저걸로 칠하고, 껑충거리는 자들이 다 보는 앞에서 자전거를 타고 지나갈 거예요."

이렇게 말하면서 그는 칠흑 속에 있는 내게서 멀어졌고, 그의 침실로 들어가 문을 닫는 듯했다. 그가 있는 곳에서 작업 소리가 낮게 들려왔다.

나는 여전히 기운이 없고 빛도 잃은 채, 처음으로 탈출을 미약하게 궁리하며 30분 동안 그렇게 거기 앉아 있었다. 내가 죽음에서 충분히 돌아와 다시 건강한 피로에 빠져든 게 분명했다. 경찰관이 침실에서 다시 나와, 봐서는 안 되는, 뇌를 파괴하는 자전거와 함께 부엌을 가로지르는 소리를 듣지 못한 걸 보면 말이다. 나는 의자에서 잠깐씩 잠든 모양이었다. 손수건의 어둠 너머로 나만의 칠흑이 평온하게 지배하고 있었다.

제11장

    평온하게 서서히 깨어나는 것, 뇌가 깊은 잠에서 나른하게 빠져나와 잠을 떨치면서도 다 잤다는 걸 확인해 줄 빛과 마주치지 않는 것은 색다른 경험이다. 깨어났을 때 이런 생각이 제일 먼저 들었고, 뒤이어 실명의 두려움이 엄습했고, 마지막으로 기쁘게도 내 손이 맥크루스킨의 손수건을 발견했다. 나는 그것을 벗겨 내고 주위를 둘러보았다. 여전히 의자에 뻣뻣하게 앉은 채였다. 막사는 조용하고 인기척이 없었고, 난롯불은 꺼져 있었으며, 저녁 하늘은 다섯 시의 색조를 띠고 있었다. 부엌 구석구석과 탁자 아래에는 어둠이 벌써 둥지를 틀었다.

    나는 기력을 되찾고 상쾌해져서, 다리를 쭉 뻗고 가슴속 깊이 솟아나는 기운으로 팔에 힘을 주었다. 잠시 잠이라는 큰 축복에 대해, 특히 적절할 때 잠드는 내 재능에 대해 생각했다. 나는 몇 번이나 뇌가 마주한 상황을 더 이상 견딜 수 없을 때 잠들곤 했다. 바로 드 셀비를 괴롭혔던 약점과는 정반대로 말이다. 모든 위대한 점에도 불구하고, 드 셀비는 일상생활을 하는 와중에, 때로는 심지어 문장을 채 끝내기도 전에 분명한 이유 없이 잠들곤 했다.[1]

---

1 보수적인 프랑스 평론가 르 푸르니에는 (『드 셀비 —신인가 인간인가?(*De Selby — Dieu ou Homme?*)』에서) 드 셀비의 성격에서 비과학적인 면에 대해 자세히 쓰고, 물리학자, 탄도학자, 철학자이자 심리학자로서 그의 품위와 명성에 어울리지 않는 여러 단점과 약점을 언급했다. 비록 그는 잠을 그 자체로 인식하지 않고 일련의 '발작' 및 심장마비로 간주했지만, 그는 공공장소에서 잠드는 습관 때문에, 수준 낮은 두뇌를 가진 적을 여러 명 얻었다. 복잡한 대로에서 걷다가, 식사 도중에, 그리고 적어도 한번은 공중화장실에서 이렇게 잠드는 일이 있었다. (뒤 가르방디에는 경찰 법정 기록을 사이비 과학적으로 '편집'하면서, 이 마지막 사건을 악의적으로 퍼뜨렸다. 또 그는 과격하고 모호성이라고는 찾아볼 수 없는 말로, 이 학자의 도덕성을 맹렬히 공격하는 서문까지 덧붙였다.) 이 물리학자가 학회 모임에서 난해한 문제에 견해를 밝히라는 요청을 받았을 때, 예고 없이 잠드는 일이 몇 번 있었던 건 사실이다. 그래도 뒤 가르방디에의 의견과는 달리, 이런 일들이 '극히 시의적절한' 것이었다고 할 수는 없다.

드 셀비의 또 다른 약점은 남자와 여자를 구분하지 못했다는 것이다. 한 유명한 행사에서 슈나퍼 백작 부인을 소개받은 후 (그녀의 『보편에 대한 믿음(*Glauben ueber Ueberalls*)』은 여전히 읽히고 있다), 그는 '그 남자', '그 교양 있는 노신사', '재주 많은 신사'라고 부르며 그녀를 칭찬했다. 백작 부인의 나이와 지적 수준, 옷차림을 고려할 때, 이 정도는 시력이 나쁜 사람이라면 누구나 할 수 있는 봐 줄 만한 실수라고 할 수도 있다. 그러나 유감스럽게도, 젊은 가게 여점원이나 웨이트리스 같은 여성들을 '소년'이라고 공공연히 부른 다른 경우에 대해서는 그렇게 말할 수 없다. 베일에 싸인 그의 가족에 대한 몇 안 되는 언급에서, 그는 어머니를 '매우 저명한 신사'(『세상의 빛(*Lux Mundi*)』 307쪽), '엄격한 습관을 가진 남자'(같은 책 308쪽), '남자다운 남자'(크라우스: 『편지(*Briefe*)』, xvii)라고 부르기도 했다. 뒤 가르방디에는 (특이한 『우리 시대의 역사(*Histoire de Notre Temps*)』에서) 이 안쓰러운 약점을 포착해, 학문적 논평의 신중한 한계를 넘어서는 정도가 아니라, 인간적 품위에 대한 알려진 선을 모두 짓밟아 버렸다. 그는 의심스럽거나 음란한 문제를 다루는 데 있어 프랑스 법이 느슨한 것을 이용해, 성적인 특이성에 관한 과학적 논문을 가장한 소책자를 만들었고, 여기에서 드 셀비는 모든 인간 괴물 중에서도 가장 타락한 괴물로 이름 붙여진다.

헨더슨과 해치조-바셋 학파에 관한 몇몇 덜 중요한 권위자들은 이 유감스러운 문서의 등장이 해치조가 급히 독일로 간 가장 직접적인 이유가 되었을 거라고 본다. 정

나는 일어나 방을 이리저리 오가며 다리를 펴 주었다. 난롯

설에 따르면, 해치조는 '뒤 가르방디에'라는 이름이, 음흉한 크라우스가 자신의 목적을 위해 사용한 가명이라고 확신했다. 나중에 다시 언급하겠지만, 바셋은 거꾸로 악의적인 프랑스인이 독일에서 비방을 퍼뜨리기 위해 크라우스라는 이름을 사용했다고 주장했지만 말이다. 이 두 이론 중 그 어느 것도 두 논평가의 저술이 직접적으로 뒷받침하지는 않는다. 뒤 가르방디에는 한결같이 독설과 비방으로 가득한 데 비해, 크라우스의 저술은 부정확한 학문적 성취로 얼룩져 있기는 해도, 드 셀비를 돋보이게 해 주는 면도 없지 않기 때문이다. 해치조는 그의 친구인 해롤드 바이지에게 쓴 (그가 썼다고 알려진 마지막) 작별 편지에서 이런 불일치를 의식했던 것 같다. 그는 크라우스가 뒤 가르방디에의 공격에 대한 미온적인 반박을 출판해 상당한 돈을 벌고 있다는 확신을 밝힌다. 이 생각에 신빙성이 없지는 않다. 그가 지적한 것처럼, 뒤 가르방디에라는 이름으로 악의적인 책이 나온 직후, 크라우스가 믿기 힘들 만큼 짧은 시간 안에—일부는 값비싼 도판까지 넣어—매우 정교한 책을 시장에 내놓았기 때문이다. 그런 경우, 두 책을 한 명이 쓰지는 않았더라도, 공동으로 썼다는 결론을 피하기는 쉽지 않다. 확실히 크라우스와 뒤 가르방디에의 균형 잡힌 참여가 드 셀비에게 예외 없이 불리하게 작용했다는 점은 의미심장하다.

"인류의 선량한 본능에 대한 참을 수 없는 모욕이 된 암적 부패를 단번에 끝장내기 위해서" 해외로 간 해치조의 즉각적이고 영웅적인 결정에 대해서는 아무리 공로를 인정해도 지나치지 않다. 출발할 때 부둣가로 전달된 쪽지에서, 바셋은 해치조의 일이 성공하기를 빌어 줬지만 그가 배를 잘못 탔다며 안타까워했다. 이는 그가 함부르크가 아니라 파리로 가야 한다는 점을 암시한 것이었다. 해치조의 친구인 해롤드 바이지는 이 평론가의 선실에서 나눈 마지막 대화를 흥미로운 기록으로 남겼다. "그는 초조하고 불편해 보였다. 우리에 갇힌 동물처럼 좁은 방바닥을 오갔고, 적어도 5분마다 시계를 쳐다봤다. 그의 대화는 산만하고, 파편적이고, 주제를 벗어났다. 부자연스러울 정도로 창백한, 마르고 꿰한 그의 얼굴은 병적으로 강렬하게 불타오르는 눈 때문에 거의 조명을 밝힌 것처럼 환해 보였다. 그가 입은 유행 지난 옷은 구겨지고 지저분했으며, 여러 주 동안 잘 때에도 갈아입지 않은 흔적이 역력했다. 그가 최근에 면도나 세수를 했다면, 매우 형식적으로 한 게 분명하다. 실제로, 나는 배의 밀폐된 창문을 봤을 때 만감이 교차했던 기억이 난다. 그러나 그의 딱한 행색이 성격의 고귀함을 해치지는 않았고, 그가 착수한 이 절박한 임무를 성공적으로 끝내려는 이타적인 결단에서 비롯된 특유의 정신적 행복감을 가리지도 않았다. (아쉽게도 변증법적 우아함을 갖추지는 못했지만) 수학에 관한 가벼운 대화를 나눈 후에, 우리 사이에는 침묵이 흘렀다. 우리 둘 다 (이날은 두 편으로 운행된) 마지막 보트 열차*가 다가오는 소리를 들었을 때, 작별

불 옆 의자에 앉아 있을 때, 자전거 앞바퀴가 막사 뒤쪽으로 가

을 더는 지체할 수 없다는 것을 느꼈던 게 분명하다. 내가 긴장을 풀어줄, 수학과는 상관없는 실없는 말을 마음속에서 찾고 있을 때, 그가 즉흥적이고 감동적인 애정의 몸짓과 함께 나를 돌아보고, 내 어깨에 감정으로 전율하는 손을 얹었다. 그는 낮고 떨리는 목소리로 말했다. '분명 자네는 내가 돌아오지 못할 걸 알고 있겠지. 해외에 퍼져 있는 사악한 일을 끝장내는 데 있어, 나는 다가올 대격변의 영향에서 벗어나 있을 수 없고, 이 순간에도 트렁크에 그 격변의 요소를 지니고 있네. 내가 세상을 조금 더 깨끗하게 만들고, 사랑하는 그 사람에게 작은 봉사라도 하고 세상을 떠나게 된다면, 나는 적과 대면한 후에 우리 둘의 흔적이 발견되지 않는 걸 기쁨으로 여길 걸세. 후세를 위해 잘 보존해 줄 것이라 믿고, 자네에게 내 논문과 책과 도구들을 맡기겠네.' 나는 그가 내민 손을 따뜻하게 잡으며, 무슨 대답인가를 웅얼거렸다. 나는 곧 감정에 젖은 눈으로 다시 부두에서 비틀거리며 걷고 있었다. 그날 밤 이후로, 나는 깡마른 몸으로 머나먼 함부르크의 뱀 같은 인간과 싸우기 위해 홀로 그리고 거의 무방비로 나선, 그 작고 허름한 선실에 있던 외로운 인물에 대한 기억에 뭔가 성스럽고 귀한 것이 있다고 느낀다. 이것은 이 보잘것없는 몸에 숨이 남아 있는 한 내가 늘 자랑스럽게 간직할 기억이다."

유감스럽게도, 해치조가 '거의 무방비로' 나섰다는 말은, 역사적 정확성을 고려했다기보다는 해치조에 대한 다정한 애정에서 비롯된 것이다. 아마 어떤 개인 여행자도 더 가공할 만한 무기를 가지고 해외로 간 적은 없으며, 박물관 밖 그 어디에도 더 다양하고 치명적인 살상 무기가 모여 있지는 않을 것이다. 폭발성 화학 물질과 조립되지 않은 폭탄, 수류탄, 지뢰 부품들은 제쳐 두더라도, 그는 군용 리볼버 네 정, 루크 소총 두 정, 낚시용 랜딩 기어(!), 소형 기관총 한 정, 소형 화기 여러 대, 그리고 권총 같기도 하고 엽총 같기도 한 특이한 기기를 소지하고 있었는데, 이것은 숙련된 총기 제작자가 주문 제작했고 코끼리 사냥용 대형 탄환을 쓰도록 설계된 것이었다. 음흉한 크라우스에게 접근하려고 했던 장소가 어디였든지 간에, 그에게 '대격변'을 광범위하게 퍼뜨릴 의도가 있었던 것만은 분명하다.

이 용감한 십자군을 기다리고 있었던 초라한 운명에 대한 자세한 기록을 원하는 독자는 역사책의 도움을 받아야 할 것이다. 신문을 읽는 나이 든 세대라면, 그가 **자신을 사칭한** 혐의로 체포되었다는 놀라운 보도를 기억할 것이다. 그는 세계적으로 유명한 문학 '학자'의 이름으로 신용을 얻으려고 한 혐의로 올라프(혹은 올라프손)라는 남자가 제기한 소송에서 기소되었다. 당시 많이 얘기된 것처럼, 크라우스나 뒤 가르방디에가 아니고서는 그처럼 악의적인 운명을 설계할 수는 없었을 것이다. (평소 싫은 소리를 하지 않던 르 클레르크가 이런 식의 암시를 했을 때, 뒤 가르방디에는 유럽에서의 해치조의 행방에 대해서는 아는 바가 전혀 없다고 극구 부인했다. 하지만 주목할 점

는 통로로 튀어나와 있는 게 보였다. 15분 정도 움직인 후 다시 의자에 앉았을 때, 나는 바퀴를 다시 보고 깜짝 놀라고 말았다. 아까는 허브가 보이지 않았는데, 이제 바퀴의 4분의 3이 보였다. 그사이 바깥으로 움직인 게 확실했다. 어쩌면 처음 앉았을 때와 다시 앉았을 때 내 자세가 바뀌어서 생긴 착각일 수도 있다. 그러나 의자가 작아서 편하게 앉으려면 위치를 많이 바꿀 수는 없었기 때문에 그럴 가능성은 희박했다. 놀라움은 경악으로 커지기 시작했다.

나는 곧장 다시 일어나 네 걸음을 성큼 걸어 통로로 나갔다. 주위를 둘러봤을 때, 이제는 습관이 되다시피 한 놀란 비명이 내 입술에서 새어 나왔다. 맥크루스킨이 급히 서두르느라, 열

은, 해외에서 '터무니없는 모험' 문제가 있기 수년 전부터, 국내의 순진한 대중을 대상으로 '비슷한 사칭'이 있다는 생각을 여러 해 동안 해 왔다는 특이한 발언을 했다는 것이다. 그는 해치조가 사실은 해치조가 아닌 동명이인이거나, 40년 동안 글과 다른 방식으로 성공적으로 위장해 온 사기꾼일 거라는 생각을 넌지시 비쳤다. 이렇게 기이한 암시를 좇아가서 얻는 바는 그리 크지 않다.) 이제 해치조의 최초 투옥 관련 사실들은 그가 석방된 이후 맞이한 어떤 운명에 의해서도 의문시되지 않는다. 그의 석방 이후의 운명은 어떤 것도 확인된 사실로 간주될 수는 없으며, 많은 것은 너무 터무니없어서 병적인 추측이라고밖에 할 수 없다. 주된 것은 다음과 같다. (1)그가 유대교로 개종해 성직자의 길로 들어섰다는 것. (2)그가 사소한 범죄와 마약 밀매에 의지해 시간을 대부분 감옥에서 보냈다는 것. (3)그가 드 셀비를 국제적 금융 이익을 얻기 위한 도구로 이용하려 한 악명높은 '뮌헨 편지' 사건에 책임이 있다는 것. (4)그가 이성을 잃은 채 변장하고 고향으로 돌아왔다는 것. (5)그가 함부르크 사창가의 첩자나 정보원으로, 그 해양 국제도시의 무법천지 부둣가 은신처에서 마지막 소식을 전했다는 것. 이 기이한 남자의 생애에 관한 결정적 연구는 물론 헨더슨의 책이지만, 아래 책들도 연구해 볼 가치가 있다. 바셋의 『회고록』, vii부; H. 바아지의 『항해를 떠난 남자: 회고록』; 르클레르크의 전집, III권, 118-287쪽; 피치크로프트의 『도서관에서의 사색』과 고다르의 『위대한 도시들』 중 함부르크 챕터.

쇠 꾸러미를 자물쇠에 그냥 매달아 둔 채, 감방 문을 활짝 열어 두고 간 것이다. 좁은 감방의 안쪽으로는 페인트 깡통들과 낡은 장부와 구멍 난 자전거 튜브, 타이어 수리 장비, 그리고 장식용 마구 비슷하면서도 전혀 다른 용도로 만들어진 게 분명한 독특한 황동과 가죽 물건들이 한데 쌓여 있었다. 그러나 감방의 앞쪽이 내 눈길을 끌었다. 문지방에 반쯤 걸친 채 기대어 있는 것은 경사의 자전거였다. 분명 맥크루스킨이 그것을 거기 두었을 리는 없었다. 그는 감방에서 페인트 깡통을 가지고 곧장 돌아왔고, 열쇠를 잊고 남겨 둔 걸 보면 그가 떠나기 전에 다시 돌아오지 않았다는 걸 알 수 있었기 때문이다. 내가 잠자는 동안 어떤 침입자가 와서 자전거만 이렇게 반쯤 꺼내 두었을 리도 만무하다. 반면에, 나는 경사가 자전거에 대해 가진 우려와 그것을 독방에 가둬 두려는 결정에 대해 한 말을 떠올리지 않을 수 없었다. 자전거를 위험한 범죄자처럼 감방에 가둬 둘 이유가 충분하다면, 기회가 되면 그것이 탈출을 감행할 거라는 생각 또한 타당하리라. 나는 이것을 완전히 믿지는 않았고, 어쩔 수 없이 믿게 되기 전에 이 미스터리에 관한 생각을 그만 멈추는 편이 좋겠다고 생각했다. 벽을 따라 조금씩 움직이는 자전거와 단둘이 있다면, 누구나 소스라치게 놀라 도망칠 게 뻔하다. 그리고 나는 탈출 생각에 너무 몰두해 있어서, 내게 도움이 될지도 모를 것을 두려워할 여유가 없었다.

자전거 자체는 독특한 형태와 개성을 갖고 있어서, 보통 그런 기계에 있는 것 이상의 차별성과 중요성이 느껴졌다. 그것은 관리가 매우 잘되어 있었는데, 짙은 초록빛 핸들바와 오일 바스에는 보기 좋은 윤기가 흐르고, 녹슬지 않은 바큇살과 바퀴테에는 깨끗한 광택이 돌았다. 온순한 조랑말처럼 내 앞에 기대어 서 있는 자전거는 경사가 타기에는 너무 작고 낮아 보였다. 하지만 높이를 내 키와 비교해 보니, 그것은 내가 아는 어떤 자전거보다 더 컸다. 아마도 부품들이 완벽한 비율을 이루고 있었기 때문이었을 것이다. 각 부분이 크기와 현실의 모든 기준을 초월해, 오직 자기만의 나무랄 데 없는 치수의 절대적 타당성을 가지고 있어서, 모두 합쳐졌을 때 빼어나게 우아하고 기품 있는 창조물이 된 것이다. 튼튼한 크로스바에도 불구하고, 자전거는 말로 표현할 수 없이 여성적이고 새침해 보였다. 그것은 한량처럼 빈둥거리며 벽에 기대고 있다기보다는 마네킹처럼 자세를 취하고 있었다. 자전거는 단정하고 흠잡을 데 없는 타이어 위에 나무랄 데 없이 정확하게 얹혀 있었으며, 작은 두 지점에서 평평한 바닥과 깔끔하게 맞닿아 있었다. 나는 의도치 않게 다정한 손길로—사실은 관능적으로—안장을 쓰다듬었다. 설명할 길은 없지만, 그것은 사람 얼굴을 연상시켰다. 단순히 형체나 이목구비가 닮아서가 아니라, 어떤 감촉의 연상이랄까 손끝에 느껴지는 이해하기 힘든 친숙함 때문이었다. 가죽은 숙성되어 짙은 색을 띠고 고상하게 단단했다. 고난의 세월이 내 얼굴에 새겨 놓은 뚜렷한 주름과 잔주름이 거기에도 모두 아로새겨져 있었다. 그것은 부드러우면서도 차분하고 용감한 안장이었고, 자기를 가둬 둔 데 대한 원망도 없이,

명예로운 고통과 정직한 의무가 남긴 것 이외에 다른 흔적은 품고 있지 않았다. 나는 이 자전거를 이전에 좋아했던 다른 어떤 자전거보다 더, 심지어는 몇몇 두 발 달린 사람들보다 더 좋아한다는 것을 알았다. 나는 그녀의 겸손한 능력, 그녀의 유순함, 그녀의 조용한 태도에서 풍기는 소박한 품위가 마음에 들었다. 지금 그녀는 내 다정한 시선 아래에서, 날개를 내민 채 쓰다듬어 줄 손을 기다리는, 순종적으로 웅크린 한 마리 온순한 새처럼 쉬고 있는 것 같았다. 그녀의 안장은 가장 황홀한 자리에 앉아 보라고 유혹하듯 펼쳐져 있었다. 내려앉는 날개처럼 야생적이면서도 우아하게 떠 있는 두 핸들바는 자유롭고 즐거운 여행을 위해 내 능숙한 솜씨를 빌려 달라고 손짓했다. 저 멀리 안전한 안식처로 빠른 바람을 벗 삼아 그 누구보다도 가볍게 내달리자고 했다. 맑은 내 눈 밑에서 완벽하게 회전하는 충실한 앞바퀴와, 칭찬해 주는 이 없이도 부지런히 메마른 길에 가벼운 먼지를 일으키는 강인하고 훌륭한 뒷바퀴의 씽씽 소리를 들어 보라고 말이다. 그녀의 안장은 얼마나 매력적이었던가! 감싸 안는 그녀의 날씬한 핸들 팔은 얼마나 매혹적인 초대였던가! 그녀의 뒤 허벅지에 포근하게 기대어 있는 펌프는 또 얼마나 말할 수 없이 훌륭하고 든든했던가!

나는 화들짝 놀라며, 내가 이 이상한 동반자와 대화를 나누고 있었다는 것, 그뿐만이 아니라 그녀와 일을 꾸미고 있었다는 것을 깨달았다. 우리 둘 다 같은 경사를 두려워하고 있었고, 둘 다 그가 돌아올 때 함께 올 처벌을 기다리고 있었으며, 둘

다 이것이 그가 미치지 못할 데로 도망칠 마지막 기회라는 걸 알고 있었다. 우리는 각자의 희망이 서로에게 놓여 있다는 것, 우리가 공감과 조용한 사랑으로 서로 도우며 함께 가지 않는 다면 성공하지 못하리라는 것도 알았다.

긴 저녁이 창문을 통해 막사로 스며들어, 사방을 신비롭게 만들고 사물과 사물 사이의 경계를 지우고 바닥을 길게 늘여 놓았다. 저녁에 공기가 옅어진 건지, 아니면 내 귀가 예민해진 건지, 나는 처음으로 부엌에 있는 싸구려 시계가 째깍대는 소리를 들을 수 있었다.

지금쯤 전투가 끝났을 것이다. 마틴 피누케인과 그의 외다리 부하들은 눈이 멀고 실성한 채, 아무도 알아듣지 못할 엉터리 말을 서로에게 재잘대고, 비틀대며 언덕을 오르고 있을 것이다. 이제 경사는 나를 매달기 전에 재밌게 해 주려고 오늘 있었던 이야기를 머릿속으로 정리하면서, 땅거미를 뚫고 거침없이 돌아오고 있을 것이다. 어쩌면 맥크루스킨은 뒤에 남아, 구겨진 담배를 입에 물고 여섯일곱 벌의 외투로 자전거를 가린 채, 오래된 벽 옆에서 칠흑처럼 깜깜한 밤이 오기를 기다리고 있을지도 모른다. 임시 순경들은 그들이 온 데로 돌아가고 있을 것이다. 그들은 어째서 눈이 가려져 그 경이로운 장면—전 투는 없고, 미친 듯 울리는 자전거 종소리와 어둠 속에서 미친 듯이 뒤섞이는 실성한 사람들의 비명밖에 없었던 기적 같은 승리—을 못 보게 됐는지 여전히 의아해하고 있으리라.

다음 순간 나는 순순히 따르는 경사의 자전거를 챙기면서 막사 걸쇠를 찾아 손을 더듬었다. 우리는 공모의 절실함 속에 하나가 되어, 조용하고 신속하고 빈틈없이 움직여, 발레 무용수처럼 우아하게 통로를 지나 부엌을 가로질렀다. 밖에서 기다리고 있던 시골 풍경 속에서, 우리는 저물어 가는 밤을 응시하고 사방에 똑같이 흐릿한 어둠을 살피며, 잠시 마음을 정하지 못하고 서 있었다. 경사가 맥크루스킨과 함께 간 곳은 저 세상이 있는 왼쪽이었고, 나의 모든 골칫거리가 있는 곳 또한 왼쪽이었다. 나는 자전거를 길 가운데로 이끌고, 그녀의 바퀴를 단호하게 오른쪽으로 돌렸다. 그녀가 내 밑에서 제 속도로 열심히 움직이기 시작하자, 나는 안장 한가운데로 올라탔다.

자전거 위에서 내가 느낀 완벽한 편안함, 그녀와의 합일이 주는 충만함, 프레임의 모든 부분에서 그녀가 내게 보내는 사랑스러운 반응을 어떻게 표현할 수 있을까? 나는 그녀를 오랫동안 알아 왔고 그녀 또한 나를 오래 알아 왔으며, 우리가 서로를 완벽히 이해하고 있다는 느낌이 들었다. 그녀는 내 아래에서 재빠르고 가뿐하게 내달리며 민첩하게 공감했다. 그녀는 돌투성이에서 고른 길을 찾아가며, 내 자세의 변화에 맞춰 능숙하게 흔들리고 움직였으며, 심지어 내 나무다리의 어색한 움직임에 왼쪽 페달을 참을성 있게 맞춰 주었다. 나는 한숨을 내쉬고 그녀의 핸들 위로 몸을 기댄 채, 행복한 마음으로 저 멀리 어두운 길가를 따라 서 있는 나무를 세어 보았다. 나무 한 그루 한 그루는 내가 경사에게서 계속 멀어지고 있다는 것을 알려 주었다.

나는 짧은 옆머리를 나부끼며 양쪽 귀를 차갑게 스치는 매서운 바람을 정확히 가르면서 나아가고 있는 것 같았다. 다른 바람은 저녁의 고요함 속에서 살랑대고 있었다. 바람은 어둠 속에서도 초록의 세계가 여전히 존재한다는 걸 보여 주려고, 나무들 속에서 빈둥대거나 잎사귀와 풀을 달싹거렸다. 길가의 물은 떠들썩한 낮에는 늘 시끄러운 소리에 묻혀 있다가, 이제 보이지 않는 곳에서 소리 내어 흐르고 있었다. 딱정벌레들이 넓은 고리와 원을 그리며 내게 달려들었고, 눈먼 듯 빙빙 돌며 내 가슴에 부딪혔다. 머리 위의 기러기와 무거운 새들은 지나가던 중에 우짖었다. 하늘 높이 여기저기 구름 사이로 나오려고 고군분투하는 별들의 희미한 흔적이 보였다. 그리고 그녀는 줄곧 내 밑에서 확고하고 곧고 흠결 없이, 아주 가볍게 길에 닿으며 나무랄 데 없이 질주했고, 그녀의 금속 핸들바는 흡사 천사가 멋지게 던진 창 같았다.

오른쪽으로 밤이 짙어지는 것을 보고, 우리가 길가 큰 집에 다가가고 있다는 것을 알 수 있었다. 거의 스쳐 지나치려는 찰나, 나는 그것을 알아보았다. 내 집에서 3마일도 채 떨어지지 않은, 매더스 노인 집이었다. 내 심장은 기쁘게 뛰었다. 곧 오랜 친구 디브니를 만나게 될 것이다. 우리는 바에 서서 노란 위스키를 마시고, 그는 담배를 피우면서 듣고, 나는 그에게 이상한 이야기를 들려줄 것이다. 그가 한 대목이라도 완전히 믿기 어렵다고 하면, 경사의 자전거를 보여 주리라. 그리고 다음 날 우리는 다시 검은 금고를 찾기 시작할 것이다.

어떤 호기심 때문에(아니 어쩌면 그건 언덕을 오른 사람의 안도감이었을지도 모른다), 나는 페달을 밟는 것을 멈추고 우아한 브레이크를 부드럽게 당겼다. 나는 큰 집을 뒤돌아보기만 할 생각이었지만 실수로 자전거를 너무 많이 늦춰 버렸고, 그녀는 움직임을 유지하려고 용감하게 애쓰면서 내 밑에서 어색하게 흔들렸다. 나는 사려 깊지 못했다는 생각에, 그녀의 불편을 덜어 주려고 재빨리 안장에서 뛰어내렸다. 그러고 나서 나는 길을 몇 발짝 되돌아가 집의 윤곽과 나무 그림자를 봤다. 문은 열려 있었다. 생기도 숨결도 없는 쓸쓸한 곳, 황량함만 사방의 밤으로 멀리 퍼져 나가는 죽은 사람의 빈집 같았다. 나무는 애도하며 가볍게 흔들렸다. 안이 보이지 않는 커다란 창문에서 유리가 희미하게 반짝이는 게 보였고, 죽은 사람이 앉아 있던 방에 담쟁이덩굴이 뻗어 있는 것이 더 희미하게 보였다. 나는 집을 위아래로 훑어보았고, 고향 사람들 가까이 와 있어서 행복했다. 그러다 문득 내 마음이 어두워지고 혼란스러워졌다. 집에서 금고를 찾다가, 죽은 사람의 유령을 본 기억이 떠올랐다. 이제는 오래전 일 같았고, 나쁜 꿈을 기억하는 게 틀림없었다. 내가 삽으로 매더스를 죽였다. 그는 오래전에 죽었다. 모험이 내 정신에 무리가 된 것이다. 나는 이제 지난 며칠간 일어난 일조차 또렷이 기억할 수 없었다. 내가 기억하는 거라고는, 두 괴물 같은 경찰관에게서 도망치고 있다는 것과 이제 집이 가까이 있다는 것뿐이었다. 그때 나는 다른 것은 그 무엇도 기억하려고 하지 않았다.

막 돌아서 가려는데, 내가 등을 돌리는 순간 집이 바뀌었다는 느낌이 엄습해 왔다. 이 느낌이 너무 이상하고 소름 끼쳐서, 나는 자전거 핸들바를 붙들고 몇 초간 그 자리에 붙박여, 고개를 돌려 봐야 할지 아니면 단호하게 내 갈 길을 가야 할지 고민했다. 그냥 가기로 마음먹고 몇 걸음 비틀대며 걸어갔는데, 어떤 힘에 이끌려 눈길이 다시 그 집에 머물고야 말았다. 내 눈은 놀라 휘둥그레졌고, 다시 한번 놀란 외침이 내게서 터져 나왔다. 위층 작은 창문에 환한 불빛이 타오르고 있었다.

나는 홀린 듯 잠시 그것을 보고 서 있었다. 그 집에 사람이 있어서는 안 되거나 불빛이 비쳐서는 안 될 이유는 없었고, 불빛이 나를 놀라게 할 이유도 없었다. 그것은 평범한 노르스름한 등불 빛이었고, 나는 최근에 이보다 이상한 일들—그리고 이상한 불빛들—도 많이 봤던 터였다. 그런데도 나는 내가 보고 있는 것이 조금이라도 평범하다는 것을 받아들일 수 없었다. 그 불빛에는 뭔가 잘못되고, 신비롭고, 경각심을 불러일으키는 특성이 있었다.

나는 불빛을 쳐다보면서, 그리고 내가 원하면 언제든 나를 재빨리 데려갈 든든한 자전거 핸들을 만지작거리면서, 오래 거기 서 있었던 게 분명하다. 차츰 나는 그녀에게서, 그리고 내 마음속에 숨어 있던 다른 것들—이를테면 내 집이 근처에 있다는 것, 더 가까이에 쿠러한 가족, 길레스피 가족, 캐버너 가족, 머레이 형제네가 있다는 것, 그리고 소리치면 들릴 거리에 덩치 좋은 대장장이 조 시더리의 오두막이 있다는 것—에서 힘과 용기를 얻었다. 어쩌면 그 불빛을 가진 사람이 검은 금고를 찾았고, 그걸 찾느라 그토록 많이 고생한 내게 기꺼이 내줄지도 모른다. 문을 두드려 알아보는 게 현명하리라.

나는 자전거를 대문 기둥에 조심스럽게 세우고, 주머니에서 끈을 꺼내 쇠창살에 그녀를 느슨하게 묶었다. 그런 다음 어두운 현관을 향해 초조하게 자갈길을 걸어갔다. 나는 칠흑 같은 어둠 속에서 문을 찾아 손을 더듬으며, 벽이 엄청나게 두꺼웠던 것을 떠올렸다. 문이 반쯤 열린 채 바람 부는 대로 나부끼고 있다는 걸 미처 깨닫기도 전에, 이미 현관 안에 들어와 있었다. 나는 이 황량하고 문이 열린 집에서 을씨년스러운 기운이 밀려오는 걸 느끼고, 자전거로 돌아갈 생각을 잠시 해 보았다. 하지만 그러지 않았다. 나는 문을 찾아 잘 움직이지 않는 쇠 문고리를 붙잡고, 온 집과 깜깜한 빈 정원에 다 들리도록 둔탁한 소리를 세 번 울렸다. 적막 속에서 내 심장 소리를 들으며 서 있는 동안, 어떤 소리나 움직임도 응답하지 않았다. 계단을 서둘러 내려오는 발소리도 없었고, 위층 문이 불빛을 쏟아 내며 열리지도 않았다. 공허하게 울리는 문을 다시 두드려 봐도 반응이 없었다. 나는 다시 대문에 있는 내 친구에게 돌아갈 생각을 해 보았다. 그러나 이번에도 그러지 않았다. 나는 현관 안으로 들어가 성냥을 찾아 켰다. 현관은 텅 비어 있었고 문은 모두 닫혀 있었다. 구석에는 바람에 날려온 낙엽이 쌓여 있고, 벽에는 세차게 들이친 빗자국이 얼룩져 있었다. 저 끝에 흰 나선형 계단이 어렴풋이 보였다. 성냥이 내 손가락에서 칙칙 소리를 내다 꺼졌고, 나는 다시 내 마음과 단둘이 남아 어둠 속에서 망설이며 서 있었다.

　마침내 나는 용기를 끌어모아, 최대한 빨리 위층을 살펴보고 일을 끝낸 후 자전거로 돌아가리라 마음먹었다. 나는 성냥을 하나 더 켜서 머리 위로 들고 요란하게 계단으로 갔다. 그런다음 무거운 발걸음으로 느리게 계단을 올라갔다. 금고를 찾느라 몇 시간이나 뒤지고 하룻밤을 묵었던 이 집이 또렷이 기억 났다. 계단참에서 나는 성냥을 하나 더 켰고, 내가 다가가는 걸 알리고 잠든 사람이 있으면 깨우려고 크게 소리쳤다. 이 소리가 응답 없이 잦아들자, 더 쓸쓸하고 외로웠다. 나는 서둘러 앞으로 나아가 제일 가까운 방, 아마 내가 전에 묵었던 방의 문을 열었다. 깜박이는 성냥불은 그곳이 오랫동안 비어 있었다는 걸 보여 주었다. 침대에는 이불이 없었고, 구석에는 의자 네 개가, 그중 두 개는 뒤집힌 채 한데 묶여 있었으며, 화장대에는 흰 천이 덮여 있었다. 나는 문을 닫고, 누가 지켜보고 있는 건 아닌지 귀 기울이면서 다시 성냥불을 붙였다. 아무것도 들리지 않았다. 나는 복도를 따라가며 집 앞쪽으로 난 방의 문을 모두 열어젖혔다. 방은 모두 텅 빈 채 인적이 없었고, 불빛이나 그 흔적도 보이지 않았다. 가만히 서 있기가 두려워 급히 다른 방도 모두 가 봤으나 마찬가지였고, 점점 더 겁이 나서 결국 계단을 뛰어 내려와 현관 밖으로 나왔다. 여기서 나는 그대로 멈춰 섰다. 위층 창문에서 여전히 불빛이 흘러나와 어둠과 대비를 이루고 있었다. 그 창문은 집 중앙에 있는 것 같았다. 나는 겁에 질리고, 기만당하고, 춥고, 약이 오른 상태로, 현관으로 다시 걸어가 계단을 오른 후 집 앞쪽으로 난 방문이 모두 늘어선 복도를 내려다보았다. 처음 왔을 때 그 방문을 모두 활짝 열어 뒀는데, 어디에서도 불빛이 나오지 않았다. 나는 복도를 빠르게 걸어가며 닫힌 문이 없는지 확인했다. 문은 아직 모두 열려 있었다. 이 정체불명의 존재가 무엇이든 스스로 움직여서 모습을 드러내리라는 생각에, 나는 숨죽인 채 아무 소리도 내지 않고 3, 4분 정도 조용히 있었다. 그러나 아무 일도 일어나지 않았다.

나는 집 한가운데로 짐작되는 방으로 걸어 들어가, 두 팔을 앞으로 내밀고 더듬거리며 깜깜한 창가로 다가갔다. 창문에서 본 것은 고통스러우리만치 놀라웠다. 불빛이 오른쪽 옆방 창문에서 흘러나와, 안개 자욱한 밤공기에 짙게 내려앉고, 근처에 서 있는 나무의 짙은 초록색 잎사귀 위에서 반짝였다. 나는 벽에 힘없이 기대어 한동안 지켜보았다. 그러다가 희미하게 밝혀진 나무 잎사귀에 시선을 고정한 채, 발꿈치를 들고 조용히 뒷걸음질 쳤다. 곧 내 등이 뒤쪽 벽에 닿았는데, 열린 문이 1야드 안에 있었고 나무 위의 희미한 빛이 여전히 잘 보였다. 그런 다음 거의 한달음에 복도로 뛰쳐나가 옆방으로 들어갔다. 그 시간이 4분의 1초도 채 걸리지 않았는데, 옆방은 먼지만 자욱할 뿐 생기도 빛도 없이 황량했다. 이마에는 땀이 맺히고, 심장은 크게 쿵쾅거리고, 맨 나무 바닥은 내 발소리로 여전히 미세하게 떨리며 울리는 것 같았다. 나는 창가로 가서 내다봤다. 노르스름한 불빛이 여전히 공기에 내려앉았고 같은 나뭇잎을 비추고 있었지만, 이제 그것은 내가 방금 나온 방 창문에서 새어 나오고 있었다. 불빛의 속임수로 나를 꾀어 훨씬 더 끔찍한 것으로 유인하는, 말할 수 없이 비인간적이고 사악한 것이 3야드 안에 있었다.

나는 생각을 멈추고, 상자나 책처럼 마음을 탁 닫았다. 내 머릿속에는 계획이 있었지만, 그것은 절망적일 정도로 어렵고, 인간의 필사적인 노력의 극한을 넘어서는 것이었다. 그것은 그냥 이 방에서 나가, 계단을 내려가고, 집을 빠져나가고, 울퉁불퉁한 자갈길과 짧은 진입로를 거쳐 내 자전거에게 돌아가는 것이었다. 하지만 거기 대문에 묶여 있는 그녀는, 지금 다른 세상에 있는 듯 한없이 멀게만 느껴졌다.

어떤 힘의 공격을 받아 살아서 현관까지 가지 못할 것이라는 확신이 들었다. 주먹 쥔 양손을 옆구리에 늘어뜨리고, 어둠 속에서 나타나는 끔찍한 것을 보지 않도록 시선을 내 발치에 둔 채, 차근차근 방에서 나와 깜깜한 복도를 걸어 내려왔다. 나는 무사히 계단에 도착했고, 현관과 문까지 왔으며, 곧 굉장히 안도하고 놀란 상태로 자갈길에 있었다. 대문으로 걸어 내려가 문을 통과하자, 그녀는 내가 남겨 둔 곳에서 돌기둥에 얌전히 기대어 쉬고 있었다. 손으로 만져 보니, 끈은 내가 묶어 두었던 그대로 있었다. 무사히 집에 도착하려는 계획에 그녀가 아직 함께하고 있다는 걸 알고서, 나는 그녀를 갈구하듯이 쓰다듬었다. 뭔가에 이끌려 나는 뒤에 있는 집을 다시 돌아보았다. 방 안에서 누군가 침대에 편히 누워 책이라도 읽고 있는 것처럼, 불빛은 여전히 같은 창문에서 평화롭게 빛나고 있었다. 만약 내가 공포나 이성 중 하나에 온전히 자신을 맡겼다면(아니 그럴 수만 있었다면), 나는 즉시 이 사악한 집을 영원히 등지고 자전거를 타고 거길 떠나 길모퉁이를 네 번 돌면 나를 기다리고 있을 정다운 집으로 갔을 것이다. 하지만 내 마음을 방해하는 다른 뭔가가 있었다. 나는 불 켜진 창문에서 눈을 뗄 수가 없었다. 어쩌면 검은 금고가 있어야 할 집에서 무슨 일이 벌어지고 있는 한, 금고에 관한 소식 없이 집에 돌아가더라도 단념하고 받아들일 수 있었기 때문일 것이다. 나는 두 손으로 자전거 핸들바를 움켜쥐고 큰 당혹감에 사로잡혀 거기 어둠 속에 서 있었다. 어떻게 하는 게 최선일지 결정할 수가 없었다.

어떤 생각이 떠오른 건 순전히 우연이었다. 종종 불편한 왼쪽 다리를 풀어 줄 때 하듯이 발을 움직이고 있었는데, 내 발치에 있는 큰 돌이 눈에 띈 것이다. 나는 몸을 숙여 그것을 집어 들었다. 돌은 자전거 램프 크기에, 매끄럽고 둥글고 던지기 적당했다. 그걸 불 켜진 창문으로 던져서 집 안에 숨어 있는 사람이 행동하도록 만들 생각에, 내 심장이 다시 크게 뛰는 것 같았다. 자전거 곁에 있으면 재빨리 달아날 수 있을 것이다. 이런 생각이 들자, 나는 돌을 던지기 전에는 만족할 수 없으리라는 것을 알았다. 설명할 수 없는 불빛이 설명되지 않는다면, 내게 안식이 찾아오지 않을 것이다.

나는 자전거를 남겨 두고, 오른손에 쥔 돌을 묵직하게 흔들면서 진입로를 다시 올라갔다. 그런 다음 창문 아래 서서 빛줄기를 올려다봤다. 커다란 벌레가 불빛 속으로 날아 들어왔다가 사라지는 것이 보였다. 팔다리에서 힘이 빠지고, 온몸이 아프고, 불안으로 기절할 것만 같았다. 어떤 끔찍한 유령이 어둠 속에서 몰래 나를 지켜보는 모습을 반쯤 기대하면서, 가까이 있는 현관을 힐끗 쳐다봤다. 앞이 보이지 않는 더 깊은 어둠밖에 아무것도 보이지 않았다. 그때 곧게 뻗은 팔 끝에서, 돌을 몇 번 앞뒤로 흔들다가 공중으로 세게 던졌다. 유리 깨지는 소리, 나무 바닥에 돌이 떨어져 굴러가는 둔탁한 소리, 동시에 깨진 유리가 내 발 앞 자갈에 쨍그랑 떨어지는 소리가 들려왔다. 나는 잠시도 기다리지 않고 뒤돌아 전속력으로 도망쳐 내려와 다시 자전거와 만났다.

한동안 아무 일도 일어나지 않았다. 어쩌면 4, 5초였을 수도 있지만, 몇 년을 한없이 기다린 것만 같았다. 유리의 위쪽 절반이 없어져서, 가장자리가 삐죽삐죽하게 창틀 주변으로 튀어나와 있었다. 불빛은 깨진 구멍을 통해 더 선명하게 흘러나오는 듯했다. 갑자기 그림자가 나타나 왼쪽 빛을 모두 가렸다. 그림자는 너무 불완전해서 조금도 알아볼 수 없었지만, 창가에 가만히 서서 누가 돌을 던졌는지 내다보는 커다란 존재의 그림자인 게 틀림없었다. 그러다 그것이 사라졌고, 그제야 나는 무슨 일이 일어난 건지 깨닫고는 새롭고 더욱 심오한 공포가 엄습하는 걸 느꼈다. 뭔가 다른 일이 더 일어날 거라는 확실한 느낌 때문에, 나는 자전거와 함께 서 있는 곳을 들킬까 봐 두려워

꼼짝도 할 수 없었다.

머지않아 예상했던 전개가 펼쳐졌다. 나는 여전히 창문을 바라보고 있었는데, 그때 등 뒤에서 나지막한 소리가 들렸다. 나는 돌아보지 않았다. 곧 나는 그것이, 다가오는 소리를 내지 않으려고 길가 풀밭을 따라 걸어오는 육중한 사람의 발걸음 소리라는 걸 알았다. 그가 대문 어귀 어둡고 후미진 곳에 있는 나를 못 보고 지나치리라 생각하면서, 나는 원래의 완전한 부동자세에서 더더욱 꼼짝하지 않으려고 애썼다. 발소리는 6야드도 채 떨어지지 않은 곳에서 갑자기 크게 들렸고, 내 뒤로 와서 멈췄다. 내 심장이 함께 멈출 뻔했다는 건 결코 농담이 아니다. 이루 말할 수 없이 흉포한 공격을 예상하면서, 내 모든 뒷부분—목, 귀, 등과 뒤통수—이 마주한 존재 앞에서 쪼그라들고 고통스럽게 움츠러들었다. 그때 목소리가 들려왔다.

"용감한 밤이군요!"

나는 깜짝 놀라 휙 뒤돌아보았다. 내 앞에, 밤을 거의 다 가릴 정도로 몸집이 거대한 경찰관이 있었다. 그가 경찰관으로 보인 건 큰 덩치 때문만은 아니었다. 내 얼굴 바로 앞에서, 단추의 희미한 문양이 그의 거대한 가슴 굴곡을 따라 매달려 있는 게 보였다. 얼굴은 어둠에 완전히 가려져 있었고, 내가 분명히 알 수 있었던 건 압도적인 경찰 신분, 우뚝 솟은 넓고 강인한 육체, 그의 지배력, 그리고 확실한 존재감뿐이었다. 내 마음속에 그의 존재감이 너무 강하게 자리 잡아서, 두려움보다는 순종적인 마음이 몇 배나 더 컸다. 나는 손으로 자전거 핸들을 더듬거리며 그를 힘없이 쳐다봤다. 그의 인사에 공허한 대답이라도 내뱉어 보려는 순간 그가 다시 말했고, 그의 말은 가려진 얼굴에서 친근하게 쏟아져 나왔다.

"따로 할 이야기가 있으니 따라오시겠어요? 다른 건 제쳐 두더라도, 자전거에 라이트가 없군요. 그것만으로도 이름과 주소를 받아 두기에 충분하죠."

그는 말을 채 마치기도 전에, 올 때처럼 육중한 몸을 흔들며 한 척의 전함처럼 어둠 속으로 사라졌다. 내 발이 순순히 그를 뒤따랐고, 그가 두 걸음 걸을 때마다 여섯 걸음을 내디디며 길을 되돌아갔다. 집을 막 지나치려는 순간, 그가 울타리 틈새로 갑자기 방향을 틀어, 덤불 속 어두컴컴하고 위협적인 나무줄기 사이로 앞장서 갔다. 그는 집의 박공 옆 신비로운 은신처로 나를 이끌었다. 나뭇가지와 키 큰 수풀이 어둠을 가득 채우고 양쪽에서 우리를 바싹 에워싸는 것이, 흡사 플럭 경사의 지하 천국으로 가는 여정 같았다. 그와 있으니, 의문과 생각이 멈추었다. 나는 어둠 속에서 흔들리는 그의 등 윤곽을 뒤에서 바라보며 최선을 다해 서둘러 따라갔다. 그는 아무 말도 하지 않았고, 콧구멍에서 나는 힘겨운 공기 소리와 풀로 뒤덮인 땅을 스치는 부츠 소리 말고는 아무 소리도 내지 않았다. 그의 발소리는 풀밭을 베는 능숙한 낫질 소리처럼 부드럽고 리듬감이 있었다.

그때 그는 집 쪽으로 갑자기 방향을 틀고, 유난히 낮고 바닥 가까이에 있는 작은 창문으로 갔다. 그가 거기 손전등을 비췄고, 시야를 가린 그의 뒤에서 고개를 내밀어 보니, 창틀 두 개에 끼워진 지저분한 유리 네 장이 보였다. 그가 창문으로 손을 뻗었을 때, 나는 그가 아래 창틀을 위로 들어 올리려는 줄 알았다. 하지만 그는 그 대신 보이지 않는 경첩을 사용해 창문 전체를 문처럼 바깥으로 열어젖혔다. 그러더니 고개를 숙이고, 불을 끄고, 거대한 몸을 자그마한 구멍에 욱여넣기 시작했다. 그가 어떻게 전혀 가능할 것 같지 않은 그 일을 해냈는지는 모르겠다. 어쨌든 그는 그걸 금방 해냈고, 큰 콧바람 소리와 부츠가 끼어서 잠시 앓는 소리를 낸 것 말고는 아무 소리도 내지 않았다. 그는 발과 푸른 제복 바지의 무릎만 드러내면서, 불빛을 내게 보내 길을 비춰 주었다. 내가 안으로 들어가자, 그는 팔을 뒤로 젖혀 창문을 닫고 불빛을 앞으로 비추며 길을 안내했다.

　내가 들어온 공간은 굉장히 특이했다. 천장은 매우 높고 바닥은 너무 좁아서, 내가 경찰관을 앞질러 가고 싶었더라도 그럴 수가 없었을 것이다. 그는 높은 문을 열고 굉장히 어색하게 반쯤 옆으로 걸으며 더 좁은 통로로 앞장서 갔다. 우리는 높은 문을 하나 더 통과한 후에, 믿기 힘든 정사각형 계단을 오르기 시작했다. 계단 하나는 깊이와 높이, 넓이가 모두 1피트쯤 되어 보였다. 경찰관은 손전등이 가리키는 정면으로 얼굴을 향한 채, 게처럼 완전히 옆으로 계단을 걸어 올라갔다. 우리가 계단 꼭대기에 있는 또 다른 문을 통과하자, 나는 매우 놀라운 방에 들어와 있다는 것을 알았다. 방은 다른 곳들보다는 약간 더 넓었다. 가운데에는 폭은 1피트 길이는 2야드쯤 되고 두 개의 금속 다리로 바닥에 붙박아 둔 책상이 하나 있었다. 책상 위에는 등불, 각종 펜과 잉크, 작은 상자 여러 개와 서류철, 그리고 길쭉한 관공서 풀 병이 하나 놓여 있었다. 의자는 보이지 않았지만, 벽을 따라 사람이 앉을 수 있게 움푹 들어간 자리가 있었다. 벽에는 황소와 개 관련 포스터와 공지, 양 방역, 등교, 총기법 위반 규정 같은 것들이 붙어 있었다. 여전히 나를 등진 채 반대편 벽에 붙은 일정표를 기록하고 있는 경찰관의 모습을 보고, 내가 아주 작은 경찰서에 서 있다는 것을 어렵지 않게 알 수 있었다. 나는 놀라움과 함께 이 모든 것을 받아들이며, 주위를 다시 둘러보았다. 왼쪽 벽 깊숙한 곳에 작은 창문이 있고, 아래 창에 난 구멍으로 시원한 바람이 불고 있었다. 나는 가까이 가서 밖을 내다보았다. 불빛이 같은 나무 잎사귀를 희미하게 비추었다. 나는 매더스의 집 안이 아니라, **집 벽 안에** 서 있다는 걸 알았다. 놀란 나는 다시 탄성을 내뱉으며 책상에 몸을 기대고 경찰관의 등을 맥없이 쳐다보았다. 그는 벽에 붙은 종이에 잉크로 쓴 숫자를 조심스럽게 말리고 있었다. 그러더니 뒤돌아서 책상에 펜을 내려놓았다. 나는 휘청이며 급히 벽의 움푹 들어간 자리로 가서 완전히 쓰러지듯이 주저앉았다. 그의 얼굴에서 눈을 뗄 수 없었고, 입은 뜨거운 포장도로에 떨어진 비 한 방울처럼 바짝 말라 버렸다. 나는 몇 번이나 말을 꺼내려고 했지만, 혀가 말을 듣지 않았다. 마침내 나는 머릿속에서 타오르고 있던 생각을 더듬더듬 내뱉었다.

"당신이 죽은 줄 알았는데요!"

제복을 입은 비대한 몸에서는 내가 아는 사람이 떠오르지 않았지만, **그 위에 있는 것은 매더스 노인의 얼굴이었다.** 그것은 잠결이었든 아니었든 내가 마지막으로 본, 죽은 듯 변함없는 모습이 아니었다. 지금 그의 얼굴은, 뜨겁고 진한 피를 몇 갤런이나 수혈받은 듯 혈색이 돌고 뚱뚱했다. 뺨은 두 개의 불그스름한 지구본처럼 불룩 튀어나와 있었으며, 여기저기 보라색 얼룩이 흩어져 있었다. 눈은 부자연스러운 생기로 가득했고 등불 빛을 받아 구슬방울처럼 반짝였다. 내게 대답한 것은 매더스의 목소리였다.

"그것참 고마운 말씀이군요." 그가 말했다. "하지만 괜찮습니다. 나도 당신에 대해 똑같은 생각을 했으니까요. 아침에 교수대에 있었는데, 아직 육체가 있다니 이해할 수가 없군요."

"탈출했습니다." 내가 말을 더듬었다.

그는 나를 오랫동안 뚫어지게 쳐다봤다.

"확실한가요?" 그가 물었다.

확실하냐고? 나는 갑자기 몹시 아팠다. 마치 창공에서 회전하던 세상이 처음으로 내 배로 돌진해 와, 뱃속을 온통 쓴 두부로 만들어 버린 것만 같았다. 팔다리는 힘이 빠져서 무기력하게 매달려 있었다. 눈은 눈구멍에서 새 날개처럼 파닥거렸고, 머리는 피가 솟구칠 때마다 공기 주머니처럼 부풀어 오르며 지끈거렸다. 아주 멀리서 경찰관이 다시 내게 말하는 소리가 들려왔다.

"저는 폭스 순경입니다." 그가 말했다. "여긴 내 개인 경찰서고요. 여길 말끔하게 단장하느라 공을 많이 들였는데, 어떻게 생각하는지 의견을 좀 들어 보고 싶군요."

내 머리가, 말하자면 무릎까지 비틀대면서도 완전히 쓰러지지는 않으려고 용감하게 발버둥 치는 것이 느껴졌다. 나는 한순간이라도 의식을 놓쳐 버리면 죽은 목숨이 되리라는 것을 알았다. 내가 겪은 힘든 하루의 끈을 놓친다면, 두 번 다시 깨어날 수도, 내가 처한 이 끔찍한 상황을 새롭게 이해할 수도 없으리라. 나는 그가 폭스가 아니라 매더스라는 것을 알고 있었다. 매더스가 죽었다는 것 또한 알고 있었다. 모든 게 자연스러운 것처럼 말하고 행동하다가, 마지막으로 목숨을 걸고 자전거가 있는 데로 달아나야 한다는 것도 알았다. 그 순간 존 디브니의 강인한 얼굴을 한 번만 볼 수 있다면, 내가 가진 것 전부와 세상의 모든 금고라도 내주었을 것이다.

"멋진 경찰서군요." 내가 중얼거렸다. "그런데 어째서 다른 집의 벽 안에 있는 건가요?"

"그건 아주 간단한 문제예요. 당신도 대답을 알고 있을 텐데요."

"저는 모르겠어요."

"어쨌든 그건 아주 기본적인 문제예요. 세금을 아끼려는 거지요. 다른 막사들처럼 지어졌다면, 별도의 부동산으로 세금이 부과될 테니까요. 올해 세금이 얼마나 되는지 알려 드리면 아주 깜짝 놀랄 겁니다."

"얼마인가요?"

"파운드당 16실링 8펜스에다, 쓰지도 않을 질 나쁜 누런 물값으로 파운드당 3펜스, 그리고 친절하시게도 기술 교육에도 4펜스를 내라고 하더군요. 농부들이 망하고 제대로 된 황소 서류가 있는 사람이 열에 하나도 안 되는데, 이 나라가 쓰러지기 직전인 게 당연하지 않겠어요? 이 건으로 작성된 소환장이 열여덟 개나 되는데, 다음 법정에서 아주 골치가 아플 거예요. 자전거에 크든 작든 라이트가 없는 이유가 뭔가요?"

"램프를 도둑맞았어요."

"도둑맞았다고요? 역시 그렇군요. 오늘만 해도 이게 세 번째 도난이고, 지난 토요일에는 펌프 네 개가 사라졌어요. 눈치를 못 챌 거라는 생각이 들면, 사람이 깔고 앉은 안장도 훔쳐 갈 사람들이 있다니까요. 바퀴를 풀지 않으면 타이어를 빼갈 수 없는 게 다행이지요. 진술서를 받아야겠군요. 도난품 모양을 비롯해 하나도 빠짐없이 모두 얘기해 보세요. 사소해 보이는 것도 노련한 수사관에게는 굉장한 단서가 될 수 있으니까요."

아직 심장이 아팠지만, 짧은 대화는 나를 진정시켜 주었다. 나는 이 끔찍한 집에서 빠져나가는 문제에 관심을 조금 가질 만큼 회복된 것 같았다. 경찰관은 두꺼운 장부를 펼쳤는데, 좁은 책상에 맞추기 위해 길쭉한 책을 절반으로 자른 모양이었다. 그는 램프에 대해 여러 가지를 묻고, 내 대답을 아주 열심히 장부에 적었다. 펜을 요란하게 긁어 대고, 코로 거친 숨을 몰아쉬고, 알파벳 글자가 특히 어려울 때면 가끔 숨을 멈춰 가면서 말이다. 나는 그가 쓰는 일에 몰두해 앉아 있는 모습을 유심히 살펴봤다. 그것은 의심할 바 없이 매더스 노인의 얼굴이었지만, 이제 그의 얼굴에는 단순한 아이 같은 특징이 깃들어 있는 것 같았다. 처음 그를 봤을 때 확연했던 오랜 세월의 주름이, 갑자기 어떤 선한 영향으로 부드러워지고 거의 지워진 듯했다. 지금 그가 너무 순진하고 착하고 간단한 단어를 쓰는 데도 애를 먹는 걸 보고, 내 안에서 희망이 다시 한번 꿈틀거렸다. 냉정하게 살펴보니, 그가 무시무시한 적으로 보이지는 않았다. 어쩌면 나는 꿈을 꾸고 있었거나, 어떤 끔찍한 환각에 사로잡혀 있었을지도 모른다. 내가 이해할 수 없고, 아마 죽는 날까지 이해하지 못할 일이 많았다. 이를테면, 이렇게 비대한 몸 위에 있는, 내가 들판에 묻었다고 생각한 매더스 노인의 얼굴이라든가, 다른 집 벽 안에 있는 터무니없는 경찰서라든가, 내가 도망쳐 온 괴물 같은 두 명의 경찰관 말이다. 그러나 적어도 나는 내 집 근처에 있었고, 자전거가 나를 집으로 데려가기 위해 대문에서 기다리고 있었다. 내가 집에 가겠다고 하면, 이 남자가 나를 붙잡을까? 그가 검은 금고에 대해 아는 게 있을까?

그는 조심스럽게 잉크 자국을 다 말린 후, 내 서명을 받으려고 장부를 건네며 아주 정중하게 펜 손잡이 쪽을 내밀었다. 아이가 쓴 것 같은 큼지막한 글씨로 두 장이 쓰여 있었다. 나는 이름 문제는 꺼내지 않는 게 좋겠다고 생각하고, 진술 아래에 서둘러 복잡하게 휘갈긴 후 장부를 덮고 돌려주었다. 그런 다음 최대한 태연하게 말했다.

"이제 가 봐야겠어요."

그가 유감스러워하며 고개를 끄덕였다.

"대접할 게 없어서 미안합니다." 그가 말했다. "추운 밤이니 뭐라도 드시면 해롭진 않을 텐데요."

기운과 용기가 다시 몸으로 흘러들어 오고 있던 차에 이 말을 들으니, 이제 기운을 완전히 회복한 느낌이 들었다. 생각할 게 많았지만, 그런 생각은 안전하게 내 집에 돌아갈 때까지 미뤄 둘 것이다. 최대한 빨리 집에 가고, 가는 길에 좌우를 돌아보지 않을 것이다. 나는 흔들림 없이 일어섰다.

"가기 전에, 한 가지 여쭤볼 게 있습니다." 내가 말했다. "제가 검은 금고를 도둑맞아서 여러 날 동안 찾고 있었어요. 혹시 아시는 게 있나요?"

나는 이 말을 내뱉자마자 후회했다. 그가 정말로 기적적으로 되살아난 매더스라면, 강도와 자신의 살해에 내가 관련되어 있다는 걸 알아차리고 끔찍한 복수를 할지도 모르기 때문이다. 하지만 경찰관은 미소를 띠고 잘 알고 있다는 듯한 표정을 지어 보였다. 그는 아주 좁은 책상 끄트머리에 걸터앉아 손톱으로 책상을 두드렸다. 그러고는 내 눈을 쳐다봤다. 그가 내 눈을 본 것은 처음이었고, 나는 어쩌다 태양을 본 것처럼 눈이 부셨다.

"딸기잼 좋아하세요?" 그가 물었다.

그의 어처구니없는 질문이 너무 뜻밖이어서, 나는 고개를 끄덕이고 영문을 모르겠다는 듯 그를 쳐다봤다. 그의 미소가 퍼져 나갔다.

"그 금고가 여기 있다면, 차 마시면서 딸기잼을 한 통 가득

드실 수 있을 텐데요. 그게 부족하면, 욕조를 딸기잼으로 가득 채우고 그 안에 들어가 온몸을 뻗고 누울 수도 있고요. 그것도 만족스럽지 않다면, 10에이커의 땅에 겨드랑이 높이까지 딸기잼을 바를 수도 있고요. 자, 어떻게 생각하세요?"

"무슨 생각을 해야 할지 도통 모르겠군요." 내가 중얼거렸다. "이해가 되지 않아요."

"다른 식으로 얘기해 보지요." 그가 유쾌하게 말했다. "집을 온통 딸기잼으로 가득 채울 수도 있어요. 모든 방이 잼으로 가득 차서 문도 못 열 정도로요."

나는 고개를 절레절레 흔들 뿐이었다. 다시 불안해졌다.

"그렇게 많은 잼은 필요 없어요." 내가 멍청하게 말했다.

경찰관은 자기 생각을 전달하는 걸 체념한 듯 한숨을 내쉬었다. 그의 표정이 조금 더 진지해졌다.

"이것만 얘기해 보십시오." 그가 엄숙하게 말했다. "플럭과 맥크루스킨과 함께 숲속 아래로 내려가서 본 것에 대해 어떻게 생각하세요? 거기 있는 모든 게 비범하다고 생각했나요?"

나는 다른 경찰관들의 언급에 흠칫 놀랐고, 내가 또다시 심각한 위험에 처했다고 느꼈다. 극도로 조심해야 했다. 플럭과 맥크루스킨의 덫에 빠져 있을 때 내게 일어난 일을 그가 어떻게 알고 있는지는 알 수 없었다. 하지만 나는 지하 천국을 이해하지 못했고, 거기서 일어난 가장 작은 일조차도 기적 같았다고 했다. 그곳에서 본 걸 지금 떠올려 봐도, 내가 꿈을 꾼 건 아니었을까 다시 의아해진다고 말이다. 경찰관은 내가 표현한 감탄에 만족해하는 것 같았다. 그는 나에게보다는 자신에게 조용히 미소 지었다.

이윽고 그가 말했다. "믿기 어렵고 이해하기 힘든 일들이 보통 그렇듯이, 그건 아주 단순한 거예요. 옆집 아이가 배우지 않고도 할 수 있는 거지요. 거기 갔을 때 딸기잼을 생각해 내지 못한 게 애석하군요. 공짜로 한 통 얻을 수 있는 데다, 품질이 굉장히 뛰어나거든요. 방부제는 거의 쓰지 않고 순수 과즙만 사용하죠."

"제가 본 게…… 단순해 보이지는 않았습니다."

"거기 상당한 재주는 물론이고, 무슨 마법이라도 있다고 생각하셨군요?"

"그렇습니다."

"하지만 그건 모두 설명할 수 있는 거예요. 아주 단순해서, 어떻게 된 건지 들으면 놀라실 겁니다."

위험한 내 처지에도 불구하고, 그의 말은 강렬한 호기심에 불을 붙였다. 문과 전선이 있는 이상한 지하 세계에 관한 이 대화는 그게 진짜 존재했다는 것, 내가 실제로 거기 갔었다는 것, 거기에 간 내 기억이―내가 아직 같은 악몽에 사로잡혀 있는 게 아니라면―꿈이 아니었다는 걸 확인해 주었다. 수백 가지 기적을 단 한 가지 단순한 설명으로 이해시켜 주겠다는 그의 제안은 매우 솔깃했다. 그걸 아는 것만으로도, 그의 곁에서 느끼는 불안에 대한 보상이 될 것이다. 이 이야기가 빨리 끝날수록, 나는 더 빨리 탈출을 시도할 수 있으리라.

"그럼, 그건 어떻게 한 건가요?" 내가 물었다.

의아해하는 내 얼굴에 경사는 재미있다는 듯 활짝 미소 지었다. 나는 뻔한 것을 물어보는 아이가 된 것만 같았다.

"금고예요." 그가 말했다.

"금고요? 제 금고 말인가요?"

"물론이지요. 그 작은 금고가 재주를 부린 거예요. 플럭과 맥크루스킨이 좀 더 분별력이 있을 줄 알았는데, 우스꽝스럽더군요."

"금고를 찾았나요?"

"그것은 발견됐고, 1887년 법률 제16조 확장 및 개정 조항에 의거해, 제가 임시로 소유권을 갖게 됐지요. 개인적이고 공식적인 조사를 거쳐, 당신이 금고를 분실한 당사자라는 걸 알았기 때문에, 당신이 그걸 찾으러 오기를 기다렸습니다. 그런데 당신이 많이 늦은 바람에, 더 이상 참지 못하고 오늘 급행 자전거로 그걸 당신 집으로 보냈지요. 집에 돌아가 보시면 도착해 있을 거예요. 그걸 갖고 있다니, 운이 참 좋은 분이군요. 세상에 그것만큼 귀한 건 없거든요. 그게 부적처럼 효과가 있고, 시계처럼 정확하다고 장담할 수 있어요. 무게를 재 보니, 4온스* 이상 들어 있더군요. 부자로 만들어 주고 상상하는 건 뭐든지 이뤄 주기에 충분하지요."

"4온스라니, 뭐가요?"

"옴니엄이지요. 금고에 뭐가 있었는지는 알고 있겠죠?"

"그럼요." 내가 말을 더듬었다. "4온스가 있다는 생각은 못

276

했지만요."

"우체국 저울로 4.12예요. 그렇게 해서 제가 플럭과 맥크루스킨에게 장난을 좀 친 겁니다. 판독값을 위험 지점까지 올릴 때마다 그들이 말처럼 뛰어가서 일해야 했던 걸 생각하면, 절로 웃음이 날 거예요."

그는 고생해야 했던 동료들 생각에 빙그레 웃더니, 이 단순한 진실을 밝힌 효과가 어떤지 보려고 내게 시선을 던졌다. 나는 어안이 벙벙해 다시 자리에 주저앉았지만, 금고 안에 무엇이 있었는지 몰랐다는 의심을 사지 않으려고 간신히 유령 같은 미소를 지어 보였다. 그 말 대로라면, 그는 이 표현할 길 없는 물질 4온스를 관장하며 이 방에 앉아 있었던 거다. 평온하게 자연 질서를 조각내고, 다른 경찰관들을 속이기 위해 전대미문의 복잡한 기계를 발명하고, 그들이 수년간 마법 같은 삶을 살아왔다고 생각하게끔 시간에 과감히 개입하며, 온 동네를 혼란과 공포에 빠뜨리고 매혹하면서 말이다. 그가 유쾌하게 한 그 겸손한 주장에 나는 망연자실하고 질겁했다. 도저히 그 말을 믿을 수는 없었지만, 내 뇌리를 채운 끔찍한 기억을 달리 설명할 길이 없었다. 나는 이 경찰관이 다시 두려워졌지만, 동시에 금고와 그 안에 든 것이 이 순간 내 부엌 식탁 위에 놓여 있다는 생각에 강렬한 흥분에 사로잡혔다. 디브니는 어떻게 할까? 돈을 못 찾아서 화를 내며, 이 무시무시한 옴니엄을 먼지쯤으로 알고 거름더미에 쏟아 버릴까? 형체 없는 추측, 환상적인 두려움과 희망, 표현할 길 없는 공상, 그리고 창조, 변화, 소멸, 신적인 개입에 대한 중독성 있는 예감이 내게 밀려들었다. 나는 내 옴니엄 금고를 가지고 집에 앉아서, 내 상상력의 한계 말고는 다른 어떤 제약도 없이, 무엇이든 하고 무엇이든 보고 무엇이든 알 수 있다. 어쩌면 그걸로 내 상상력을 확장할 수도 있을 것이다. 마음대로 우주를 파괴하고 바꾸고 개선할 수 있다. 잔인하지 않게, 천만 파운드를 주고 내보내는 식으로, 존 디브니를 없애 버릴 수도 있다. 나는 드 셀비에 관해 아주 믿기 힘든 논평을 써서, 전례 없이 고급스럽고 튼튼한 표지로 묶어 출판할 수도 있다. 지금껏 알려진 모든 것을 능가하는 과일과 곡식이 내 농장에서 나오고, 땅은 비교할 수도 없는 화학비료 덕분에 상상할 수 없을 정도로 비옥해질 것이다. 살과 뼈로 되어 있으면서 쇠보다 튼튼한 다리가 내 왼쪽 허벅지에 마법처럼 나타날 것이다. 날씨를 개선해서, 낮에는 햇살과 평화가 깃들고, 밤에는 가벼운 비가 씻어 주어 세상을 더 상쾌하고 황홀하게 만들 것이다. 세상의 모든 가난한 일꾼들에게 황금 자전거를 줄 것이다. 아직 발명되지 않은, 가장 푹신한 푹신함보다 더 푹신한 안장을 달아 줄 것이다. 두 명이 같은 길에서 반대 방향으로 가고 있을 때조차도, 모든 여행길에서 모든 사람 등 뒤에서 포근한 바람이 불어오도록 할 것이다. 내 돼지는 하루에 두 번 새끼를 낳고, 곧바로 누군가 새끼 돼지 한 마리에 천만 파운드를 제시하고, 곧이어 다른 사람이 이천만 파운드를 제안하게 될 것이다. 내 술집에 있는 술통과 술병은 아무리 퍼내도 여전히 그득한 채 고갈되지 않을 것이다. 드 셀비를 되살려서 밤마다 대화를 나누고 내 숭고한 작업에 조언을 구할 것이다. 화요일마다 나는 투명 인간이 되어…….

"그게 얼마나 편리한지 믿기 어려울 거예요." 경찰관이 내 생각에 불쑥 끼어들며 말했다. "겨울철 각반에서 오물을 털어낼 때 아주 편리하죠."

"그걸로 각반에 오물이 묻지 않게 하면 어때요?" 내가 흥분해서 물었다. 경찰관은 눈을 크게 뜨고 감탄하며 나를 쳐다봤다.

"맙소사, 그건 생각지도 못했어요." 그가 말했다. "당신은 아주 똑똑하고, 나는 얼간이가 틀림없군요."

"왜 그걸로 언제 어디서든 오물이 없게 하지 않나요?" 내가 외치다시피 말했다.

그는 시선을 떨구고 매우 낙담한 모습이었다.

"나는 세상에서 제일가는 얼간이군요." 그가 중얼거렸다.

나는 그를 보고 미소를 지을 수밖에 없었고, 사실 딱하다는 생각도 없지 않았다. 그가 검은 금고의 내용물을 맡을 만한 사람이 아니라는 것이 명백했다. 그의 어리석은 지하 발명품은 어린 소년들의 모험소설이 키운 정신의 산물이었다. 이런 책에 나오는 터무니없는 설정은 모두 기계적이고 치명적이며 상상할 수 있는 가장 복잡한 방식으로 누군가를 죽이는 데만 골몰한다. 내가 살아서 그의 황당한 지하 세계에서 탈출한 것은 행운이었다. 동시에 나는 맥크루스킨 순경과 플럭 경사와 정산할 것이 조금 남아 있다는 것을 기억해 냈다. 내가 교수대에 매달려서 검은 금고를 되찾을 기회를 영영 잃어버리지 않은 건 이 신사분들이 잘 못해서가 아니다. 내 목숨은 내 앞에 있는 이 경찰관이 구한 것이다. 아마 우연이었겠지만, 그가 레버 판독값을 위험할 정도로 급격히 올리기로 했을 때 말이다. 그는 이것에 대해 약간의 보답을 받을 자격이 있다. 이 문제를 제대로 생각할 시간이 생길 때, 그에게 천만 파운드 정도 주고 정리할 수 있을 것이다. 그는 악당보다는 광대처럼 보였다. 그러나 맥크루스킨과 플럭은 다른 부류였다. 이 둘이 처음 나를 위협한 날을 후회하도록, 지하 세계의 기계를 조정해서 곤란, 위험, 두려움, 노동과 불편을 안겨 준다면 내 시간과 수고를 아낄 수 있으리라. 캐비닛 하나하나에 자전거와 위스키와 성냥 대신, 썩은 내장, 견딜 수 없는 악취, 차마 눈 뜨고 볼 수 없는 부패물을 담아 둘 것이다. 거기 하나같이 치명적이고 악취가 진동하는, 번득이고 끈적거리는 독사들이 뒤엉켜 있고, 수백만 마리의 병들고 썩은 괴물이 화덕을 열고 나가려고 자물쇠를 할퀴고, 뿔 달린 쥐들이 천장 배관을 따라 거꾸로 걸어가면서 나병에 걸린 꼬리를 경찰관들의 머리 위로 질질 끌고 다닐 것이다. 계산할 수 없을 만큼 위험하게 매시간 치솟는 판독값…….

"그건 달걀 삶을 때 아주 편리해요." 경찰관이 다시 끼어들었다. "반숙을 원하면 반숙이 되고, 완숙을 원하면 쇠처럼 단단하게 삶아지거든요."

"집에 가 봐야겠습니다." 내가 그를 노려보다시피 하며 단호하게 말했다. 나는 일어섰다. 그는 그냥 고개를 끄덕이고, 손전등을 꺼내고, 책상에서 내려왔다.

"달걀이 덜 익으면 맛이 없잖아요." 그가 말했다. "속쓰림과 소화불량만큼 안 좋은 게 없기도 하고요. 어제 평생 처음으로 제대로 익은 달걀을 먹었다니까요."

그가 높고 좁은 문으로 가는 길을 안내했고, 문을 열고 앞장서 어두운 계단을 내려가면서, 손전등을 앞으로 비추었다가 공손히 뒤로 돌려 내게 계단을 비춰 주었다. 우리는 천천히 나아갔고 침묵을 지켰으며, 그는 때때로 옆으로 걷다가 제복의 불룩한 부분을 벽에 문지르기도 했다. 창가에 도착하자, 그는 창문을 열고 먼저 덤불 속으로 나가, 내가 그의 곁으로 나갈 때까지 창문을 붙들어 주었다. 그는 불빛을 들고 웃자란 풀과 덤불 사이를 성큼성큼 앞장서 갔고, 우리가 울타리 틈새에 도착해 단단한 길가에 다시 설 때까지 아무 말도 하지 않았다. 그러고 나서 그가 말했다. 그의 목소리는 이상하게 머뭇거렸고 거의 사과하듯 들렸다.

"드릴 말씀이 있습니다." 그가 말했다. "사실 원칙의 문제라서 말하기가 좀 부끄럽습니다. 제가 원래 개인적으로 마음대로 하는 걸 좋아하지는 않거든요. 모두가 그러면 세상이 어떻게 될까 싶어서요."

그가 어둠 속에서 가볍게 질문하듯 나를 바라보고 있는 것이 느껴졌다. 나는 어리둥절하고 약간 불안했다. 그가 또 어떤 충격적인 말을 할 것만 같았다.

"무슨 말인가요?" 내가 물었다.

"제 작은 경찰 막사 말인데요……." 그가 웅얼거렸다.

"예?"

"막사가 너무 허름해서 창피하더군요. 그래서 달걀을 완숙으로 삶으면서, 제 마음대로 도배를 좀 했습니다. 이젠 아주 말끔해졌죠. 그 일로 기분이 상하거나 당황하지 않으셨으면 합니다."

나는 안도하면서 미소 짓고, 그에게 괜찮다고 얘기해 주었다.

"정말이지 너무나 큰 유혹이었어요." 그는 열심히 변명을 덧붙였다. "벽에 붙은 공지 사항을 떼느라 고생할 필요도 없었어요. 가만히 있어도 벽지가 저절로 그 뒤에 붙었으니까요."

"괜찮아요." 내가 말했다. "안녕히 계세요. 감사합니다."

"안녕히 가십시오." 그가 내게 경례하며 말했다. "도둑맞은 램프는 꼭 찾을 테니 안심하세요. 하나에 1실링 6펜스나 하는데, 그걸 계속 사려면 돈이 넘쳐나도 모자랄 테니까요."

나는 그가 울타리를 통과해 멀어지다가 뒤엉킨 나무와 덤불 속으로 돌아가는 것을 지켜보았다. 곧 그의 손전등이 나무줄기 사이에서 이따금 깜박이더니 마침내 완전히 사라졌다. 나는 다시 길 위에 혼자 남았다. 온화한 밤공기 속에서 나무들이 나른하게 부스럭대는 소리만 들려왔다. 나는 안도의 한숨을 내쉬고, 자전거를 만나러 대문을 향해 걸음을 내디뎠다.

제12장

이제 밤은 가장 강렬해지고 어둠은 한층 더 짙어졌다. 내 머릿속은 중요하면서도 불완전한 생각들로 가득했지만, 나는 그것들을 단호히 누르고 자전거를 찾아 당장 집으로 가기로 결심했다.

나는 대문 어귀에 이르러 조심스럽게 주위를 더듬었고, 내 공모자의 든든한 핸들바를 찾아 어둠 속으로 조심스럽게 손을 뻗었다. 손을 움직이고 뻗어 봐도, 아무것도 없거나 거친 화강암 벽만 만져졌다. 자전거가 사라졌다는 기분 나쁜 의심이 엄습해 왔다. 나는 더 다급하고 초조하게 찾기 시작했고, 대문 입구의 반원 전체를 손으로 수색했다. 그녀는 거기 없었다. 나는 망연자실한 채 잠시 서서, 마지막으로 집에서 뛰어 내려왔을 때 그녀를 풀어 줬었는지 기억하려고 애써 보았다. 그녀를 도둑맞았다는 생각은 들지 않았다. 설령 이 늦은 시간에 누가 지나갔다고 한들, 칠흑 같은 어둠 속에서 그녀를 볼 수는 없었을 것이다. 그렇게 서 있던 그때, 놀라운 일이 또 벌어졌다. 뭔가가 다정하게 내 오른손으로 미끄러져 들어왔다. 그것은 핸들바, **그녀의** 핸들바였다. 그것은 어둠 속에서 안내해 달라고 손을 내미는 어린아이처럼 내게 온 것만 같았다. 나는 깜짝 놀랐지만, 나중에 생각해 보니, 진짜 그게 내 손으로 들어왔는지, 아니면 내가 깊은 생각에 빠져 기계적으로 손을 움직이다가 특별한 도움이나 개입 없이 핸들바를 찾은 건지 확신할 수 없었다. 다른 때라면 이 신기한 사건을 궁금해하며 깊은 생각에 빠졌을 법도 하지만, 나는 이런 생각을 모두 억누르고 자전거의 나머지 부분을 더듬어 보았다. 그녀는 크로스바에 느슨하게 끈을 매단 채 어색하게 벽에 기대어 있었다. 내가 묶어 두었던 그 대문은 아니었다.

내 눈이 어둠에 적응해, 형태 없는 어두컴컴한 양쪽 도랑 사이에 있는 희끄무레한 길이 이제 선명하게 보였다. 나는 자전거를 가운데로 데려가, 부드럽게 출발하며 한쪽 다리를 넘기고 안장에 살포시 앉았다. 그녀는 즉시 내게 어떤 위안을, 좁은 경찰서에서의 홍분 후에 마음을 달래 주는 기분 좋은 휴식을 전해주는 것 같았다. 가슴이 점점 가벼워져서 행복하고 마음과 몸이 다시 편안해졌다. 나는 집에 도착할 때까지, 이 세상 그 무엇도 나를 안장에서 내리도록 유혹할 수 없으리라는 걸 알았다. 큰 집은 어느새 저 멀리 뒤에 있었다. 어디선가 산들바람이 일어나 지치지도 않고 내 등을 밀어 주었고, 나는 날개를 단 것처럼 힘들이지 않고 어둠을 뚫고 나아갔다. 자전거는 내 밑에서 정말이지 완벽하게 내달렸다. 그녀의 모든 부분이 정확하게 작동했고, 부드러운 안장 스프링은 울퉁불퉁한 길에서도 내 체중을 나무랄 데 없이 받아 주었다. 나는 내 옴니엄 4온스에 대해 마구 떠오르는 생각을 떨쳐 버리려고 단호하게 노력했다. 그러나 어떻게 하더라도, 수많은 설익은 공상—먹고, 마시고, 발명하고, 파괴하고, 바꾸고, 개선하고, 상을 주고, 벌을 주고, 심지어 사랑하는 터무니 없는 생각—이 마음에서 제비 떼처럼 쏟아지는 것을 막을 수는 없었다. 나는 이 모호한 생각의 조각 중 어떤 것은 천상의 것이고, 어떤 것은 끔찍하며, 또 어떤 것은 즐겁고 해롭지 않다는 것, 그리고 이 모두가 중차대하다는 것을 알 뿐이었다. 내 발은 기꺼이 반응하는 여성적인 페달을 황홀하게 밟았다.

흐릿하고 고요한 어둠 같은 코러한의 집이 오른편에서 내 뒤로 지나갔다. 이제 내 눈은 흥분으로 가늘어진 채, 저기 200야드 앞에 있는 내 집을 꿰뚫어 보려고 안간힘을 썼다. 그것은 내가 있을 거라고 예상한 바로 그 지점에서 서서히 모습을 드러냈고, 나는 네 개의 단순한 벽을 처음 본 순간 포효하고 환호하며 열렬한 인사를 외칠 뻔했다. 코러한의 집을 지나면서도—지금에서야 인정하지만—나는 내가 태어난 집을 다시 보게 되리라고 완전히 확신할 수는 없었다. 하지만 이제 내 집 밖에서 자전거에서 내리고 있었다. 살아남으니, 지난 며칠간의 위험하고 경이로운 일들은 웅장하고 장엄하게만 느껴졌다. 거대하고, 중요하고, 강해진 느낌이었다. 나는 행복했고 충만했다.

가게와 집의 앞쪽은 전부 어둠에 싸여 있었다. 나는 재빨리 자전거를 끌고 가 문에 기대 두고 옆쪽으로 돌아갔다. 부엌 창문에서 불빛이 새어 나오고 있었다. 존 디브니 생각에 미소가 떠올랐다. 나는 발꿈치를 들고 안을 들여다보았다.

내가 본 장면이 전혀 부자연스럽지는 않았지만, 나는 이제 영원히 끝났다고 생각했던 소름 돋는 충격을 다시 마주했다. 어떤 여자가 손에 무심하게 옷가지를 들고 식탁 옆에 서 있었다. 그녀는 부엌을 바라보고 등불이 있는 벽난로를 향해 서 있었고, 불 앞에 있는 누군가에게 빠르게 말하고 있었다. 내가 서 있는 곳에서 벽난로는 보이지 않았다. 여자는 디브니가 한때 결혼하겠다고 했던 페긴 미어스였다. 그녀의 모습은 그녀가 내 부엌에 있다는 사실보다 훨씬 더 놀라웠다. 나이 들고, 몹시 뚱뚱해지고, 머리카락은 잿빛으로 변한 듯했다. 옆모습을 보니, 임신한 것을 알 수 있었다. 그녀는 빠르게, 화를 내면서 말하고 있는 것 같았다. 그녀가 존 디브니에게 이야기하고 있고, 그는 불 앞에서 그녀를 등지고 앉아 있는 게 틀림없었다. 나는 이 기묘한 상황에 대해 생각해 보지 않고, 창문을 지나 문 걸쇠를 들어 올리고 재빨리 문을 연 후 안을 들여다보고 섰다. 불 앞에 있는 두 사람, 처음 보는 아이와 내 오랜 친구 존 디브니가 한눈에 들어왔다. 그는 나를 반쯤 등지고 앉아 있었는데, 나는 그의 모습에 소스라치게 놀랐다. 그는 엄청나게 살이 쪘으며, 갈색 머리칼은 사라지고 완전히 대머리가 되어 있었다. 강인한 얼굴은 무너져 턱 밑으로 살이 늘어져 있었다. 나는 불빛을 받은 그의 눈가에서 행복이 희미하게 반짝이는 것을 알아볼 수 있었다. 뚜껑 열린 위스키병이 그가 앉은 의자 옆 바닥에 놓여 있었다. 그는 열린 문을 향해 느릿느릿 몸을 돌리다, 반쯤 일어서며 비명을 질렀다. 그의 비명은 나를 꿰뚫고 집을 관통해 올라가 하늘의 천장에서 소름 끼치게 울려 퍼졌다. 나를 응시하는 그의 눈은 미동도 없이 고정되어 있었고, 늘어진 그의 얼굴은 쪼그라들었다가 창백하고 축 처진 살덩어리로 흐물흐물해지는 것 같았다. 그의 턱이 기계처럼 몇 번 딸깍대더니, 그가 또 한 번 끔찍한 비명을 지르며 앞으로 꼬꾸라졌다. 그의 비명은 심장이 멎는 신음으로 잦아들었다.

나는 겁이 나고 창백해진 채, 속수무책으로 문간에 서 있었다. 소년이 뛰어나와 디브니를 일으키려고 했다. 페긴 미어스도 놀라 소리치면서 달려 나왔다. 그들은 디브니를 똑바로 눕혔다. 그의 얼굴은 공포로 혐오스럽게 일그러져 있었다. 그의 눈이 뒤집힌 채 거꾸로 다시 나를 향했고, 또다시 날카로운 비명을 지르며 입가에 역겨운 거품을 물었다. 나는 그를 바닥에서 일으켜 세우는 걸 도우려고 몇 발짝 앞으로 나갔지만, 그는 실성한 듯 경련을 일으키며 네 마디를 간신히 내뱉었다. "저리 가, 저리 가." 그의 목소리가 어찌나 두려움과 공포에 질려 있었던지, 나는 그의 모습에 소스라치며 멈춰 섰다. 여자가 하얗게 질린 아이를 정신없이 밀며 말했다.

"뛰어가서 아버지한테 의사를 데려와, 토미! 어서, 어서!"

아이는 뭐라고 중얼거리더니, 나를 보지 않고 열린 문 바깥으로 뛰쳐 나갔다. 디브니는 얼굴을 두 손에 묻고, 갈라진 목소리로 신음하고 횡설수설하면서 누워 있었다. 여자는 무릎을 꿇은 채, 그의 머리를 들어 달래려고 애썼다. 그녀는 이제 울면서 그가 술을 끊지 않으면 무슨 일이 일어날 줄 알았다고 중얼댔다. 나는 조금 앞으로 나가 말했다.

"도와드릴까요?"

그녀는 나를 전혀 알아차리지 못했고 내게 눈길조차 주지 않았다. 그러나 내 말은 디브니에게 이상한 영향을 미쳤다. 그는 울음 섞인 비명을 두 손으로 틀어막았다. 그것은 숨 막히는 흐느낌으로 잦아들었고, 그가 얼굴을 너무 단단하게 손에 파묻은 나머지 손톱이 귓가에 늘어진 창백한 살을 파고 들어가는 것이 보였다. 나는 점점 더 두려워졌다. 그 장면은 섬뜩하고 불안했다. 나는 한 발짝 더 앞으로 나갔다.

나는 미어스에게 큰 소리로 말했다. "괜찮다면, 그를 침대로 옮기겠습니다. 위스키를 너무 많이 마셨을 뿐이에요."

이번에도 여자는 아무것도 알아차리지 못했지만, 디브니는 차마 보기 끔찍한 경련을 일으켰다. 그는 팔다리를 기괴하게 움직이면서 반쯤 기고 굴러가, 벽난로 건너편에서 구겨진 덩어리처럼 웅크렸다. 그 와중에 위스키병이 엎어져 요란한 소리와 함께 바닥을 굴러갔다. 그는 신음하고 고통으로 울부짖었는데, 나를 뼛속까지 오싹하게 했다. 여자는 불쌍하게 울고 그를 달래면서, 무릎으로 기어 그를 따라갔다. 그는 누워 있는 곳에서 발작하듯 흐느꼈고, 죽음의 문 앞에서 횡설수설하는 사람처럼, 울면서 연결되지 않는 말들을 중얼거리기 시작했다. 그것은 나에 관한 것이었다. 그는 내게 가까이 오지 말라고 했다. 내가 거기 없다고 했다. 내가 죽었다는 것이다. 그가 큰 집 마룻바닥 밑에 둔 것은 검은 금고가 아니라 지뢰, 폭탄이었다고 했다. 그것은 내가 건드렸을 때 터졌다. 그는 남아 있던 곳에서 폭발을 지켜봤다. 그 집은 산산조각이 났다. 나는 죽었다. 그는 내게 가까이 오지 말라고 비명을 질렀다. 나는 16년 동안 죽어 있었다.

"그가 죽어 가고 있어." 여자가 울부짖었다.

내가 그의 말에 놀랐는지, 아니 그의 말을 믿기라도 했는지 모르겠다. 내 마음은 텅 비고 가벼워졌고 새하얗게 변한 느낌이었다. 나는 움직이지도 생각하지도 않고, 오랫동안 거기 그대로 서 있었다. 얼마 후 집이 낯설다는 생각이 들었고, 바닥에 있는 두 사람도 불확실하게 느껴졌다. 둘 다 신음하고 통곡하고 울고 있었다.

"그가 죽어 가고 있어, 죽어 가고 있어." 여자가 다시 소리쳤다.

내 뒤로 열린 문을 통해 차갑게 살을 에는 바람이 불어와 이따금 등불 빛을 뒤흔들었다. 갈 시간이라는 생각이 들었다. 나는 더 뻣뻣해진 걸음으로 뒤돌아 문을 나왔고, 집 앞을 돌아 내 자전거에게 갔다. 그것은 사라지고 없었다. 나는 다시 길 위로 나와, 왼쪽으로 방향을 틀었다. 밤이 물러가고, 매섭고 혹독한 바람과 함께 새벽이 왔다. 하늘은 검푸르고 불길한 징조로 가득했다. 시커멓게 성난 구름이 서쪽에 쌓이고 있었다. 폭식해서 불룩하게 부풀어 오른 구름은 썩은 것을 토해 내고 황량한 세상을 익사시킬 준비가 되어 있었다. 슬프고, 공허하고, 아무런 생각도 들지 않았다. 길가 나무들은 썩고 제대로 자라지 못했으며, 앙상한 나뭇가지는 바람에 음울하게 흔들렸다. 가까이 있는 풀은 억세고 악취가 진동했다. 물에 잠긴 습지와 병든 늪이 좌우로 끝없이 펼쳐져 있었다. 창백한 하늘은 보기 끔찍했다.

청하지도 않았는데, 내 발이 수 마일에 걸친 험하고 쓸쓸한 길 위로 무감각한 내 몸을 실어 날랐다. 내 마음은 완전히 텅 비었다. 나는 내가 누군지, 여기가 어딘지, 지상에서 내 직업이 뭐였는지 기억할 수 없었다. 나는 혼자였고 쓸쓸했지만, 자신에 대해 아무 관심도 없었다. 머리에 달린 눈은 떠 있었지만, 머리가 텅 비어 있어서 아무것도 보이지 않았다.

나는 문득 내 존재를 의식하고 주변을 살펴보았다. 굽이진 길이 있었고, 거기를 돌자, 놀라운 광경이 눈앞에 펼쳐졌다. 100야드쯤 앞 왼편에 깜짝 놀랄 만한 집 한 채가 있었다. 흡사 도로변 광고판에 조악하게 그려진 엉터리 그림 같았다. 그것은 완전히 가짜 같았고 전혀 설득력이 없었다. 그 건물에는 깊이도 넓이도 없어 보여서, 어린아이도 속아 넘어가지 않을 것 같았다. 나는 이전에도 도로변 그림과 안내판을 본 적이 있었기 때문에, 그것 자체가 그렇게 놀랍지는 않았다. 내가 어리둥절할 수밖에 없었던 것은, 마음속 깊이 확실히 알고 있었던 사실, 그러니까 이게 바로 내가 찾고 있던 그 건물이고, 그 안에 사람이 있다는 것 때문이었다. 내 평생 그토록 부자연스럽고 형편없는 걸 두 눈으로 보기는 처음이었다. 마치 으레 있는 차원 하나가 빠져서 나머지도 의미를 잃은 것처럼, 내 시선은 그것을 이해하지 못하고 주변을 맴돌았다. 집의 외관은 내가 마주친 것 중 가장 놀라운 것이었다. 나는 그것이 두려웠다.

나는 속도를 늦춰 계속 걸어 나갔다. 다가가자, 집 모양이 변한 것 같았다. 처음에는 평범한 집 모양과 전혀 어울리지 않았는데, 이제 일렁이는 물속에 있는 것을 언뜻 볼 때처럼 윤곽이 모호해졌다. 그러다 다시 또렷해지더니, 뒤쪽으로 어떤 공간, 그러니까 집 정면 뒤로 방이 있을 만한 작은 공간이 나타나기 시작했다. 내가 그렇게 생각한 것은, 옆면이 있어야 할 방향으로 다가가고 있음에도, 내 위치에서 정면과 뒷면이 동시에 보이는 것 같았기 때문이다. 옆면이 보이지 않았기 때문에, 나는 그 집이 내 쪽으로 꼭짓점을 둔 삼각형이라고 생각했다. 하지만 15야드 정도 떨어진 곳까지 다가갔을 때, 내 쪽으로 난 작은 창을 똑똑히 볼 수 있었고, **모종의** 옆면이 있다는 것을 알게 된 것이다. 이내 내가 건물의 그늘 안에 거의 들어와 있는 것을 깨달았고, 나는 놀라움과 불안으로 목이 타고 겁이 났다. 가까이서 보니 아주 희고 적막하다는 것만 빼면 꽤 평범해 보였다. 막사는 중대하고도 두려운 느낌을 불러일으켰다. 온 아침과 온 세상이 오로지 그것의 틀을 짜고 거기에 크기와 위치를 부여하기 위해 존재했던 것만 같았다. 내 단순한 감각으로도 그것을 발견하고 스스로 이해한 척할 수 있도록 말이다. 문 위의 경찰 로고가 그곳이 경찰서인 걸 알려 주었다. 내 평생 그런 경찰서는 본 적이 없었다.

나는 가던 길을 멈췄다. 저 멀리 뒤쪽에서 발소리, 서둘러 나를 따라오는 무거운 발소리가 들렸다. 나는 뒤돌아보지 않은 채, 경찰서를 10야드 앞에 두고 그대로 서서, 황급한 발걸음을 기다렸다. 발소리가 점점 더 커지고 더욱더 무거워졌다. 마침내 그가 내 곁으로 왔다. 존 디브니였다. 우리는 서로 쳐다보지 않았고 어떤 말도 나누지 않았다. 나는 그와 나란히 걸음을 옮겼고, 우리 둘은 경찰서로 걸어 들어갔다. 몸집이 엄청나게 큰 경찰관이 우리를 등지고 서 있었다. 그의 뒷모습은 특이했다. 그는 하얗게 칠해진 깔끔한 휴게실의 작은 카운터 뒤에 서서 입을 벌리고 벽에 걸린 거울을 들여다보고 있었다.

"이가 말썽이군." 그가 무심히 낮게 중얼거리는 소리가 들렸다. "병은 대개 치아에서 비롯되는 법이지."

그가 뒤돌았을 때, 우리는 그의 얼굴에 놀랐다. 몹시 뚱뚱하고, 붉고, 넓적했다. 얼굴은 밀가루 포대처럼 투박하고 묵직하게 제복의 목깃 위에 정확히 놓여 있었다. 얼굴의 아랫부분은 특이한 동물의 더듬이처럼 피부에서 허공으로 뻗어 나온 시뻘건 콧수염에 가려져 있었다. 뺨은 붉고 통통했다. 눈은 위로는 빽빽한 눈썹에 가려지고, 아래로는 두툼하게 접힌 피부에 묻혀 거의 보이지 않았다. 그는 육중하게 카운터 안쪽으로 다가왔고, 디브니와 나는 순순히 문 쪽에서 걸어 나가 우리는 마침내 얼굴을 마주했다.

"자전거 때문에 오셨습니까?" 그가 물었다.

주

7 **드 셀비** 오브라이언이 창조한 허구적인 괴짜 학자.

10 **파넬** Charles Stewart Parnell(1846~1891). 아일랜드의 민족
주의자이자 독립운동가.

11 **각반** 바짓단을 고정하거나 보호하기 위해 종아리에 두르는 천
이나 가죽.

15 **해치조와 바셋** 드 셀비와 마찬가지로, 해치조와 바셋을 비롯한
드 셀비 연구자들은 모두 가상의 인물이다.

20 **마일** 1마일은 대략 1.6킬로미터에 해당한다.

29 **야드** 1야드는 대략 91.4센티미터에 해당한다.

33 **피트** 1피트는 대략 30센티미터 정도다.

    인치 1인치는 대략 2.5센티미터에 해당한다.

82 **탠덤** 두 사람이 함께 페달을 밟는 2인승 자전거.

    벨로시페드나 페니파딩이라는 말이에요 벨로시페드는 19세기
중반에 등장한, 큰 앞바퀴에 페달이 달린 자전거. 페니파딩은
19세기 후반에 발명된 매우 큰 앞바퀴와 작은 뒷바퀴로 이루어
진 자전거.

83 **토탄** 과거 아일랜드 시골에서는 습지에서 식물 등이 오랜 시간

에 걸쳐 분해되어 생긴 토탄을 잘라 연료로 사용했다.

99 **제 직업도 국적도 ~ 아니라면 말이지요** 강한 확신을 나타내는 영어 관용구 'I'm a Dutchman'을 장황하게 과장해 변형한 표현. '(만약 내 말이 틀리면) 나는 네덜란드인이다'로 직역되는 이 관용구는 '(만약 내 말이 틀리면) 내 성을 갈겠다' 정도의 의미로 통용되는데, 여기서는 반복과 과장을 통한 언어유희를 전달하기 위해 원문 표현을 살려 옮긴다.

르 루아 사무즈(*roi-s'amuse*, 왕은 즐긴다) 빅토르 위고(Victor Hugo)가 쓴 프랑스 희곡의 제목.

102 **레프러콘** 옛 아일랜드 이야기에 등장하는 요정.

111 **아카탈렉틱**(acatalectic) 시의 운율 용어로, 시행의 마지막에 음절이 생략되지 않고 온전한 형태로 완결되어 있음을 뜻한다.

114 **랫트랩 페달** 쥐덫처럼 생긴 발 고정 장치가 있는 고전적인 자전거 페달.

117 **포크** 자전거 앞바퀴와 핸들을 연결해 방향 전환을 가능케 하는 자전거 부품.

120 **바큇살** 자전거 허브와 바퀴테(림)를 연결하는 스포크.

123 **결손** 원문은 'defalcation'으로 '횡령(법률)' 혹은 '결손(회계)'을 뜻한다. 여기에서는 전문 용어를 엉뚱하게 남발하는 경사의 과장된 언어 습관을 보여 준다.

124 **지그** 빠르고 활기찬 아일랜드 민속춤.

놀리 메 탄게레(*noli-me-tangere*, 나를 만지지 말라) 요한복음 20장 17절에서 부활한 예수가 마리아에게 한 말의 라틴어 표현.

125 **『홀과 나이트의 대수학』** 홀(H. S. Hall)과 나이트(S. R. Knight)가 집필했으며, 오랫동안 수학 교육에 활용되어 온 대수학 교과서.

129 **『존 불』** 20세기 초중반 영국에서 발행된 정기간행물.

130 **허브** 자전거 바퀴 중심부.

134 **그랜드 내셔널** 매년 영국에서 개최되는 경마 대회.

143 **그럼 어떤 조치를 ~ 올바른 방향의 걸음입니다** step의 여러 의미 (조치, 단계, 걸음)를 활용한 언어유희.

144 **뒷발판** 자전거 뒷바퀴 쪽에 달린 발 디딤판.

145 **순찰 구역을 ~ 다녀야 하니까요** 원문에는 'ride', 'rides', 'ridings'가 연달아 나오며, 'riding'이 '(자전거) 타기'와 '(행정) 구역'을 함께 뜻하는 점을 활용한 말장난이 사용되었다.

150 **팬케이크** 이 소설에서 '일/사안', '문제', 혹은 수수께끼 같은 '난제' 등의 의미로 반복적으로 등장한다. 작품 특유의 말장난의 일종이다.

151 **빨간 머리 남자들의 특이한 사건** 아서 코난 도일(Sir Arthur Conan Doyle)의 셜록 홈스 탐정 단편 「빨간 머리 연맹(The Red-Headed League)」을 연상시킨다.

155 **경야** 초상집에서 망자의 곁에서 밤을 지새우는 풍습.

157 **빨래 압착 롤러** 롤러 두 개 사이에 세탁물을 넣고 압착하는 기계로, 과거 세탁물의 물기를 제거하거나 주름을 펴는 데 사용했다.

160 **'티나헬리와 실레일리 방면 환승!', '필드에 2대 1!'** 티나헬리 (Tinahely)와 실레일리(Shillelagh)는 아일랜드 위클로 카운티 (County Wicklow)에 위치한 마을. '필드에 2대 1!'은 경마장에서 배당률을 알리는 외침.

167 **트랩도어** 죄수를 떨어뜨리기 위해 교수대 바닥에 설치하는 작은 덧문 모양의 장치.

173 **산문칸토** 원문은 'prosecanto'로, 산문(prose)과 긴 시의 일부분을 가리키는 칸토(canto)를 합성한 조어.

174 **드셀비아나(원문 오류)** 원문은 'deselbiana(*sic*)'로, 'deselbiana'는 드 셀비(de Selby)와 '~에 관한 자료'를 뜻하는 접미사(-iana)를 붙여 만든 신조어다. 뒤에 추가된 '*sic*'은 주인

공이 원문(여기서는 바셋의 글)에 있는 대문자 및 띄어쓰기 오류를 교정하지 않고 그대로 옮겼음을 나타내는 표기다.

180   **헌드레드웨이트** 1헌드레드웨이트는 영국식 기준 약 50.8킬로그램(112파운드)이다.

187   **말과 수레는 ~ 걸러 내는 꼴이지** 성경 구절 "하루살이는 걸러 내고 낙타는 삼킨다(마태복음 23:24)"를 변형한 문장이다. 큰 것은 넘기면서 사소한 것에 집착한다는 의미로 쓰였다.

192   **스톤** 영국 및 아일랜드에서 사용하는 무게 단위로, 1스톤은 14파운드 또는 약 6.35킬로그램에 해당한다.

193   **페달 자전거를 ~ 위대한 남자들이지요** 사실과 허구가 뒤섞인 문장이다. 월터 롤리 경(Sir Walter Raleigh)은 영국 정치가, 작가, 탐험가로, 페달 자전거 발명과는 무관하다. 조지 스티븐슨(George Stephenson)은 증기기관차의 개발과 보급에 공헌한 기술자고, 나폴레옹 보나파르트(Napoleon Bonaparte), 조르주 상드(George Sand), 월터 스콧(Walter Scott)은 각각 프랑스 황제, 프랑스 소설가, 스코틀랜드 작가다. 여기서 경사는 이들을 모두 '위대한 남자들'로 칭하지만, 조르주 상드는 실제로는 여성이다.

206   **헬리컬 기어** 톱니가 축에 대해 사선으로 비스듬히 절단된 원통형 기어.

228   **담배 카드** 19세기 말에서 20세기 초까지 담배 회사들이 담뱃갑에 넣어 제공한 수집용 그림 카드.

231   **습포제의 눅눅한 빵** 과거 서양 민간요법에서 따뜻한 우유나 물에 적셔 반죽처럼 만든 빵을 헝겊에 싸서 환부에 붙이는 습포제로 사용했다.

236   **자치** '자치' 또는 '홈룰(Home Rule)' 운동은 영국의 통치를 받고 있던 아일랜드가 19세기 후반에서 20세기 초에 걸쳐 영국 제국 안에 머물되 아일랜드 국내 문제에 관한 자치권을 갖는 것

을 목표로 전개했던 운동이다.

237 퍼매너 북아일랜드의 카운티 이름이며, 옛 게일 왕국의 이름이기도 하다.

238 투스카니의 병사들도 환호를 참지 못했다 영국의 정치인, 역사가, 시인인 토머스 B. 매콜리(Thomas B. Macaulay)의 시 「다리 위의 호라티우스(*Horatius at the Bridge*)」에 나오는 구절.

240 바다에도 땅에도 없었던 빛, 농부의 희망과 시인의 꿈 원문은 "The light that never was on sea or land, the peasant's hope and the poet's dream"으로 영국 시인 윌리엄 워즈워드(William Wordsworth)의 「비가의 연들(*Elegiac Stanzas*)」의 다음 시행과 유사하다. "The light that never was, on sea or land, / The consecration, and the Poet's dream(바다에도 땅에도 없었던 빛, 봉헌, 그리고 시인의 꿈)."

248 보트 열차 항구까지 승객을 실어 나르는 열차.

276 온스 야드파운드법에 따른 무게 단위. 상용 온스는 28.35그램, 금이나 은, 약제용으로는 약 31.1그램에 해당한다.

현실과 환상의 경계에서 펼쳐지는 기묘한 이야기

이정화(조선대학교 영어교육과 교수)

『세 번째 경찰관(*The Third Policeman*)』의 저자로 알려진 플랜 오브라이언(Flann O'Brien)은 사실 그가 사용한 여러 필명 중 하나다. 그는 브라이언 오놀란(Brian O'Nolan)이라는 본명으로 20년 가깝게 꽤 성공적인 공무원의 삶을 살았다. 동시에 그는 오브라이언, 그리고 마일스 나 그코팔린(Myles na gCopaleen/Gopaleen)이라는 필명으로, 영어와 아일랜드어로 소설과 희곡을 발표하고 풍자 칼럼도 꾸준히 연재했다. 그가 필명으로 집필 활동을 한 데에는 당시 아일랜드 공무원에게 정치적 중립 의무가 엄격하게 적용되었다는 점이 큰 영향을 미쳤다. 영국에서 갓 독립한 아일랜드의 공무원이었던 오놀란은 때로는 마일스로, 때로는 오브라이언으로, 문학을 통해 정부 정책과 관료주의를 풍자하고 현실 너머를 상상했다. 하지만 그가 필명을 사용한 이유를 순전히 공무원 신분에 따른 현실적인 제약 때문만으로 볼 수는 없을 듯하다. 그에게는 대학 시절 이미 브라더 바나바스(Brother Barnabas)라는 또 다른 필명으로 잡지에 글을 연재한 전력이 있기 때문이다. 또 그는 1953년 공직에서 은퇴한 후에도 필명 사용을 멈추지 않았다. 1966년 만우절에 사망한 그는 여러 정체성을 오가며 현실과 허구의 경계를 넘나들었고 그 경계에서 생을 마감했다. 『세 번째 경찰관』은 그의 유작이다.

"지옥은 돌고 또 돈다"

1939년 첫 장편소설을 발표한 오브라이언은 연이어 『세 번째 경찰관』을 집필했고 이듬해 이 소설을 완성했다. 그러나 『세 번째 경찰관』은 이로부터 27년이나 지난 1967년에 가서야 독자를 만날 수 있었다. 『세 번째 경찰관』을 완성했을 때, 그는 첫 소설을 출간했던 영국 롱맨 출판사에 원고를 보냈다. 그러나 출판사는 이 소설 원고가 너무 "환상적"이라는 이유로 출판을 거절했다. 제목을 『지옥은 돌고 또 돈다(*Hell Goes Round and Round*)』로 바꿔서 소설을 미국에서 발표하려고도 해 봤지만, 이 역시 오브라이언의 뜻대로 되지 않았다. 출판 시도가 무산된 후, 그는 매우 구체적인 정황을 지어 내기까지 하면서 자신이 이 소설의 원고를 분실했다고 주변에 말하고 다녔다. 그는 어떤 이들에게는 원고를 전차나 기차, 혹은 호텔에서 잃어버렸다고 했고, 또 다른 이들에게는 여행 중 원고가 차 트렁크에서 한 장씩 날아갔다고도 했다. 그렇게 오랫동안 사라진 소설로 알려졌던 『세 번째 경찰관』은 작가가 사망한 이듬해 비로소 출판되어 독자들에게 읽힐 수 있었다.

오브라이언이 한 편지에서 쓴 것처럼, 이 소설이 보여 주는 것은 "죽은 자들, 저주받은 자들의 세계"다. 『세 번째 경찰관』의 (이름을 기억하지 못하는) 주인공은 소설이 시작하자마자 대뜸 자신이 친구 디브니와 함께 살인을 저질렀다고 고백한다. 이들이 이런 일을 벌인 이유는 한 부유한 노인의 금고를 빼앗기 위해서였는데, 주인공은 살인을 저지른 후에야 디브니가 금고를 독차지할 속셈이었다는 걸 알아차린다. 애초에 자기 것이 아니었던 금고를 빼앗겼다는 자기중심적인 착각에 갇힌 그가 이상한 경찰서를 스스로 찾아가고 전대미문의 당혹스러운 상황과 죽을 고비에 빠지는 내용이 이 소설의 주요 얼개를 이룬다. 흥미로운 점은, 소설의 초반부를 제외하고 대부분의 이야기가 펼쳐지는 동안 주인공이 이미 죽은 상태였다는 사실이다. 이런 사실은 『세 번째 경찰관』의 마지막에 가서야 밝혀진다. 주인공은 죽을 위기에서 필사적으로 도망쳐 마침내 안전한 집으로 돌아왔다고 안도하는 순간, 자신이 오래전에 이미 죽었다는 걸 깨닫게 된다. 금고를 손에 쥐었다고 착각한 바로 그 순간부터 그는 줄곧 지옥에 있었다.

그런데 소설 속 지옥의 모습이 예사롭지 않다. 그것은 우리가 흔히 상상하는 지옥과는 한참 거리가 멀다. 『세 번째 경찰관』에서 주인공은 뜨거운 지옥 불이라든가 살을 에는 추위라든가 끔찍한 비명을 내지르게 하는 신체적 형벌로 고통받지 않는다. 소설 속 지옥은 위압적인 체구의 경찰관들이 관장한다. 이들은 "자전거 때문에 오셨습니까?"라며 짐짓 공손하게 주인공을 맞이하고, 심지어 따뜻한 음식과 잠자리를 내어 주기도 한다. 물론 그렇다고 해서 지옥이 편안할 리는 없다. 경찰관들은 알 수 없는 이유로 자전거에 집착하며, 주인공의 경찰서 방문 이유에 대해서도 미리 정해진 결론을 집요하게 강요해서 그를 어리둥절하게 만든다. 경찰관들은 어처구니없는 이야기들을 논리적이고 과학적인 양 천연덕스럽게 늘어놓고, 공권력을 자의적으로 행사하며, 급기야 (이미 죽은) 그의 목숨을 위협한다. 또, 경찰관들은 자전거를 탈 때 사람과 자전거 사이에 원자의 상호 침투가 일어난다고 확신하면서, 이런 원자 교환을 억제한다는 명분으로 주민들의 일상을 감시하고 통제한다.

경찰관들의 강박적이고 임의적인 공권력 행사에 당황하고 괴로워하면서도, 이들이 들려주는 신기한 이야기에 매료되어 번번이 위험을 자초하고 또 쩔쩔매기를 반복하는 주인공의 모습은 실소를 자아낸다. 경찰관 중 플럭 경사는 "모든 걸 자신에게 유리하게 만드는 게 참된 지혜의 규칙"이라고 주장하면서, 눈앞의 위기를 모면하기 위해 주인공을 살인범으로 몰아 교수형에 처하려고 한다. 주인공은 자신이 실제로 살인했다는 사실을 편리하게 무시한 채 부당하고 억울하다고 항변하고, 플럭 경사는 "이 고장에서는 다 이렇게 일합니다"라며 편의주의적인 공권력 행사를 당연시한다. 주인공은 살인이라는 큰 죄를 범했지만, 자기가 저지른 죄 때문이 아니라 공권력의 횡포에 교수형 당할 처지에 놓인다. 주인공이 "목숨을 잃는 한이 있더라도" 죽지 않기 위해 "죽을 때까지 저항"하겠다고 결연하게 외칠 때, 우리는 엉뚱한 상황 전개와 주인공의 자가당착에 실소를 터뜨리다가, 부조리한 공권력의 폭력을 꼬집는 오브라이언식 풍자를 발견하게 된다.

『세 번째 경찰관』의 주인공은 자기가 이미 죽은 줄도 모른채, 죽지 않으려고 발버둥 치며 "금고를 다시 내 손에 넣을 때까지는 도저히 행복할 수 없으리라는 생각"에 사로잡혀 있을 뿐, 죄책감이나 회한을 느끼지 않는다. 그래서 이 소설에는 살인을 저지른 주인공의 심리적 위기나 도덕적 회복의 계기가 들어설 여지가 없어 보인다. 오브라이언이 창조한 지옥은 주인공의 속죄나 도덕적 갱생을 위한 장치가 아니다. 살인하고 친구에게 죽임당한 그는 경찰관들이 주민들을 정중하고 친근하게 감시하고 통제하는 부조리한 세계에 내던져졌다. 그는 천신만고 끝에 경찰들에게서 간신히 도망치지만, 소설의 마지막에 가서 모든 기억을 다시 잃고 마치 처음인 것처럼 경찰서를 재방문한다. 망각을 영원히 반복하는 순환적인 구조로 이루어진 지옥에는 출구가 없다. 주인공은 영원히 구제받을 길 없이, 같은 경험을 무한히 되풀이한다. "지옥은 돌고 또 돈다."

환상과 현실, 혹은 익숙한 낯섦

오브라이언이 편지에서 밝혔듯이, 이 작품의 배경은 "어떤 규칙과 법칙도 (심지어 중력의 법칙조차도) 유효하지 않은" 곳이다. 주인공은 집을 떠난 지 이제 겨우 며칠이 지났을 뿐이라고 생각했지만, 현실 세계에서는 그가 "16년 동안 죽어 있었다"는 사실을 발견하게 된다. 현실 세계의 시공간 법칙이 통하지 않는 이곳에서 온갖 기묘하고 황당무계한 일들이 벌어진다. 경찰관들은 의미를 알 수 없는 숫자들을 기록하고 관리하느라 동분서주하고, 자전거와 사람의 원자 교환을 막기 위해 주민들의 자전거를 숨겼다가 찾아주기를 반복한다. 또 이들은 소리를 채집해 빛으로 바꾸거나 빛을 소리로 바꾸기도 하고, 확대경을 사용해도 보이지 않을 만큼 "너무 작아서 없는 거나 마찬가지"인 예술품을 만들며, "소리가 신비롭게 희박해져서 자기만 들을 수 있는" 음악을 감상한다. 심지어, '영원'이라고 불리는 지하 세계에서는 시간이 정지된 채 똑같은 방이 무한히 반복된다. 한마디로, "여기서는 못할 말이 없고, 뭐든 진실이 되고, 믿지 않을 수가 없"는 상황이 연거푸 펼쳐진다.

『세 번째 경찰관』 속 지옥은 신화적인 세계가 아니라, 복잡하고 정교한 기기들이 가득한 기술 문명의 세계다. 승강기가 설치된 '영원'은 강철 벽과 철판 바닥으로 이루어져 있으며, 톱니바퀴와 복잡한 기기들과 전선이 사방에 가득한 곳이다. 소설 속 환상적인 사건들은 주인공의 사고와 지각의 한계를 조롱하면서 그에게 반복적인 충격을 준다. 엉뚱하고 터무니없는 현상들이 극단적으로 정교하고 집요하게 증명되어 그에게 감당하기 힘든 괴로움을 준다. 이를테면, 빛을 짜서 소리로 바꾸는 과정은 "너무나 섬세해서 곁눈질로도 차마 보기 힘들" 정도고, 눈앞에서 펼쳐지는 일들은 "보면 믿어야 할까 봐 쳐다보기가 두려울 지경"이다. 소설 속 주인공은 극단적인 근대 기술 문명의 과장된 예들을 접하고 "심장 주위의 근육이 고통스럽게 조여드는 것" 같은 괴로움을 느낀다.

그러나 이런 환상적인 세계가 현실과 그리 멀리 떨어져 있지는 않다. 소설은 환상과 현실의 경계, 낯섦과 익숙함이 기묘하게 뒤섞인 공간을 배경으로 펼쳐진다. 무엇보다도, 소설의 풍경 묘사가 이를 잘 드러내 준다. 소설 속 자연 풍경에는 "특이한 종류의 낯섦"이 깃들어 있다고 묘사된다. 작품 속 자연은 기이하고 초자연적인 분위기를 풍기면서도, 아일랜드 농촌의 삶과 긴밀히 연결되어 있다. 이를테면, 오브라이언은 아일랜드 습지와 토탄 채취 장면을 여러 차례 묘사함으로써, 아일랜드 시골의 특징적인 자연과 문화를 작품 속 기이하고 환상적인 세계 속으로 불러온다. 실제로, 아일랜드 시골에서는 오랫동안 습지에서 식물이 쌓이고 탄화되어 만들어진 토탄을 캐서 연료로 사용했다. 아일랜드 시인 셰이머스 히니(Seamus Heaney)도 「땅파기(*Digging*)」라는 시에서 습지에서 토탄을 캐는 할아버지의 모습을 애정을 담아 묘사한 바 있다. 이렇듯, 토탄 채취는 척박한 땅에서 살아온 아일랜드 사람들의 전통적인 삶의 양식과 아일랜드의 자연을 상징적으로 보여 준다.

그러고 보면, 소설 속 이상한 경찰관에게도 어딘가 익숙한 구석이 있다. 플럭 경사는 "몸의 각 부분은 그 자체로는 꽤 평범해 보였다"고 묘사된다. 다만, "한꺼번에 보면 그의 몸은 어딘지 모르게 연결이 어긋나고 비율이 맞지 않아서, 거의 섬뜩하고 기괴하다고 할 정도로 굉장히 불안하게 부자연스러운 인상을 풍겼다"는 것이다. 소설을 집필하던 당시 현직 공무원이기도 했던 작가가 법질서의 집행자인 경찰을 이처럼 기괴하게 묘사하고 강박적 관료주의를 풍자했다는 것이 뜻밖으로 다가올 수도 있다. 비록 『세 번째 경찰관』에 정치와 역사가 전면에 드러나 있지는 않지만, 이 소설이 집필된 1939~1940년 무렵 아일랜드의 상황을 참조할 때, 오브라이언의 환상적인 이야기가 갖는 현실적인 울림이 더 풍성하게 전달될 수 있을 것이다.

영국의 식민 지배를 받았던 아일랜드는 독립전쟁(1919~1921)과 내전(1922~1923), '아일랜드 자유국(Irish Free State, 1922~1937)' 시기를 거쳐, 아일랜드 헌법을 제정(1937)하고 초대 대통령이 취임(1938)하면서 독립 국가로서의 정체성을 공고히 해 나갔다. 이 과정에서 1920년대에 공공질서와 안보를 위해 시민권을 제한할 수 있게 한 일련의 '공공안전법(Public Safety Acts)'이 시행되었다. 이후 1939년 제 2차 세계대전이 발발하자, 아일랜드는 '비상 사태(The Emergency)'를 선포하고 국가에 광범위한 검열과 통제 권한을 부여한 '비상 권한법(Emergency Powers Act, 1939)'을 시행하였다. 『세 번째 경찰관』은 이처럼 국가 권력이 시민의 일상을 통제하고 검열할 수 있었던 '비상 사태'에서 집필됐다. 어떤 규칙도 유효하지 않고 무슨 일이든지 일어날 수 있는 소설 속 지옥 세계가 낯설면서도 기묘하게 익숙한 것은, 이런 소설 밖 현실의 상황과도 무관하지 않다.

이야기 속의 이야기

『세 번째 경찰관』의 주인공은 소설의 초반부에 그가 살인을 저지르게 된 동기를 다음과 같이 서술한다. "지금부터 들려줄 이야기에서, 내가 처음으로 저지른 심각한 죄가 드 셀비를 위해서였다는 것을 기억해야 한다. 내가 저지른 가장 큰 죄도 그를 위해서였기 때문이다." 드 셀비는 오브라이언이 창조한 허구적인 괴짜 과학자다. 어려서 고아가 된 주인공은 기숙학교에서 지내던 중 우연히 과학 선생님의 서재에서 드 셀비의 책을 훔쳐 읽는다. 그는 이 책을 읽고 드 셀비의 사상과 학문에 치명적으로 심취해, 이를 연구하는 데 일생을 바치기로 마음먹는다. 주인공은 드 셀비에 관한 다른 학자들의 연구를 직접 읽기 위해 프랑스어와 독일어를 배우는 수고도 기꺼이 해 가며 여러 해 동안 기존 연구를 섭렵한 끝에, 마침내 "유용하고도 몹시 필요한 책"이라고 자부하는 드 셀비 연구서를 완성하게 된다. 하지만 문제는 출판 비용이다. 이어지는 서술에서, 그가 살인에 가담하게 된 이유가 바로 이 책의 출판 비용을 마련하기 위해서였다는 사실이 드러난다. 결혼 자금을 위해 살인을 결심한 친구 디브니가 주인공에게 드 셀비 연구서를 출판하지 않는 것이 인류에 대한 직무 유기라는 식의 과대망상을 부추기자, 주인공은 마지못해 살인에 가담하게 되었다는 것이다.

총 12장으로 이루어진 『세 번째 경찰관』에서 첫 번째 장을 제외한 나머지 부분을 읽는 동안 독자들은 소설 독서 경험으로는 이례적으로 작가가 소설의 일부로 창조한 각주들을 읽게 된다. 때로는 소설 본문을 압도할 정도로 장황하게 이어지는 주석에서, 주인공은 소설 본문에서 묘사하는 경험과 관련된 드 셀비의 주장과 논증 과정, 드 셀비 연구자들 사이의 논쟁 등을 직접 소개한다. 어찌 보면, 소설 속 드 셀비에 관한 이야기는 주인공이 살아 있을 때 출판하려고 했던 드 셀비 연구서의 내용처럼 보인다. 그러나 드 셀비에 관한 주석은 그가 "유용하고도 몹시 필요한 책"이라고 자신하면서 살인해서라도 인류에게 선사하려고 했던 연구라고 하기에는 어처구니없이 무의미한 내용으로 가득하다. 가령, 어떤 주석은 엉터리 글씨체로 인해 "읽을 수도 없을뿐더러, 진본임을 주장하는, 하나같이 무의미한 판본이 적어도 네 개나 존재"하는 드 셀비의 책을 두고 학자들이 치열하게 (심지어 목숨을 걸고) 벌이는 허황된 논쟁을 상세히 소개한다. 흥미로운 점은 이런 무의미하고 터무니없는 내용과 어울리지 않게, 주석의 형식과 문체가 지나치게 진지하고 거창하다는 것이다. 주석은 학술적인 글쓰기를 흉내

낸 유사 과학적인 언어와 형식으로 쓰여 있다. 게다가, 드 셀비에 관한 원서를 읽기 위해 프랑스어와 독일어를 공부했다는 주인공의 노력을 증명이라도 하듯이, 주석은 프랑스어와 독일어 연구서 제목 및 인용도 포함하고 있다.

일견 엄밀해 보이는 유사 과학적인 형식과 무의미한 내용 사이의 부조화는 드 셀비 이론의 특징이기도 하다. 열성적인 드 셀비 추종자인 주인공마저도 공간의 이동에 관한 드 셀비의 주장과 그것을 입증하기 위한 실험을 자세히 묘사한 후 다음과 같이 꼬집는다. "드 셀비의 이론이 대체로 그렇듯이, 결국 이렇다 할 결론은 없다. 그토록 위대한 정신이 가장 명백한 현실에도 의문을 제기하고, (낮과 밤의 순환처럼) 과학적으로 증명된 것마저 반박하며, 같은 현상에 대한 자신의 황당무계한 설명을 절대적으로 믿었다는 것은 참으로 묘한 수수께끼다." 주인공에 따르면, 드 셀비는 지구가 "소시지 모양"이라거나 밤이 "검은 공기가 축적되어 생긴 비위생적인 대기 상태"라는 황당한 주장을 상당히 공들여 입증하려고 했다. 드 셀비 이론의 기발하게 황당한 내용, 지나치게 엄숙한 과학적 언어와 허무한 내용 사이의 괴리는 진지한 농담처럼 웃음을 유발하는 한편, 진리를 주장하는 학술적 언어의 권위를 비웃는다. 『세 번째 경찰관』에서 본문과 주석, 주인공의 지옥 세계 이야기와 드 셀비의 이야기는 마치 뫼비우스의 띠처럼 맞물려 연결된 채 돌고 돈다.

"모순된 팬케이크"

소설 속 플럭 경사는 잘 때든 깨어 있을 때든 늘 웃고 있는 어떤 사람의 이야기를 들려준다. 그 사람은 신기한 물건이 담겨 있는 맥크루스킨 순경의 상자에 몰래 손을 넣었다가 크게 웃음을 터뜨린 후 웃음을 멈출 수 없게 되었다고 한다. 도대체 상자 안 물건의 촉감이 어땠길래 한 번 만지면 계속 웃게 되는 것일까? 플럭 경사는 그게 차갑지도 따뜻하지도 않고, 거칠지도 부드럽지도 않고, 눅눅하지도 바짝 말라 있지도 않았다고 한다. "살짝 끔찍하지만, 그것만의 기묘한 매력"이 있는, "모순된 팬케이크"였을 것이라는 게 플럭 경사의 짐작이다. 여기서 '팬케이크'는 음식을 가리키는 게 아니다. 『세 번째 경찰관』에는 난감한 상황에서 "거참 어려운 팬케이크군요"라고 하거나 어떤 문제를 "난해한 팬케이크"라고 지칭하는 등 알 수 없는 '문제' 혹은 '수수께끼'라는 표현을 쓰면 자연스러울 맥락에서 '팬케이크'가 반복적으로 등장한다. 말하자면, 그것은 오브라이언식 농담이다.

『세 번째 경찰관』에는 익숙한 것이 새로운 맥락 속에 배치되거나 지나치게 과장되어 기묘하고 우스꽝스러워지는 풍자가 자주 등장한다. 이런 특징은 오브라이언 특유의 해학적 언어와 언어유희에서도 발견된다. 자아도취적인 주인공이나 언어를 통해 권위를 과시하는 경찰관들은 지나치게 거창하고 과장된 언어를 남발하는 경향이 있으며, 불필요하고 때로는 적확하지도 않은 라틴어나 프랑스어, 혹은 법률 용어를 사용하기도 한다. 또, "젠장, 거룩하고 고통받는 상원의원들이여!"라든가 "오, 위대하고 거룩하고 고통받는 고무 죽사발에 담긴 갈색 귀리죽이여!" 같은 감탄사에서도 볼 수 있듯이, 오브라이언은 익숙한 단어들을 낯선 방식으로 새롭게 연결하는 말장난을 즐겨 한다. 아일랜드의 시인이자 전기 작가인 안소니 크로닌(Anthony Cronin)은 『세 번째 경찰관』의 문체가 "독특하다"고 하면서, "종종 아일랜드어에서 번역한 것처럼 읽히지만," 그렇다고 해서 아일랜드어 어순을 영어로 옮긴 듯한 문체는 또 아니라고 한다. 실제로 오브라이언은 아일랜드어를 사용하는 가정에서 성장했기 때문에, 그의 영어에 아일랜드어의 리듬과 문체적 특징이 배어 있는 것이 놀랍지는 않다. 다만, 이런 독특한 문체적 특징과 언어유희의 효과가 한국어로 온전히 옮겨지지 못했다는 점이 아쉽다. 여러 가지 방식으로, 오브라이언의 소설은 이질적이고 모순된 요소, 묘하게 부자연스럽고 낯선 요소를 포함한다. 번역의 과정에서 이런 특징이 안타깝게도 상당 부분 소실되었을 테지만, 이미 독특한 번역처럼 읽히는 오브라이언의 영어가 너무 매끈하게 옮겨지기보다는 낯설고 이질적인 느낌이 남아 있기를 바란다. 『세 번째 경찰관』은 한 편의 기묘하게 진지한 농담, 소설 속 표현을 빌리면 "살짝 끔찍하지만, 그것만의 기묘한 매력"이 있는 지옥 이야기, 가볍지도 무겁지도 않고, 매끈하지도 까끌까끌하지도 않은, "모순된 팬케이크"와도 같기 때문이다.

판본 소개

『세 번째 경찰관(*The Third Policeman*)』은 1939년에서 1940년 사이에 브라이언 오놀란이 플랜 오브라이언이라는 필명으로 집필했다. 당시 출판사로부터 거절당하고 분실된 것으로 여겨졌던 이 작품은, 작가가 사망한 이듬해인 1967년 MacGibbon & Kee에서 처음 출판되었다. 본 번역서는 2007년에 출간된 Harper Perennial Modern Classics 판본을 사용했다.

플랜 오브라이언 연보

1911 북아일랜드 타이론 카운티, 스트라반에서 열두 남매 중 한 명으로 태어남. 본명은 브라이언 오놀란.

1923 가족과 더블린으로 이주.

1929~1932 유니버시티 칼리지 더블린에서 영문학, 독일어, 아일랜드어 전공. 대학 재학 중 아일랜드어 잡지에 기고하고 학생 잡지 『블래더(*Blather*)』에 브라더 바나바스라는 필명으로 글쓰기 활동.

1935~1953 아일랜드 공무원으로 근무.

1939 플랜 오브라이언이라는 필명으로 첫 소설 『앳 스윔-투-버즈(*At Swim-Two-Birds*)』 출판.

1939~1940 『세 번째 경찰관(*The Third Policeman*)』 집필.

1940~1966 마일스 나 그코팔린(마일스 나 고팔린으로도 표기)이라는 필명으로 『아이리시 타임스(*The Irish Times*)』에 풍자 칼럼 「크루이스킨 론("Cruiskeen Lawn")」 연재.

1941 아일랜드어 소설 『가난한 입(*An Béal Bocht*)』(마일스 나 그코팔린) 출판.

1942~1943 단막극 「갈증(*Thirst*)」(플랜 오브라이언)이 크리스마스

공연 일부로 초연. 희곡「파우스투스 켈리(*Faustus Kelly*)」(플랜 오브라이언) 초연. 「스티븐스 그린의 랩소디(*Rhapsody in Stephen's Green*)」(마일스 나 그코팔린) 초연.

1946   아일랜드어 희곡「스기안(*An Sgian*)」(마일스 나 그코팔린) 초연.

1948   에블린 맥도넬과 결혼.

1950년대   아일랜드 공영방송 라디오 대본 집필(마일스 나 그코팔린). BBC 라디오 대본 집필에도 간헐적으로 참여.

1961   소설『고된 삶(*The Hard Life*)』(플랜 오브라이언) 출판.

1963~1965   아일랜드 공영방송 텔레비전 코미디 시리즈 대본 집필 (마일스 나 그코팔린).

1964   『달키 아카이브(*The Dalkey Archive*)』(플랜 오브라이언) 출판.

1966   만우절에 아일랜드 더블린에서 사망.

1967   『세 번째 경찰관』(플랜 오브라이언) 출판.

새롭게 을유세계문학전집을 펴내며

을유문화사는 이미 지난 1959년부터 국내 최초로 세계문학전집을 출간한 바 있습니다. 이번에 을유세계문학전집을 완전히 새롭게 마련하게 된 것은 우리가 직면한 문화적 상황에 적극적으로 대응하기 위해서입니다. 새로운 을유세계문학전집은 세계문학의 역할이 그 어느 때보다 중요해졌다는 인식에서 출발했습니다. 오늘날 세계에서 타자에 대한 이해는 우리의 안전과 행복에 직결되고 있습니다. 세계문학은 지구상의 다양한 문화들이 평등하게 소통하고, 이질적인 구성원들이 평화롭게 공존할 수 있는 문화적인 힘을 길러 줍니다.

을유세계문학전집은 세계문학을 통해 우리가 이런 힘을 길러 나가야 한다는 믿음으로 만들어졌습니다. 지난 5년간 이를 준비하기 위해 많은 노력을 기울였습니다. 세계 각국의 다양한 삶의 방식과 문화적 성취가 살아 있는 작품들, 새로운 번역이 필요한 고전들과 새롭게 소개해야 할 우리 시대의 작품들을 선정했습니다. 우리나라 최고의 역자들이 이들 작품 속 한 문장 한 문장의 숨결을 생생히 전하기 위해 심혈을 기울였습니다. 또한 역자들은 단순히 번역만 한 것이 아니라 다른 작품의 번역을 꼼꼼히 검토해 주었습니다. 을유세계문학전집은 번역된 작품 하나하나가 정본(定本)으로 인정받고 대우받을 수 있도록 최선을 다했습니다. 세계문학이 여러 경계를 넘어 우리 사회 안에서 주어진 소임을 하게 되기를 바라며 을유세계문학전집을 내놓습니다.

을유세계문학전집 편집위원단(가나다 순)
김월회(서울대 중문과 교수)
김헌(서울대 인문학연구원 교수)
박종소(서울대 노문과 교수)
손영주(서울대 영문과 교수)
신정환(한국외대 스페인어통번역학과 교수)
정지용(성균관대 프랑스어문학과 교수)
최윤영(서울대 독문과 교수)

을유세계문학전집

을유세계문학전집은 계속 출간됩니다.

을유세계문학전집 연표